KB093327

안회남
선집

안회남
선집

박헌호 엮음

현대문학

한국현대문학은 지난 백여 년 동안 상당한 문학적 축적을 이루었다. 한국의 근대사는 새로운 문학의 씨가 싹을 틔워 성장하고 좋은 결실을 맺기에는 너무나 가혹한 난세였지만, 한국현대문학은 많은 꽃을 피웠고 괄목할 만한 결실을 축적했다. 뿐만 아니라 스스로의 힘으로 시대정신과 문화의 중심에 서서 한편으로 시대의 어둠에 항거했고 또 한편으로는 시대의 아픔을 위무해왔다.

이제 한국현대문학사는 한눈으로 대중할 수 없는 당당하고 커다란 흐름이 되었다. 백여 년의 세월은 그것을 뒤돌아보는 것조차 점점 어렵게 만들며, 엄청난 양적인 팽창은 보존과 기억의 영역 밖으로 넘쳐나고 있다. 그리하여 문학사의 주류를 형성하는 일부 시인·작가들의 작품을 제외한 나머지 많은 문학적 유산은 자칫 일실의 위험에 처해 있는 것처럼 보인다.

물론 문학사적 선택의 폭은 세월이 흐르면서 점점 좁아질 수밖에 없고, 보편적 의의를 지니지 못한 작품들은 망각의 뒤편으로 사라지는 것이 순리다. 그러나 아주 없어져서는 안 된다. 그것들은 그것들 나름대로 소중한 문학적 유물이다. 그것들은 미래의 새로운 문학의 씨앗을 품고 있을 수도 있고, 새로운 창조의 촉매 기능을 숨기고 있을 수도 있다. 단지 유의미한 과거라는 차원에서 그것들은 잘 정리되고 보존되어야 한다. 월북 작가들의 작품도 마찬가지다. 기존 문학사에서 상대적으로 소외된 작가들을 주목하다 보니 자연히 월북 작가들이 다수 포함되었다. 그러나 월북 작가들의 월북 후 작품들은 그것을 산출한 특수한 시대적 상황의 고려 위에서 분별 있게 이해되어야 할 것이다.

이러한 당위적 인식이 2006년 한국문화예술위원회의 문학소위원회에서 정식으로 논의되었다. 그 결과 한국의 문화예술의 바탕을 공고히 하기 위한 공적 작업의 일환으로, 문학사의 변두리에 방치되어 있다시피한 한국문학의 유산들을 체계적으로 정리, 보존하기로 결정되었다. 그리고 작업의 과정에서 새로운 의미나 새로운 자료가 재발견될 가능성도 예측되었다. 그러나 방대한 문학적 유산을 정리하고 보존하는 것은 시간과 경비와 품이 많이 드는 어려운 일이다. 최초로 이 선집을 구상하고 기획하고 실천에 옮겼던 한국문화예술위원회의 위원들과 담당자들, 그리고 문학적 안목과 학문적 성실성을 갖고 참여해준 연구자들, 또 문학출판의 권위와 경륜을 바탕으로 출판을 맡아준 현대문학사가 있었기에 이 어려운 일이 가능하게 되었다. 이런 사업을 해낼 수 있을 만큼 우리의 문화적 역량이 성장했다는 뿌듯함도 느낀다.

〈한국문학의 재발견-작고문인선집〉은 한국현대문학의 내일을 위해서 한국현대문학의 어제를 잘 보관해둘 수 있는 공간으로서 마련된 것이다. 문인이나 문학연구자들뿐만 아니라 더 많은 사람이 이 공간에서 시대를 달리하며 새로운 의미와 가치를 발견하기를 기대해본다.

2010년 4월

출판위원 염무웅, 이남호, 강진호, 방민호

이 책이 놓이는 시리즈의 이름이 〈한국문학의 재발견−작고문인선집〉이다. 돌아가신 문인들의 작품을 선집 형태로 출판하는데, 그 목적이 한국 문학 전체에 대한 재발견의 욕망이라는 뜻일 것이다. 여기서 '작고'란, 단지 살아 있는 작가가 아니라는 생물학적 의미만이 아니리라. 그것은 잊혀진 것일 수도, 잘못 읽혀진 것일 수도 있으며, 심지어 특정한 경향으로 해석이 강요됐던 것이라는 의미도 함축할 수 있다. 재발견이란, 늘상 과거와의 결별이요, 새로운 해석을 의미한다. 존재 자체를 망실했던 것들의 '발굴'조차, 그런 의미에서는 늘 '재발견'일 수밖에 없다. 하여 재발견의 욕망은 언제나 기존 해석을 거부하려는 몸짓으로, 주류 담론에 대한 반란의 터전으로, 창조에의 지향으로 자신을 드러내게 마련이다.

이런 맥락에서 안회남이야말로 '재발견'돼야 할 작가이며, 아프게 되새겨야 할 작가이다. 안회남은 항용, '자기自己에서 역사歷史로' 존재를 옮겨 갔던 작가로 평가된다. '사소설私小說'이라는 독특한 소설 양식의 최대 창작자로부터, 민족과 역사의 발견이라는 거대 담론으로의 극적인 변화 양상을 온몸으로 보여준 작가였다. 그러함에도 안회남이 근대 문학사에서 차지하는 위치가 그리 높다고 할 수 없다. 등단 이후 '신변소설'이라는 별칭으로 불리던 소설들을 창작하던 무렵에는, 그것이 가지는 일본적 경향의 답습과 가벼움 때문에, 안회남은 주류 질서와 상대적으로 거리가 존재했던 작가였다. 해방 이후, '민족과 역사'를 발견하는 작품을 창작하면서 일시 주목의 대상이 되지만 여전히 그 한계에 대한 차가운 비판

속에서 자유롭지 못했다. 80년대 후반 이후, 월북 작가들이 해금되면서 연구가 활발히 전개된 적도 있지만, 평가만큼은 여전히 술 깬 뒤의 쓸쓸함을 동반하는 모양새였다.

안회남을 재발견하고자 하는 욕망은, 그를 지칭했던 '자기'와 '역사'라는 두 가지 거대한 개념에 대한 재해석의 욕망과 상통한다. 그것은 다음과 같은 질문을 통해 안회남을 다시 읽겠다는 것을 의미한다. 식민지 상태로 근대화의 거대한 물결에 직면했던 우리 민족의 역사에서, 근대적 의미의 '개인自己'은 어떻게 구성되고, 표현되었는가? 안회남의 '신변소설'에서 드러나는 식민지 지식인의 자기 구성방식은 어떠한 역사적 의미로 재해석될 수 있는가? '자기'로부터 '역사'로 나아간다는 것은 자기의 소멸인가, 일탈인가, 승화인가? '역사'와 '자기'는 한국 근대 문학사에서 어떠한 방식으로 스스로를 구성해 왔으며 대립해 왔는가?

이 책은 그러한 질문에 답하기 위한 시도의 하나로 만들어졌다. 안회남의 등단작부터 시작하여 '신변소설' 기의 주요 작품을 선별하였고, 제면 공장과 징용 체험을 다루었던 소설들과 해방 이후의 주요 작품들을 대상으로 하였다. 한편으로는 안회남의 작품 경향이 변모되는 양상을 일별할 수 있게 하면서, 다른 한편으로는 안회남이 질문을 던지고 답을 하던 방식들을 파악할 수 있도록 작품들을 골라 보았다.

물론 이 책의 선별 방식이 안회남을 읽는 유일한 길은 아닐뿐더러, 가장 중요한 길이라고도 생각하지 않는다. 바라는 것은, 이 책을 읽은 연후에 독자들이 안회남을 읽는 새로운 길을 찾아보게 되는 것이다. 지도 위의 길들은 남이 만든 것이며 남들이 가본 것이다. 언제나 새로운 길은 내 마음의 지도에서 새로운 '곡선'으로 생성되는 법이다. 나는 이 책이 독자들에게 한국 근대 소설사에서 문제적(!) 작가 중의 하나였던 안회남에게 이르는 새로운 길을 탐색하는 욕망의 계기가 되었으면 하는 바람이다. 만약에 그럴 수만 있다면 이 책은 자신의 소임을 다한 것이 아니겠는가.

안회남은 많은 수의 작품을 남긴 작가이며, 평론과 같은 다른 형식의 글쓰기도 다양하게 펼쳤던 작가이다. 지면의 문제로 몇몇 작품밖에 수록하지 못하는 것이 아쉽다. 겸사가 아니라 실질적인 의미에서, 이 책이 안회남 작품 세계의 한정된 측면만을 담고 있다는 것을 미리 밝혀둔다. 아직도 가야 할 길이 너무 멀다.

2010년 4월
박헌호

* 일러두기

1. 이 책은 회남 안필승의 소설 중 문학사적 의미를 갖는 작품 10편을 선별해 수록한 소설 선집이다.
2. 부록으로 안회남 작가 연보와 작품 연보 그리고 연구 목록을 실어 안회남 소설 연구에 도움을 주고자 했다.
3. 작품은 독자의 편의를 위해 현대식 표기법에 따랐고, 국립국어원의 표준국어대사전을 기준으로 삼았다.
4. 본문 속의 XX는 당시 검열의 결과이거나, 아니면 검열을 의식해서 작가 스스로 복자伏字 처리한 것이다.
5. 작품의 배열은 발표순을 원칙으로 하였고 출전은 작품의 말미에 밝혔으며 외국어 및 어려운 단어는 각주로 처리하였다.

차례

발髮

졸업을 앞두고 오 학년생들은 일제히 머리 기르기를 시작하였다. 지긋지긋하게 쫓아다니며 감시를 하던 체조 선생님도 이제는 방관하는 모양이었다.

A, B, C, D, E 누구 하나 빼놓지 않고 그들의 머리는 일제히 덥수룩하였다.

"너 머리 많이 자랐구나?"

"뭐?"

"정말이야."

"그래!"

이것이 요새 와서 그들이 서로 만나기만 하면 으레 내놓는 첫인사였다.

쌓이고 쌓였던 눈도 다 녹았다. 날마다 따뜻해지는 햇살에 학교 앞뜰 잔디들도 새로운 생기를 띠기 시작했다. 그 위에 그들은 병아리 떼같이 모여들 앉아 떠드는 것이다.

"어떻게 기를까?"

"글쎄."

"길러 붙일까?"

"뒤로 넘기는 게 어때?"

그들의 가슴은 머리를 잘 길러서 아름답게 길러 붙이고 뒤로 넘기는 희망으로 가득하였던 것이다.

"'발렌티노'* 멋쟁이지!"

"얘, 사진에 보니 '까삐이돈' 담이다. 참 좋더라."

유명한 활동사진 배우며 시인, 소설가들이 그들의 머리 기르는 '모델'로 당선되는 영광을 얻었다. 그러다 나중에 가서는 자기네들의 선생님들까지 끌어 내오는 것이다.

"박 선생님 머리 어때?"

"틀렸어."

"체조는?"

"영어 선생님이 됐지. '올빽'에다가 대모테**가 어울리거든."

그들은 껄껄대고 웃었다. 그러나 졸업식 날 아침이 되자,

"만세! 만세!"

"졸업생 만세!"

"모교 만세!"

넓은 운동장에서는 만세 소리가 진동하였다. 그들은 오랫동안 정들었던 학교, 선생님 그리고 여러 동무들을 이별하는 식을 맞았다. 다-같이 찢어진 교복에 다-같이 덥수룩한 더벅머리로 교문을 나섰다. 지금까지 쓰고 있던 모자를 서로들 뺏어 찢어버리며 자기네들의 앞길을 서로

---

* 1920년대 전세계적으로 유명했던 이탈리아 태생의 미국 배우.
** 玳瑁테. 바다거북 등껍데기인 대모갑으로 만든 안경테.

축복하고 맹세하며 헤어졌다.

졸업하기 전— 학교에서 담임선생님이 종이쪽을 나눠 주시며 다 각각 졸업 후의 희망을 적으라고 했을 때, A는 연필로 '취직 희망'— 이 넉 자를 썼다. 물론 다른 동무들과 같이 '상급 학교'라고 쓰고 싶었으나, 그의 집 가세로는 어림도 없는 형편이었던 것이다. 다 쓰러져 가는 오막살이 속에 누워서 그는 학교에서 통지 오기만 일심으로 기다렸다. 하루, 이틀, 사흘, 나흘, 닷새…….

날이 갈수록 그의 마음은 조급해지고 우울해졌다.

기다리는 통지는 도무지 막연하였고 만 삼 년 동안을 병상에 누워 이제는 아주 폐인이 되다시피 한 아버님의 형상, 고생스럽게 병간호에 쪼들린 어머님의 얼굴, 시집살이도 못하고 소박을 맞아 쫓겨난 누님의 꼴, 아무리 생각하여도 어찌할 수 없는 생활의 변화…… 이것들이 그의 마음을 졸이게 만들었다. 그는 엊그저께 이별한 학교의 운동장 같이 다니던 동무들이 궁금한 속에 이제는 꽤 자라난 머리를 양쪽으로 갈랐다 뒤로 넘겼다 하며 석경을 들여다보고 있을 때, 젊은이들의 "우아~" 하는 소리가 그의 귀에는 들려오는 듯하였으며, 운동장 동편의 잔디 위에서 함부로 뒹굴어 내리던 것이 그의 눈에는 선하였던 것이다. 들고 있던 석경을 놓고 우두커니 천장을 쳐다보고 앉았으면 아버님의 "끙끙—" 신음하는 소리가 들렸다.

A는 문을 열고 밖으로 나왔다. 하늘을 쳐다보고, 뒷동산을 쳐다보았다. 온 천지에는 새로운 기운이 퍼져 풍기고 있었으니 그것은 봄기운이었다.

어느 날, 그는 참다 참다 못하여 교장 선생님을 찾아갔다.

"선생님, 여러 사람 속에서도 저는 특별한 사정이오니 어떻게 얼른 좀 주선해 주십쇼."

선생님은 팔짱을 끼고 앉아서 묵묵히 웃고 있다가,

"글쎄— 자네도 잘 짐작하겠지마는 금년같이 취직난이 심한 해는 없네. 경향京鄕을 통틀어 은행, 회사, 조합 등 모조리 조회를 했으나 아직 하나도 성공한 것이 없네그려—"

"선생님 큰일 났습니다그려."

A는 "후—" 하고 한숨을 내쉬었다. 젊은 사람에게는 당치도 않은 청승맞은 짓이었다.

"그리고 당초에 중학 졸업의 신분은 아무리 하급 사원이라 해도 얼굴을 들고 추천을 못 할 말일세그려. 전문학교 대학생들이 푹푹 밀리는 판이니까……"

한참 동안이나 두 사람은 말 한마디 없고 방 안은 고요하였다. 선생님은 말을 할까 말까 하는 표정이다가 엄숙하게 입을 열었다.

"세상이 세상이고 시대가 시대인 만큼 자네는 커다란 자각과 각오가 없으면 안 될 겔세. 사람에게는 무엇이나 정신적 노동만이 신성하고 고귀하다는 법은 없으니까…… 육체적 노동이라도 회피하면 안 될 겔세……"

A의 얼굴빛을 살피고 말을 잇는다.

"그저 구루마도 끌고 땅도 파게. 어떻게 해서든지 사는 게 지금에는 제일이니까."

교장 선생님의 주름살 잡힌 얼굴은 몹시도 엄숙하였다. 길고 긴 훈계가 계속되었다. 물론 A는 고맙게 들었다. 또 선생님의 말씀은 하나 빼놓지 않고 옳은 것과, 자기가 한 노동자라도 되리라고 결심하기는커녕, 그 고리탑탑한 '샐러리' 생활보다는 당당하게 노동 계급으로 나서서 힘찬 투쟁적 생활을 하는 것이 얼마나 좋은가까지를 몇 곱 번이나 오늘날까지 되풀이하였던 것이다. 그러나 이 선생님이 실제적 경험은 없고 무슨 아

름다운 염원이나 꿈꾸는 어조로 말하는 데에는 그는 내심으로 웃었다. 그래서 조용히 얼굴을 들며,

"선생님, 저는 노동자라도 되겠습니다. 내일부터라도요. 그러면 내일 어데를 가서 무슨 노동을 어떻게 착수할까요?"

이렇게 아주 물샐틈없이 못박아 물었다.

"……"

선생님은 아무 대답도 못했다. A는 겸손한 뜻으로 다시 고개를 숙였다. 한참이나 있다가,

"글쎄, 자네보고 그것을 내일부터 꼭 실행하라는 말은 아닐세! 그런 마음을 속에다 가지라는 말이지……"

　봄!

따뜻하고 꽃피고 서울의 장안이 술과 계집으로 흥청거리는 오월의 봄이다.

유탕한* 남녀들이 태워들고 절간과 요릿집으로 들락거리는 일 원짜리 자동차 '택시' 들은 밀가루 퍼붓듯 먼지를 날리며 달아난다.

"이런 염병을 할 놈의 것."

늙은이, 젊은이, 사나이, 아낙네 누구나 할 것 없이 자동차 꽁무니에다 대고 욕을 퍼붓는다.

"그래, 이놈의 데가 사람 사는 데람."

A도 참다 못하여 이렇게 하며 한마디를 쏘아붙였다. 그의 모자도 벗은 더벅머리와 여태껏 벗어놓지 못한 교복 위로는 구름장 같은 먼지가 가라앉고 있었다.

| * 방탕하다.

"A!"

하고 부르는 소리가 그의 귀에 들렸다. 그는 먼지 털던 손을 쉬고 고개를 들어 목소리의 주인을 찾았다.

"야! B냐?"

"이 얼마만인가?"

"글쎄, 그래 그동안—"

A와 B는 서로 달려들어 굳게 악수를 하였다.

순간— A의 얼굴은 확 붉어지고야 말았다. 상급 학교 교표가 번쩍이는 B의 사각모자와 또 그의 회색 스프링코트! 자기의 남루한 꼴에 비하여서는 너무나 호화로운 동창생의 자태였던 것이다. 그러나 무엇이 부끄러우냐? A는 이렇게 자책을 하며 마음을 굳게 먹었다.

"그래 어델 가는 길이냐?"

"집으로—"

B는 우두커니 A의 얼굴을 바라보고 서 있더니, 빙그레 웃으며 달려들어 A의 머리를 쓰다듬는다.

"아주 많이 자랐구나!"

A는 가뜩이나 부끄러운데 미안하고도 어처구니가 없어,

"하 하 하 하……"

하고 웃어댔다.

"너는 행복이다."

"어째서?"

B는 두 눈을 동그랗게 떴다.

"그리고 앞날에 희망이 많고."

"어째서? 상급 학교엘 다닌다고?"

B는 사각모를 벗으며 여전히 빙그레 웃었다.

"좋냐?"

그의 머리는 반들하게 '포마드' 칠을 해서 뒤로 넘겼다.

"넘겼구나? 좋다—"

"그럼 넘겨야지. 양쪽으로 갈라 봐라. 젊은 놈이 늙은 놈같이 되지."

그러나 A는 오늘에 와서는 아주 머리에 대한 흥미는 잃고 말았던 것이다. 젊은 놈 머리 같든 늙은 놈 머리 같든—

"B— 하여간 너는 행복이요, 또 앞길에 희망이 많은 사람이야."

그들은 두 번째 악수를 했다.

"자— A! 우리 집엘 꼭 한번 찾아와."

B는 간곡히 부탁을 했다.

큰길 바닥으로 가면 자동차 먼지도 지긋지긋하다. 그리고 학교에서 파해 나오는 동무들도 이 꼴로는 만날까 무섭다. A는 으슥한 골목길로 들어서서 푹 고개를 숙이고 생각을 하며 터덜터덜 걸어갔다.

"B는 졸업 후 제일 처음 만난 동무다. 그리고 우리가 같이 학교를 나온 후, 단 두 달이 아니냐. 한데 너와 나는 서로 그 얼마나 달라졌느냐?"

집주인과 경관 한 명이 A의 집 대문을 박차고 두 눈을 부라리며 들어왔다. 창틈으로 내다보는 A의 어머니와 누나의 얼굴은 백지장같이 되어 바르르 떤다.

"에구, 어쩌나?"

집주인은 조그만 가방을 들었고 여태껏 땟국이 줄줄 흐르는 외투에 다가 고양이 털모자를 썼다. 그러나 그는 집주인은 아니었고 집주인의 충실한 대리인이었던 것이다. 호기롭게 안마당으로 성큼성큼 들어서며,

"이리 오너라!"

"이리 오너라!"

방 안에서는 아무 대답도 없다. 이것으로 보아 집주인의 무도한 폭행이 아무리 그 정도를 벗어나더라도 가엾은 A의 가족들은 조금도 대항치를 않을 것 같았다. 고양이 털모자는 입맛을 '쩍쩍' 다시더니,

"여보! 좀 나와서 보구려."

하고 소리를 질렀다 그래도 방 안에서는 아무 대답이 없고 다만 병인의 신음하는 소리만이 엄살을 피우는 것같이 점점 높아 갔다.

"여보, 여보!"

"여보, 여보!"

이번에는 하는 수 없이 옆에 섰던 순사가 가장 엄숙한 목소리로 수고를 했다. 이것이 효과가 있었다. 그때서야 방문이 부스스 열리며 풀기 하나 없는 A의 모친이 나왔다.

"대관절 사람이 부르는데 대답도 않는 것은 무슨 까닭이오?"

"……"

"그러구 저러구, 오늘은 집을 내놓게 되겠소."

집주인의 노한 눈알맹이가 점점 작아졌다.

"염치는 없습니다마는…… 조금만 더 참아 주십쇼……"

간곡히 정성껏 말하는 늙은 여인의 목소리였다. 방 안에서 듣고 있는 A의 누님은 몸서리를 쳤다.

"아이구, 어찌나 되려나."

하는 안타까운 불안이 이 두 여인네의 가슴을 똑같이 엄습하고 있었던 것이다.

"아―니, 대관절 여보!"

고양이 털모자는 한숨을 "휘―" 하고 내쉬었다.

"양심들이 있는 사람이요? 남의 집엘 일 년 동안이나 거저 들었으면 이제부턴 그러면 안 되지 않소?"

"당신 아들이 졸업을 하면 밀린 집세도 내놓고 이사를 가겠으니 그때까지만 기다려 달라구 하지 않았소?"

"집세는 그만두고 오늘은 대신 기어코 집을 내놓으슈!"

A의 모친은 아무 대답도 못했다. 다만 애원하는 표정 — 그뿐이었다.

A의 누님도 문을 열고 나왔다. 두 눈에 눈물이 글썽글썽하여 가지고는 절을 하다시피 쪼그리고 앉으며,

"참 염치는 없습니다. 그러나 어떻게 합니까? 이왕 참어 주시는 김이니 며칠만 참어 주실 수밖에 없습니다. 그러면 어떻게 해서든지 더 폐를 안 끼치겠습니다."

"안 될 말이오. 내가 이렇게 몇 번이나 속았는지 아우."

"그럼 어쩝니까? 저런 병인을 데리고……"

"아—니, 내가 그 병자를 아랑곳할 이유가 있소!"

집주인은 한바탕 함부로 야단을 쳤다. 그리고 나중에 가서는 가방을 열고 서약서라고 꺼내놓으며,

"그러면 여다 도장을 찍으슈. 꼭 한 달만 연기해 주리다. 자— 여기 경관 나리께서도 계시니까 한 달 후면 내가 당신을 몰아 쫓아도 말 못한다는 맹서요."

집주인은 기어코 도장을 받고 말았다. 그리하여 그는 정말 이 집 주인인 듯싶이 의기양양하여 대문 밖을 나섰다. 집주인 대리인과 순사가 나가자 어머니와 딸은 울음이 북받치는 것을 서로 참고 앉았다.

"내 만일 사회에 나간다면 단박에 세상이 우러러보는 위대한 인물이 될 것이다. 소설을 쓰면 '톨스토이' 만한 문호는 될 것이고, 또 시를 쓴다면 유명한 '바이런' 쯤이야 염려 없겠지. 세상 사람들은 나의 인물과 재주를 우러러보고 칭찬하겠지—"

어릴 때 몽상 시기에 있어서는 누구나 이렇게 생각을 하며 자기의 장래를 마음껏 화려하게 꾸민다. A도 그러하였다.

"응, 너 내가 이렇게 가난하게 지낸다고 비웃니? 이 세상에서 손꼽는 위대한 인물들은 누구든지 그의 어릴 때의 전기를 읽어 봐라. 대개는 다 고생살이를 했다. 얼른 예를 들자면 '고리끼'를 봐라. 그가 어렸을 때, 얼마나 비참한 생활 속에서 허덕였었나. 응, 그러니까 나도 봐라, 금방 봐라."

A는 이런 생각도 한 때가 있었다. 그러나 오늘날의 그는 모든 것을 단념하여 버렸다. '톨스토이'도 '바이런'도 다 자기의 마음속에서 청산해 버렸다. 비단 위대한 인물뿐이 아니라 월급쟁이도 월급쟁이의 풍채를 훌륭하게 만들 머리도 기르고 넘기는 것도 A는 단념한 지 오래였던 것이다. 그는 어느 날 인사 상담소엘 갔다. 못 먹고 못 입고 하는 무리들 가운데 그도 한몫 차지했다. 손바닥만한 마당에 빽빽이 모여서 서로 부벼대며 눈알이 새빨개져 가지고 그들은 다투는 것이었다.

"나의 소지한 노동력을 팔아다오!"

그들은 다 같이 초조하고 성미가 급한 집단이었다.

어디 일자리가 났는지 운수 좋게 사무원은 A를 불렀다. 그는 앞으로 나섰다. A는 사무원이 묻는 대로 모든 대답을 잘했으나,

"자전거 탈 줄 아나?"

하는 말에는 그는 아무 대답도 못하였다.

"응! 그러면 안 될걸. 지금 세상에 음식점 고용살이를 하려면 자전거를 못 타서는 안 돼!"

"밥은 질 줄 알까?"

"……"

조그만 니켈 안경을 콧잔등에 걸친 사무원이 고개를 양쪽으로 흔들

자 옆에 몰려든 구직자들의 조소하는 웃음 소리가 "와—" 하고 일어났다. A의 얼굴빛은 홍당무같이 새빨개졌다.

며칠이나 며칠이나 두고 입술을 딱 깨물고 거리로 방황하는 A의 표정은 참으로 침통하였다.

그는 이제 와서는 완전히 절망 상태에 빠지고 말았다.

계급 사회가 낳아놓은 사생아! 시대적으로 천대받는 서자! 오오! 그것은 오늘날의 무산 인텔리겐치아다!

그의 참담한 체험은 그로 하여금 이렇게 부르짖게 하였다. 먹고 살 수 없으면 노동자가 될 수 있는 것인가. 자본가에게 자기의 노동력을 착취당하면서라도 생명을 이어갈 수 있는 이 사실까지도 A에게 한하여서만은 이 사회 전체가 허락하지 않는 것이었다. 공장의 직공이 되려고 해도 어려서부터 견습공이 되어 학교를 졸업하듯 어떠한 시기를 맞지 않고는 도저히 받을 수 없는 것을 알고 절망했을 때, 자유노동자라도 되려고,

"나도 오늘부터는 당신네들과 같이 일을 좀 합시다."

하고 그들의 모인 곳에 가서 애원도 하였으나,

"여보, 요새 같은 세상에서는 나도 판판히 놀고 있소"

하고, 눈알을 부라리며 빈정대는 퉁명스러운 거절을 받고 절망을 했을 때— A는 부르짖었다.

"비참한 노동자의 생활보다도 더 비참한 것은 무산 인텔리겐치아다!"

라고.

어느 날—

지치고 지친 A가 풀기 하나 없이 혹시 무슨 구인 광고나 있을까 하고

XX신문사 게시판 앞에 섰을 때, 그는 참으로 참으로 의외의 기사를 읽었다. 그것은 자기의 동창이요, 친한 벗 C가 구속을 당하였다는 보도였다.

　　XX사건으로 XX회 위원인 C가 구속을 당하였다는 자세한 전말을 그는 조심스럽게 내려 읽었다. 말할 수 없는 장엄한 흥분이 A의 가슴을 엄습하였다.

　　'XX사건—'

　　'구속—'

　　'C—'

　　그는 어둡기 시작하는 저녁의 잿빛 거리를 터덜터덜 걸어가며 모든 복잡한 생각을 계속하였다.

　　"아— C가 그러한 인물이었던가!"

　　지나간 학교에서의 일도 A의 피곤한 머릿속에 다시 한 번 나타났다.

　　그러나 그는 가장 흥미 있게 지난번에 만난 B와 이 C를 그리고 또 자기를 비교해 보았다. B는 그때도 자기가 말했거니와 행복자요, 앞길에 희망이 많은 청년이다. 그의 아버지는 재산가요, 은행의 중역이다. 그는 아무 근심 없이 놀고, 향락하고 또 공부한다. 그렇게 팔자 좋게 몇 년만 지내면 그는 지금 다니고 있는 전문 학교 상과를 무사히 마치겠지. 그리고 외국으로 유학을 갈 수도 있다. 그의 '포마드' 칠을 해서 반지르르하게 뒤로 넘긴 머리는 점점 빛나고 청년 신사의 풍채는 점점 훌륭해지리라. 그의 아버지가 은행 중역인 만큼 그 은행에는 그가 소유한 주株도 물론 많겠지. 그렇다. B는 장래의 훌륭한 실업가다. 은행의 중역이다. 재산가다. 그가 아무리 못나고 저능하다라고 가정을 해도!

　　무의의하고 평범한 한 개의 재산 상속자가 될 B에게 비하야 C를 생각할 때 그 얼마나 큰 감격과 존경에 A는 고개가 숙여졌을까. 더욱이 B보다도 자기 자신 A라는 무능자에 비하여…… 오늘날 우리가 당연히 의식하고 우리의 모든 것을 바쳐 나아갈 길을 누구보다도 앞장에 서서 시행하고 있는 C— 그는 그 얼마나 귀여운 우리의 젊은이냐.

A는 다음으로 다 같이 한자리에서 공부를 하고 다 같이 손목을 쥐고 나온 동무들— D E…… 이들을 생각해 보았다. 물론! 그 중에서도 몇몇의 A가 있고 B가 있고 C가 있겠지…….

A가 자기 집 대문에 들어섰을 때 언제나 참담하고 쓸쓸하던 자기네 집 밖에서도 오늘밤은 의외로 웃음 소리가 흘러나왔다. 그는 얼빠진 사람 모양으로 우두커니 서서 환하게 등불이 비친 방문을 바라보고 있었다. 아버지의 재미있게 이야기하는 소리도 들렸다. A에게는 아름다운 꿈이었다. 그는 의아하여서 가만히 가서 문을 열었다. 다 죽어 가는 아버님이 아주 화색이 만면하여서 일어나 앉아서는,

"너— 이제 들어오니? 후—"

하고 제일 먼저 말을 건넨다. 어머니는 안쪽 자리를 만들어 주고 누나는 밥상을 갖다 놓았다. A가 저녁을 먹고 있는 동안에도 아버지는 이야기를 했다.

"마누라 내 안 죽소. 안 죽어. 흥, 모두들 남겨두고 내가 죽으면 어떻게 되게……"

"내가 오늘밤에는 공연히 이렇게 기운이 난단 말이야. 흥, 인제 아주 일어나겠어. 가슴도 거북하지 않고 숨도 그리 가쁘지 않은데……"

하며 병인은 소매를 걷어붙이고 가느다란 장작개비같이 마른 자기의 팔을 쓱쓱 쓰다듬으며 신기하게 좋아하였다.

"응— 자— 내가 일어나면 곧 집안 형편도 필 거란 말이야. 공연한 고생들을 이제껏 했지들……"

"아이구, 그러면 여북 좋겠소. 나는 쟤들이 가엾어 죽겠소그려. 아무쪼록 일어나슈 일어나."

어머니는 길게 "후—" 하고 한숨을 내쉬었다. A의 가슴속에서는 형용할 수 없는 희망과 용기가 용솟음쳤다. 아버지, 어머니, 아들과 딸들은 서로 따라 웃었다.

'아버지! 얼른 병환이 나세요. 그리고 당신 말씀같이 우리들 좀 구원해 주세요. 어머니도 오늘부터는 웃고 지내시게. 아— 그리고 불쌍한 누나— 당신도 기운을 차립시다. 그까짓 부랑자 놈의 남편— 모든 악몽을 깨쳐 버립시다. 아— 그러면 나도— 나도 그 얼마나 씩씩해지고 사나이다운 사업을 경영할 것이냐—'

A는 속으로 이렇게 부르짖었다. 그의 두 눈에서는 눈물이 핑 돌았다.

"아— 나도 이 세상에서 한 개의 사나이로 의당히 책임질 가장 고귀한 사업을 위하여 마음 놓고 나의 힘을 바쳐 보마!"

아— 무수한 무산대중은 기아선상에서 쓰러져 가고 있다. 이것을 목도하고도 오히려 눈들과 의분이 없는 자는 천치냐? 악한이냐? 독충 중에하나일 것이다. 그렇지 않으면 천치 고약한 이거나…….

A는 모든 것을 알았다!

어느 날 밤의 일이다. 그는 몹시 흥분이 되었다. 너무나 흥분이 되었다. 두 주먹을 부르쥐고 밤거리를 정처 없이 헤매다가 간신히 자기의 마음을 안정시켜 가지고 이발소로 들어갔다. 길다란 체경 앞 의자에 그는 걸터앉았다.

"어떻게 깎으려고 합니까?"

하얀 보자기로 A의 전신을 싸고서 이발사는 물었다.

"아무렇게나 깎아 줍쇼!"

"아무렇게나요?"

"네— 그냥 바싹 밀어 주십시오."

체경, A의 앞에 환하게 모든 것을 비춰 주는 체경은 그의 머리 위에서 뭉게뭉게 떨어지는 머리털과 변하여 가는 그의 자태를 보여주었다. A는 감개무량하였다. 허나 그는 지금의 이 현재를 보고 생각하는 것이 아니라 앞으로 장래일— 그것을 바라보고 있는 것이다. 지금껏 시달리고 짓밟힌 청춘혼의 호랑이같이 날뛰고 있는 장면을! 유린당하고 있는 온 무리를 위하여 신출귀몰한 젊은이의 활동하는 그림을! 순식간에 이발기는 A의 더벅머리를 게 눈 감추듯 집어먹고 말았다.

A는 홀랑 깎아버린 자기의 머리를 두 손으로 쓰다듬으며 휘적휘적 보도 위를 걸어갔다.

어느새 봄도 가고 여름이다. 사방에서는 상쾌한 여름밤의 바람이 시원스럽게 불어와서 A의 알대강이*를 어루만지며 달아났다.

그는 퍽도 시원하였다. 요새같이 더운 일기에 땀을 흘리면서도 미친 놈 머리같이 길다랗게 늘이고 다니는 지긋지긋한 그 머리를 깎아버린 것이…….

허나 그는 모든 것을 차근차근하게 되풀이하였을 때에는 몹시 답답하고 우울하여지고 말았다. 그의 두 눈에서는 구슬 같은 눈물 방울이 뚝뚝 떨어졌다. 그는 주먹으로 씻어버렸다. 또한 아무리 해도 그는 아버님이 염려가 되었다.

"그때 그렇게 떠드시던 것이 병이 더하시느라고 그런 게야."

속으로 이렇게 중얼거렸다.

그 후로 병이 돋쳐 더하신 아버지, 그 아버지는 잘해야 금년밖에 더 사시지 못할 것이다.

"아— 그러면 어쩌노!"

| * '민머리'를 속되게 이르는 말.

그는 "후—" 하고 길게 한숨을 내뿜으며 길옆 가로수에 기대어 섰다.

전등, 달아나는 자동차, 신사숙녀, 인력거 타고 가는 기생의 뒷모양, 즐비한 상점, 화려하게 꾸며놓은 창, 여름밤의 종로 거리는 꿈같이 아름다운 풍경이었다.

"아— 그러나 얼마나 고약한 놈의 세상이냐. 이 갈리는 현실이냐. 나를 미치게 맨드는—"

"응, 마음껏 미치마!"

A는 눈을 부릅뜨고 입술을 꾹 다물었다. 그리고 가만히 서서 자기의 마음을 맹세하였다.

그렇다! A의 침묵— 그것은 이 세상을 우두커니 내려다보고 있는 조물주의 침묵 그것인 것이다.

—《조선일보》, 1931. 2. 4.~10.

상자箱子

맨 아래창 농문을 열고 보니까 거기는 나의 안해의 새로 지은 하얀 속옷으로 하나 가득하였다. 그 위를 덮은 울긋불긋한 비단 보자기 밑으로 스르르 손을 넣어 더듬으니 만져지는 조그마한 상자箱子 한 개.

가슴이 선뜻하며 두근거리기 시작하였다. 상자는 자줏빛 바탕에 검정 무늬를 놓은 '하부다에羽二重'로 되었고, 한 옆에 인형人形의 얼굴만이 납작하게 붙었으며 밑으로 새파란 비단 조각이 달렸는데 우리들이 아직 결혼하기 전 내가 안해에게 보낸 선물이었던 것이다. 이편 건넛방 쪽을 향하여 오는 사람의 기척이 나므로 잠깐 숨을 죽이고 있다가 상자의 뚜껑을 열고 들여다보매, 바로 며칠 전 혼인날에 할머님께서 신부에게 예물로 내리신 값 많은 귀중품들이 나란히 순금의 비녀, 가락지, 보석반지, 귀이개 그리고 하얀 백금과 붉은 홍옥백이 뒤꽂이가 두 개. 이것들이 상자 속의 장미색 빛깔과 서로 반사가 되면서 제법 휘황찬란하게 반짝거리고 있었다. 한참 동안을 우두커니, 아예 그만둘까 망설이다가는 언뜻 다시 한 번 어젯밤 박 군의 초조한 모양을 그리어 보자 순간 나는 아무것도 생각해 볼 여유가 없이 그 중에서 제일 무게 나갈 비녀와 가락지 이것을 재빠르게 집어들었다. 인제는 일을 기어코 저질렀구나, 흡사히 자포자기하는 마음이 들자 나는 아주 담대하게 옆에 있는 양복장 문을 열고 걸리어 있는 나의 양복 저고리 주머니 속에다 넣어 버렸다. 그러나 이따가라도 안해가 이 상자를 열어 보고는 훔쳐 간 사람을 자기의 남편으로 알지 않고 불행히도 집안 다른 사람에게 의심을 둔다든지 또는 없어진 것을 보고 그 순간 너무 놀라지 않을까 염려가 되므로 원고지 위에다 아무렇게나,

'사랑하는 안해여, 용서하시오. 당신의 소중한 비녀와 가락지 꼭 일주일 이내에 찾아다 놓으리다. 남편의 이 같은 행동 과히 실망하지 마시고 부디 현명하게 처리해 주시오.'

이렇게 적은 다음 상자 안에다 곱게 접어 넣고는 다시 보자기 밑으로 아까와 조금도 틀리지 않게 안해의 의복 사이에다 놓아두었다.

조반 후 나는 잠시라도 집에 머물러 있을 형편이 못 되므로 밥상을 물리자마자 얼른 옷을 갈아입고 나올 때 양복의 왼편 주머니가 묵직한 느낌을 주었다. 겉으로 슬며시 만져 보니까 분명히 가락지와 비녀의 모양이다. 황겁한 마음에 청명한 대낮에 그것을 거리 위에서 꺼내 볼 수도 없고 또 이상스럽게도 그것을 꺼내어 가지고 세세히 보지 않고는 도저히 전당포 문전을 들어설 용기가 나지 않으므로 넓은 광화문통을 지나 종로에 이르기까지 포켓에다 손을 집어넣고는 공연히 그것을 주무르기만 하였다. 왼편 손바닥에 어지간히 땀이 흐르도록 가락지를 만져 봤다가는 비녀를 쥐어 보고, 비녀를 들어보고 나서는 가락지를, 이렇게 하고 있는 동안 혹시 지금쯤 안해가 상자를 열어 보지 않았을까. 그러면 나의 편지도 읽었

을 테고 자기의 두 가지 보물이 없어진 것도 알았으리라. 오죽 낙담하랴.

그러면 어찌되었을꼬. 만약에 할머님이나 어머님이 아시는 날이면 정말 큰일이다. 집안이 발끈 뒤집히고 사방으로 사람들이 나를 찾아다니게 되지나 않을까, 불유쾌한 생각만을 되풀이하였다. 그러다가 골목으로 들어서서 한 으슥한 곳을 만났을 때 선뜻 비녀, 가락지를 내어 보려다가 그렇게 하는 그것이 두 번이나 내가 잘못을 범하는 것 같은 마음이 들어서 그만두고 그대로 어느 전당포 문을 열었다.

일백십 원을 장만해 가지고 나온 다음, 이날 하루 지낸 것을 대강 추리면 다음과 같다.

우선 흥분한 정신을 진정하기 위해서 '바'로 찾아가서 시원한 맥주 몇 잔을 마셨다. 그러나 이렇게 '바'나 혹은 이른바 티룸의 쿠션에 앉고 싶어 하는 것은 아무 중뿔난 이유는 없고 단순히 나의 일상 버릇이라고 보는 것이 옳을 것이다.

박 군을 찾아가서 일금 칠십 원을 갚아 주었다. 그와 함께 본정으로 가는 길에 이 군을 만나서 나는 할 수 없이 다시 한 번 가까운 '바'를 찾았다. 탐스럽게 비루beer 거품이 유리잔 위를 흘러내릴 때 나에게는 자꾸 안해의 비녀와 가락지가 생각나서 되도록 돈을 절약하고 쓸 데 써야겠다는 비겁한 마음이 들기 시작하였다.

백화점엘 들러서 여름 모자를 하나 살까 하다가 내가 새 모자를 쓰면 응당 그것이 집안 사람의 시선을 끌리라는 생각에서 그것은 중지하고 대신 '쓰가디니塚谷'라는 양품점엘 가서 비교적 위험성이 없으므로 박 군이 추천한 넥타이 한 개를 샀다.

'히라다平田'로 가서 점심을 먹은 후 박 군과 둘이서 '희락관喜樂館'으로 구경을 갔다. 어두컴컴한 실내에 앉아 생각할 때 별안간 집에 들어가는 것이 싫었으며, 옛날 어렸을 적에 몰래 벙어리*를 깨뜨려 가지고 우미관으로 연속連續**을 대어 보러 가서는 나중 아버님의 벌을 염려하고 있었던 때와 똑같은 기분을 맛보았다.

일한서방日韓書房에서 오구리 무시타로小栗虫太郎의 『흑사관살인사건黑死館殺人事件』이라는 탐정소설 한 권을 샀다. '아스팔트'를 슬슬 걸어 내려오며 지금의 나에게는 '넥타이'나 책이 모두 그렇게까지 필요한 것은 아닐 거라고 스스로 반성하는 마음이 들었으며 나는 벌써 걷잡을 수 없이 돈을 낭비하지 않았나 하고 후회하는 생각이 들었다. 점점 우울하였다.

암만 해도 겁이 나므로 종로 금은상金銀商으로 가서는 안해의 것과 모양이 비슷한 놈으로 도금 비녀와 가락지를 샀다. 우연히도 그것을 또한 왼편 포켓 속에다 넣고는 아까 아침때 모양으로 손으로 만졌다 났다 하면서 서성대었으나 별로 갈 데는 없고 집으로는 아직 돌아가기가 싫어서 다방茶房 '멕시코'로 갔다. 나의 주머니 속에 들어 있는 누런 도금 비녀와 가락지가 결단코 순결한 것이 아닌 것같이 좋은 양복을 입고 모양 있는 모자와 넥타이, 비싼 구두를 신은 내 자신 역시가 이를테면 한 개의 가짜, 따져 보면 그야말로 정말 값어치 없는 존재인 것만 같아서 나의 가슴은 어느덧 감상적인 레코드 소리보다도 오히려 센티멘탈하였다.

저녁 햇살을 받으며 초조하여 집으로 돌아오다가는 신문사에 있는 김 군을 만나서 어떻게 마음이 내켰던지 다시 종로로 내려가서는 바긴네코銀猫를 위시로 각 처로 다니며 술을 먹었다. 이러한 방법으로는 아무리 쓰지 못할 돈일지라도 인제는 낭비를 안 하려고 노력하는 것이 아니라 낭비하고 나서도 후회하지 않으려고 노력하였다. 집까지 다 와서는 이것도 역시 일상의 버릇으로 얼음과 딸기를 샀다.

---

* 푼돈을 넣어 모으는 데 쓰는 조그마한 저금통.
** 연속극. 일정한 시간을 정해 이어서 하는 영화나 극.

안해의 거동을 보아 아직 발각되지 않은 것을 알자 비로소 안심이 되었다. 이튿날 아침 지갑을 열어 보니 돈이 십 원 각수*밖에는 남지를 않았다. 그러면 일백십 원에서 꼭 백 원이 없어진 셈이고 그 백 원 속에서 칠십 원은 의당한 빚을 갚았으나 나머지 삼십 원이 나의 낭비였던 것이다. 더구나 그 돈의 출처를 생각해 보매 더욱 안해에게 미안한 마음이 들어서 엊그저께 당신의 생풀 모시 두루마기를 지을 텐데 재봉틀 실 하나만 사다 달라고 한 그의 말을 생각하고는 세수도 하기 전에 산보 겸 나가서 근처 잡화상으로 다니며 안해에게 줄 몇 가지 물건을 샀다.

재봉틀 실 오십 전
'구라부' 백분 삼십팔 전
'가오루' 한 병 일 원
과산화수소수過酸化水素水 이십이 전
후에끼노리不易糊 십 전
《부인공론婦人公論》오십 전
지갑 일 원 이십 전
빨랫비누 십 전

지갑에다가는 일원 한 장을 넣어서 '가오루'와 함께 농 서랍에다 두고 재봉틀 실과 풀은 반짇고리에다 '구라부' 백분과 과산화수소수는 경대 위에다 이렇게 처리를 하고는 어제 아침때같이 그가 안 부엌에서 조반을 짓고 있는 틈을 타서 모양이 예쁜 그 상자를 다시 집어내 가지고는 이번에는 양복 호주머니로부터 가짜 금비녀와 가락지를 그 속에다 넣었

| * 잔돈푼.

다. 순금은 빛깔이 약간 붉으며 광채가 있는데 이것은 누렇기만 한 것이 어쩐지 더러워 보이며 그것들이 한데 섞이어 있는 모양은 내가 보기에 대단 불쾌한 현상이었다. 이러고 보니 어제 써 넣은 편지는 쓸데없게 되므로 그것은 찢어버리고 다시 사연을 고쳐서 기다란 글을 써 넣었다.

'사랑하는 나의 안해여! 참 미안하오. 당신이 보아 단박 알겠지마는 이 상자에 들어 있는 보물 중에서 비녀와 가락지 두 가지는 도금을 하여 만든 가짜요. 할머님께서 주신 혼인 예물, 당신의 마음이야 오죽하리요마는 나 역시 꽃밭에다 뱀을 넣어 둔 것 같아 몹시 가슴이 아프오. 물론 나의 허물 이루 변명키 어려우나 그러나 나의 현명한 안해여! 이 변변치 못한 남편의 행실을 너무 책망치 말고 그것을 따뜻한 사랑으로 알아주면 반갑고 감사하겠소이다. 우리가 서로 연애를 하며 애정을 속삭일 때 그것을 할머님은 반대하시지 않았소? 우리는 삼 년 동안이나 결코 짧지 않은 세월을 할머님의 마음을 돌리기에 힘을 다하지 않았소? 기적인 것처럼 우리의 눈과 마음을 휘황하게 하며 부모님네의 양해와 쾌락 아래에서 우리의 거룩한 결혼이 성립할 때 또 한 가지, 우리에게는 난관이 남았었으니 그것은 당신도 잘 아는 바와 같이 경제, 돈이었던 것이오. 뱁새가 황새 걸음을 따라가려면 다리가 찢어진다고 당신이 말하던 것을 나는 지금도 기억하고 있소.

많지 못할지언정 우리 집에는 얼마간 돈이 있으나 나의 지금 처갓집은 퍽도 가난하였고 그래 봬도 우리 집은 옛날 한국시대韓國時代의 대신 집이었던 만큼 신랑 신부 양편의 가정이 모두 엄격한 의식 법례를 좇아야만 하게 되었던 것이 아니요? 우리는 몇 번이나 마주 앉아서 탄식하지 않았소? 당신이 아는 것 이외에도 나는 할머님 몰래 누구에게나 비밀히 돈을 얻어서 신부 편에서 낼 것을 약간 담당하였던 것이요.

그런데 바로 그저께 밤 돈을 돌려준 박 군에게서 이야기를 들으니 그것은 자기 안해의 금비녀와 가락지를 전당에 넣어다 해준 것인데 별안간 그것으로 하여 그의 안해가 곤경에 빠지게 되었다는 것이요. 내가 나의 안해 당신을 사랑하는 것처럼 박 군 역시 자기의 안해를 사랑하지 않겠소? 또 나의 어려움을 받아 준 그 동무의 신의를 없게 한다면 그 어찌 사람의 도리라 할 수 있겠소? 나는 당신을 사랑하는 마음으로 다른 도리는 없고 내가 당신에게 선물로 주었던 그 아름다운 상자 속에서 당신의 귀중한 비녀와 가락지를 훔쳐 간 것이요. 안해여! 나는 참으로 당신을 사랑하오. 너무 놀라지 말고 냉정하고 현명하게 이 일을 처리해 주시오. 당신의 머리와 손에 꽂힐 그 흉한 가짜 금비녀와 금가락지를 늘 주의하여 되도록 사람의 눈에서 그것을 감추어 주시오. 곧 찾아 놓으리다.

무한 아름답고 착하고 순진하고, 영리한 나의 안해여. 그대가 늘 하던 권고에 좇아, 내 내일부터라도 용기를 내어 나의 악습과 생활을 고치리다. 당신의 말대로 씩씩하게 사는 남자가 되오리다. 나를 사랑하고 이해하고 꼭 믿어 주시오. 당신의 귀중품을 희생하여 사 온 것이라고 어떻게 생각 말고 내가 사다가 놓은 물건 기쁘게 쓰시오. 밤낮 잊어버리느냐고 당신이 야단치던 빨랫비누와 재봉틀 실도 사 왔소. 어저께 벗어놓은 셔츠도 빨아 주고 생풀 모시 두루마기도 어서 지어 주시오. 그리고 '과산화수소수'는 즉 '옥씨풀'인데 요새 병이 무서우니 부디 이것으로 밤마다 양치질을 하시오.

'가오루'도 아까워 말고 속 메스꺼울 때마다 먹고 심심하거든 잡지를 읽으시오. 요코미쓰 리이치橫光利一의 「성장盛裝」은 흥미 있는 소설일 것이오. 또 '후에끼노리'라는 풀은 당신의 말과 같이 곯지도 않고 썩지도 않고 참 쓰기에 편한 것이요. 지갑에 들은 돈으로는 빈약하나마 당신이 필요한 다른 것을 마음대로 사시오. 앞으로는 우리 서로 하기 어려운 말을 정직하게 적어서 이 상자 속에다 넣어 두기로 합시다.'

이날도 나는 아침을 먹는 대로 부랴사랴* 집을 나왔으나 의연 아무 데도 갈 곳은 없고 자연 발 놓이는 대로 어제와 같이 본정통으로 들어섰다. 책사에 가서 신간 서적과 잡지 등속을 뒤적거린 다음 백화점 양품부에 서서는 어제 산 것을 생각하며 넥타이를 골라 보기도 하고 가구부로 돌아서는 테이블과 안락의자와 화려한 양복장들을 만져 보았다. 그러고 나서는 다시 '아스팔트' 위를 거닐다가 '플레이 가이드' 앞에 가서 각 영화관 관람료를 조사해 보기, 악기집에 들러 신판 레코드를 들어 보기, 이렇게 한 다음으로는 이곳저곳 차방으로 돌아다니면서 푹신푹신한 쿠션에 앉아 시간을 보내었다. 그러나 나의 마음은 우울하였다.

어제 '히라다'에서 '런치'를 먹을 때와 '멕시코'에서 아이스커피를 마시고 있을 때에도 생각하였거니와 나와 같이 유일도일愉逸逃逸 무위하게 이처럼 살아 나가는 존재야말로 값어치 없고 누추하기가 흡사 도금 비녀, 도금 가락지 같은 것이라고 오늘은 더 한층 자책하는 마음이 들었다. 다른 많은 사람들은 모두 하루 동안을 노력하고 있는 보람으로 그러한 곳에서 활기 있고 유쾌하게 먹고 마시며 있는 것이거늘 나는 무슨 일이 있다고 그렇게 바쁘게 돌아다니며 집에 있는 음식을 버리고 쓸데없이 허황한 기분을 가장하는 것인가. 입은 옷과 먹는 음식은 같으되 나의 속은

| * 매우 부산하고 급하게 서두르는 모양.

노름꾼의 그것과 비슷한 것이 아니뇨. 이렇게 편하게 앉아서 머리 위에는 장미꽃을 꽂은 화병, 유량한* 멜로디 저편의 푸르스름한 유리창에 나의 그림자를 어른거리며 밀짚**으로다 사탕 물을 빨고 있는 것 역시 안해의 장신구裝身具를 팔은 덕택이 아니냐. 그렇게 스스로 추궁하는 나머지 나는 이마빼기 위에다 일백십 원짜리 전당표를 붙이고 있는 것 같았고 그러면서도 호화롭게 앉아 있는 나의 꼴이 오늘 아침 가짜 비녀 가락지를 상자 속에다 넣어 둘 때 목도하였던 불쾌한 광경과 똑같이만 생각되어 나는 홀연히 일어서서 거리로 나왔다. 여름 모자를 사 가지고 집으로 돌아와 보니까 할머님도 계시지 않았고 안해도 없었다. 하인들에게 어디 가셨느냐고 물으니,

"아까 권 대신 댁에서 자동차를 보내서 가셨어요."

이렇게 대답하며 흘끗 나를 쳐다보는 어멈의 표정을 읽을 때 무슨 일이 났나 가슴이 선뜩하였다. 조마조마하였으나 천천히 양복을 벗고 나무광으로 가서 장작 서너 개비를 쪼갠 다음 세수를 하고는 방으로 들어왔다. 상자를 꺼내어 보니 그 속에는 나의 편지와 안해의 장신구도 없었고 내가 사다가 넣은 가짜 금비녀와 가락지만이 뒹굴고 있었다. 할머님을 모시고 나들이를 갔으면 비녀와 가락지도 없이 어떻게 하였나. 일할 때 쓰는 유리 비녀를 그대로 꽂고 갔나. 그렇지 않으면 제사 때나 내놓는 흑각비녀를 꽂고 갔나. 하여간 할머님과 어머님의 말대답은 어떻게 하였을까. 없어진 것을 아시면 큰일일 텐데 그것은 고해바치지 않았겠지. 안해의 고생하는 모양이 선하였다. 초대를 받아 갔는데 남남의 수많은 대갓집 새댁들 속에서 나의 안해만이 머리 쪽을 뒤로만 두고 남이 알아차릴까 가락지 꼈던 손가락을 감추고 있는 그의 자태가 마음

*음악 소리가 맑고 또렷한.
**밀알을 털고 난 밀의 줄기.

에 더 한층 미안하였다. 물론 안해가 나의 편지를 읽었을 것이니 나를 너무 책망하거나 야속하게 여기지는 않았을 것이요, 오히려 오늘날까지 우리가 결혼을 한 경과를 되풀이하고 나의 행동에 감사한 마음까지도 가질지 모르되 빚 갚은 칠십 원 외에 사랑하는 안해의 귀중한 물건을 없애어 많은 돈을 낭비한 것은 사실 변명할 수 없는 나의 죄과이며 더군다나 계집을 끼고 술을 먹어서 없앴다는 것은 홀로 생각하여도 낯이 붉을 일이었다.

'지극히 존경하고 사랑하는 안해여. 처음 편지는 잘 읽고 나의 마음을 이해하며 용서해 줄 줄로 믿소. 지금 나는 상자 속에서 도금 비녀와 도금 가락지를 다시 훔쳐 가오. 자기의 죄과를 감추기 위하여 당신에게 가짜 금비녀와 도금 가락지를 사용하게 하려고 한 나의 행동은 참 비열한 것이요. 당신은 이것을 꽂지 않기를 잘하였소. 나는 곧 이번 일을 할머님께 자백하는 동시에 당신의 일상 충고대로 나의 악습과 생활을 개선하길 맹세하고 또한 애매하게 당하고 있는 곤경도 피하게 해주리다. 당신의 비녀와 가락지를 훔쳐다가 나는 일백십 원에 잡혔소. 그 중 칠십 원은 정당하게 썼으나 나머지 돈은 나의 극악한 소시민적 향락에 없애버렸소. 지극히 존경하고 사랑하는 안해여, 많이 용서하여 주시오.

나는 오늘 어지간히 번민하였고 지금 이 기회를 타서 제법 신통한 결심을 하는 것이오. 이 상자 속에서 가짜 비녀와 가짜 가락지를 축출하는 것처럼 나는 내 자신 속에서도 그와 같은 불순·허위·오예* 이런 것을 청산하오. 앞으로는 술 먹지 않고 시간과 금전

| * 汚穢, 즉 지저분하고 더럽다는 뜻.

을 쓸데없이 버리지 않고 거리에서 씩씩하게 활동하고 있는 남아가 되오리다. 나는 이제부터 비겁한 사나이가 아니라 당신의 용감하고 장한 남편일 것이요.

　나를 사랑하고 이해하고 믿어 주시오.'

　나는 도금 비녀와 가락지를 꺼낸 다음 아름다운 상자의 뚜껑을 덮었다. 그 속에는 나의 세 번째 편지가 들어 있는 것이다. 맨 아래창 농문을 열고 울긋불긋한 비단 보자기 밑으로 손을 더듬어 쌓여 있는 안해의 하얀 속옷들 사이에다 상자를 곱게 파묻어 두었다.

—《조선문단》 24, 1935. 7.

기계機械

흡사히 안개 낀 날마냥이다. 솜가루와 먼지가 뿌-옇게 내려쌓이고 있다. 바로 앞에 것도 똑똑히 보이지가 않고 흐리멍덩하다.

사람들 머리 위에도, 기계 잔등이 위에도, 넓은 마루판 위에도 솜먼지가 허-옇게 앉았다. 손으로 몸을 털면 풀썩풀썩 연기 나듯 하고 지나다니면 눈 쌓인 언덕을 간 것처럼 발자국이 또렷또렷 들이박힌다.

기계 소리가 야단스럽다. 먼지 때문에 눈이 캄캄한 것과 같이 기계 소리 때문에 나중에는 귀가 먹먹하다. 여간 크게 이야기를 해야 들리지도 않는다. 어떻게 형언할 수 없는 소란한 기계 소리뿐만이 모든 것을 함빡 적시우고 있다.

먼지가 기계 소리 같고 기계 소리가 먼지 같아진다. 일하는 사람들은 이윽고 그렇게 정신이 나가고 만다. 그냥 아무 생각 없이 수족들을 놀리고 있을 뿐이다. 눈으로 기계 소리를 듣고 귀로 먼지를 보는 듯도 하다. 아니 사람과 먼지와 기계 소리가 모두 따로따로가 아니요 한 덩어리인 것처럼 느껴진다.

참을 수 없어서 심가가 튀어나온다. 공장 문을 앞으로 벌컥 미니까 별안간 밝은 일광과 맑은 공기이다. 살 것 같다. 헐떡헐떡 가쁘던 호흡이 점차 평온한 숨소리로 돌아오는 것을 보면 사람의 손에서 다시 어항 속으로 들어간 금붕어를 연상케 한다. 과연 심가의 까맣게 질렸던 얼굴이 핏기가 생기며 말라붙었던 표정이 풀리기 시작한다.

공장 안에서는 그것도 할 수가 없었다는 듯이 그는 우선 얼굴을 한번 찌푸린다. 그러고 펴지 않는다. 늘 찌푸린 그대로이다. 이 몹시 딱딱한 안색이 다른 사람들로 하여금 그에게 말을 건네지 못하게 한다. 감독 찬수도 그에게만은 만만하게 잔소리를 퍼붓지 못한다. 한번 힐끗 쳐다보고는 그만이다. 심가는 먼지를 털고 코를 풀고 회사문을 나와서 거리로 사라진다.

여직공 순이는 오늘도 영숙이가 결근을 한 것이 마음에 걸린다. 어쩐 영문인지 궁금하다. 더구나 며칠 결근만 하는 것이 아니라 영숙이는 영영 공장을 그만두는 눈치임으로 안타까움이 한층 더하다. 시집을 간다면 몰라도 그렇지도 않으면서 무엇 때문에 그만두는 것이며 또 어떻게 하려는 심속인지 모를 일이다.

"얘 막 뻐기드라."

그간 영숙이를 만나 봤다는 한 소녀가 이렇게 소리를 지른다. 그러나 순이의 귀에는 기계 소리로 하여 가만히 들린다.

"뭐라고?"

순이가 입을 연다.

"아주 그만둔대?"

"말 마라."

"왜?"

"공장에 댕기는 년은 미친년이래!"

"흥, 야단났군!"

"저는 하루에 이 원도 벌구 삼 원도 번대."

하면서 계집아이는 잠깐 일손을 멈추고 순이 옆으로 오더니 귀에다 입을 대고는,

"저어 왜 식당 있지 않아? 레코드도 틀구 술 먹는 데 말야. 아마 영숙이가 거기 댕기나 봐! 온종일 죽도록 고생을 하구선 삼십 전 사십 전이 뭐―나구 식당엘 댕겨서 돈을 많이 번대. 공장에 있는 건 미친년이라구. 뭐 그래 가지고선 거기서 시집갈 밑천을 장만헌대. 히히."

속살거리고 나서 다시 제자리로 재빠르게* 돌아간다. 막 순이가 그쪽을 향해 가지고 다른 말을 물으려고 할 때 감독 찬수가 들어오다가 그 꼴을 보고는 딱 발걸음을 멈춘다.

찬수는 순이의 눈동자를 잊을 수 없다. 뒷짐을 지고 이리저리 서성대면서 마음속으로 순이의 모습을 그리어 본다. 눈 우선 눈이다. 그것이 몹시 매혹적이다. 아까 누구하고 이야기를 하려다가 자기에게 발견되었을 때 서로 부딪친 시선을 몇 번이고 되풀이하여 본다. 그리고는 뺨, 입술, 콧등, 머리칼의 나부끼는 모양, 가슴, 허리 뒷모습 이렇게 한 계집애의 꼴을 일일이 머릿속으로 상상하여 가지고는 그것을 한데 붙이어 보곤 한다. 마음대로 잘되지 않아도 상관없다. 슬며시 공장 출입구 쪽을 바라보면 그만이다. 순이의 일하고 있는 것을 얼마든지 눈요기할 수 있다.

나부끼는 솜먼지로 하여 잘 보이지 않는다. 찬수는 출입구 편으로 슬슬 향하여 간다. 순이의 머리도 하얗게 시었다. 손으로 털어 주고 싶은

충동까지 생긴다. 더욱 가깝게 다가서면 빨간 뺨 얼굴의 혈색까지 똑똑하여진다. 예쁘다. 순이가 슬쩍 옆으로 오는 찬수를 쳐다보더니 그 서글서글한 눈동자가 금세 겁내는 것과 부끄러운 빛으로 가득 찬다.

'아마 아까 들켰지? 또 한바탕 잔소리를 늘어놓으려나부다.'

염려를 하며 고개를 숙이고 순이는 더욱 두 손을 빨리 놀린다. 찬수는 이야기할 무슨 언덕거리가 있었으면 하고 잠깐 궁리하다가 문득 며칠 계속하여 결근을 하는 영숙이를 생각해 내고는,

"참 요새 영숙이 왜 안 오나?"

뒤로 몇 걸음 물러서면서 여자부를 향하여 큰 소리로 묻는다.

"모르겠습니다."

순이가 대답을 할밖에 없는 경우이다.

"순이하구 영숙이하구 친하지?"

"네―"

"그런데 몰라?"

"못 만났세요."

"왜?"

"제가 안 가 봤세요."

감독은 다시 여직공의 앞으로 다가서면서,

"좀 가 보지."

"네―"

"그러면 저어 오늘밤으로 영숙이한테 가 봤다가 혹시 앓는지도 모르고 하니까 내일 아침으로 나에게 알려달란 말여 응?"

"네―"

마음이 만족하여 공장 속 먼지더미에도 답답함을 잠깐 잊어버렸다가 순이와 말을 끊고 돌아서며 별안간 진저리가 난다.

그러나 눈치를 보였다가는 어색하다. 남직공 쪽으로도 한 바퀴 돌아야 한다. 그는 먼저 심가가 회사 밖으로 나간 것을 보아 잘 안다. 그러나 모르는 체한다. 기계 소리가 한층 더 크고 요란스럽다.

심가의 아들 경구의 뒤에 가 선다. 경구는 먹이던 것을 잠깐 중지하고 틀 밑으로 빠져나온 솜을 한아름 안아서 여자들이 접어붙이는 돗자리 위에 갖다 쌓아놓는다. 오다가 찬수에게 꾸벅한다.

'건방진 놈―'

찬수는 속으로 이렇게 뇌며,

"여보! 신상."

"네."

"그런데 신상 어르신네는 또 어딜 가셨수?"

"글쎄요."

경구도 아까 자기 아버님이 헐떡거리며 나간 것을 봤다. 지금쯤은 요 아래 대폿집에서 돼지 순대에다 막걸리를 두둑이 한잔할 것이다. 새빨갛게 취해서 씨근씨근하며 있는 아버님의 얼굴이 떠오른다. 늙고 병들고 가난하고 불우한 부친이 아프게 가엾다.

"그거 참, 어 어."

찬수가 입맛을 다시며 눈치를 보일 때,

"지금 금방 계셨는데요."

아들은 기계적으로 아버지를 변명한다. 그러나 감독은 거짓말 말라는 듯이 눈을 흘겨 뜨고는 나가버린다. 경구는 그 뒤에다 대고,

"더러운 자식―"

이렇게 입 속으로 해 넘긴다.

과연 심가는 익은 게딱지처럼 새빨갛게 취하였다. 입과 코로부터 김

을 토한다. 술잔을 들어 마실 때마다 커다란 막걸리 사발이 그의 얼굴 전체를 가린다. 막걸리 방울이 몇 방울 뚝뚝 떨어진다. 들이키고 나서는 손등으로 입술을 쓱 씻고 그것을 이번에는 때가 새카맣게 묻은 저고리 앞자락에다 문질러 버린다.

"거, 그러찮수. 김 첨지."

심가는 사발을 놓으며 술집 주인보고 제법 첨지라고 부르면서 눈방울을 두리번거린다. 김 첨지 역시 무엇을 찾는 사람의 눈치로 심가의 표정을 살피면서 고개를 끄덕거리고,

"아, 그야 그렇다뿐입니까?"

놈이 앉아서 먹고산다고 말을 해도 빼는 때가 있다.

"글쎄, 생각하면 이 제면 회사가 다 내 거란 말야."

심가는 눈알을 부라리고 김 첨지 술장사는 고개를 끄덕거리고,

"정말은 내가 이 회사 사장 영감이여야 할 게거든."

또 한 번 부라리고 끄덕이고,

"사장은 못 되었대도 적어도 지배인은."

옛다 한잔 더 먹어라. 첨지는 막걸리를 아주 두둑이 붓는다. 아까 같은 정경으로 심가는 그것을 들어 마신다.

"카—"

"그래, 빌어먹을 회사 주인이 직공이란 말야. 아, 인부란 말야?"

소리를 친다. 인부란 말야 하고 두어 번 더 크게 소리를 지른다.

심가는 옛날 이야기를 하는 것이다. 지금에는 폐병으로 죽어서 미아리에 파묻혀 있지만 그때 꼬치꼬치 말랐던 박 서방이라는 사람과 동무장사로 단지 단칸세를 얻어 가지고 또 단지 한 개의 솜틀을 장만해 가지고 그놈을 발로 덜그럭거리며 틀고 옆에서는 접고 하며 헌솜 트는 집을 할

때 일이다. 누더기를 하얗게 틀어서 신문지에다 뭉쳐 놓으면 부인네들이 지나다가,

"이거 얼마요?"

"열 냥씩만 내슈."

"비싸."

입을 삐죽거린다. 이런 구멍가게 같은 것도 회사처럼 따져서 말하자면 심가가 사장인 셈이요, 박 서방은 이를테면 전무취체역*인 셈이다.

그러던 것이 장사 재미가 날 때쯤 그만 박 서방이 죽고 말았다. 그 대신 들어서서 동무장사가 된 사람이 현재의 당당한 제면주식회사의 당당한 전무취체역인 김성배이다. 그는 천하의 사업가이다. 들어서자마자 우선 솜틀을 한 대 더 늘리고 양솜을 취급했다. 그러나 뼈가 빠지게 일을 해서 근고勤苦 닦아 간 사람은 역시 심가다. 밖에서 알랑거리고, 안에서 부지런하고 그리고 세월을 만나서 장사는 부쩍 뻗어 나갔다. 가게가 커지고 유리 창문을 해 달고 했다.

그러나 어언간 심가는 사장 자리에서 미끄러지고 말았다. 김성배가 그 위고 심가가 그 아래다. 그리고 조금 있다가 각처에 제면소가 우르르 생기면서 구식 솜틀 기계는 폐지하고 발동기를 사용하게 되었을 때는 좀 더 기름기가 흐르는 물주가 들어와서 사장셈이 되고, 김가가 취체역, 심가는 이를테면 지배인이었다. 이때부터 김가는 꼭 양복만 입고 다니고, 순금인지 도금인지 확실치 않은 금 시곗줄을 기다랗게 늘이고, 단장을 야단스럽게 휘두르고, 공연히 직공들을 으르딱딱거리고**, 심가를 까닭 없이 못 먹겠다고 방해하고, 행랑어멈 첩을 했다는 소문을 퍼뜨리고 했다. 그러나 그러면서도 김가가 일변 유력한 물주의 힘을 빌려 자기의 지

---

* 은행이나 회사 따위에서 기업체의 전반적인 사무를 직접 책임지고 감독하는 임원.
** 무서운 말로 위협하며 자꾸 을러대고.

위를 보존하는 데는 물 샐 틈 없이 하는데도 불구하고 심가는 이런 양복 쟁이도 못 되고 천상 재주가 막걸리 타령과 뼈아픈 노동이다. 그래서 박 서방 시대의 사장, 김 서방 때의 취체역, 그다음의 지배인이, 나중에는 공장장으로 밀렸다가 그것도 윗세력에 그대로 못 해먹고 얼마 전에 감독 으로 내려쫓겼고, 다시 김성배의 알선으로 젊은 찬수가 오자 심가는 그 야말로 심가로 전락하여 일개 직공으로 떨어져 버린 것이다. 그는 한 달 에 삼사십 원쯤 받는 직업을 얻은 대신 모든 희망을 빼앗긴 것이다. 이따 금 얼빠진 사람처럼 발로 놀리던 솜틀 자리를, 그리고 장사가 잘되어 유 리 창문을 해 달았을 때의 옛날 가게를 생각하고 그는 빨간 제면 회사의 건물과 높다란 굴뚝을 바라보며 입을 딱 벌리고 서 있는 때가 있다.

"거, 그렇잖소. 김 첨지."

심가는 술집 주인 김 첨지에게다 대고 아까보다도 더 한층 눈알을 몹 시 부라린다.

"아, 그야 그렇다뿐이리까."

'앗다 이놈 제기! 술장사일망정 그래도 앉아서 밥술이나 먹는다고 말 을 해도 빼는 때가 있다.'

"한 잔 더 부어!"

'옛다 경을 칠. 한 잔 더 먹어라.' 김 첨지는 다시 한 번 가뜩 붓는다. 심가는 그놈을 게 눈 감추듯 한다. 사방을 휘휘 둘러보며 술국 가마가 걸 린 안방 방문 앞으로 가더니 미닫이를 열고 그리고 엉거주춤 바른손을 자기 바지 속으로 넣더니만 한 주먹, 두 주먹, 세 주먹, 자꾸 눈같이 흰 솜덩이를 꺼내서 방 안으로 들이치며 그래도 외상술을 안 먹는다는 표정 을 짓는 것이다.

찬수가 들어서니까 공장 안은 어둠침침하다. 천장과 벽으로 높이 들창이 많으나 그 유리에 원체 먼지가 들여 쌓였고 여기저기 전기를 끌어 전등을 켰으나 그 또한 솜먼지로 뽀얘서 흐리다. 아니 찬수는 밝은 밖에서 갓 들어왔으니 공장 안이 어둡고 공장 안 직공들은 들창과 전등에 먼지가 쌓인 것처럼 그들의 눈 가장자리에 함빡 솜이 풍겨 한층 흐리터분한 것이다.

"순이가 안 왔다."

보아서는 언뜻 잘 알 수 없으나 출근부를 미리 조사해 안 것이다.

"영숙이도 그저 결근이고."

그러나 그까짓 원숭이같이 생겨먹고 까불기만 하는 영숙이 년이야 안 와도 그만이고 없어도 좋다. 순이보고 영숙이가 왜 안 나오나 알아오란 것도 원숭이를 끔찍이 알거나, 회사를 위하여 여직공 감독하기보다도 순이와 친히 만날 기회를 엿보려는 노릇이다. 그런데 그 순이가 결근이다. 그뿐인가 며칠을 두고 안 온다.

'화가 난다.'

그러나 내색을 보여서는 안 된다. 하지만 뚜벅뚜벅 게다가 뒷짐을 지고 왔다갔다하는 폼이 매우 거세다.

"거, 왜 함부로 그러나?"

이건 말이 아니다. 무슨 영문인지 찬수에게 핀잔을 들은 직공은 참 억울하다. 발동기가 전기 장치대로 제대로 되는 것을 어떻게 하며, 또 함부로 굴리면 쇳덩어리가 닳는단 말인가. 경우도 모르는 말이다. 그렇지만 감독 찬수는 한마디 더 뽑는다.

"기계를 곱게 다뤄야지."

소란한 소리에 안 들린다고 너무 크게 소리를 질렀기 때문에 모두들 알아듣고 이편을 쳐다본다.

'저놈이 미쳤다.'

'엿 먹어라. 이 자식아!'

직공들은 입 속으로 각각 이렇게 뇐다. 모두 험상한 패이다.

순이 때문에 괜히 흥분하고, 걸음걸이가 이상하고, 쓸데없이 고함을 지르고, 한 것을 되풀이하니 찬수는 별안간 쑥스럽다. 당황한다. 그래 이건 또 위엄을 보인다고 하는 것이 자기도 모르게 연설도 아니요, 잡담도 아닌 소리를 냅다 크게 지른다.

"내가 전에 있던 공장 말이야, 아 내가 기계 조심하라고 이야기 좀 하면, 아 그날로 나 몰래 기계 하구루마羽車*를 막대기로 쑤셔놓고 벨짓 다 하는 놈들이 있단 말여."

"투예!"

감독은 공장 바닥에 그대로 침을 뱉는다. 직공들은 듣고서 어안이 벙벙했다.

'설마 원, 그럴 리가 있나?'

생각이다. 찬수가 제까짓 것이 기계 위하라는 푸념만 했지 언제 한번 먼지나 털어 봤느냐. 그래 밤낮으로 그 기계와 일하고 그놈을 쓸고, 닦고, 기름을 부어 주고 하는 사람과 어느 편이 더 위하는 마음이 있을까 보냐 말이다. 기계와의 정분으로 봐서래도— .

심가의 아들 경구가 그러한 직공 중의 한 사람이다. 아무 탈 없는 기계 위에 그저 뽀얀 솜먼지만이 쌓여 있어야 그는 편안하다.

　　—덜그럭 덜그럭

　　—덜그럭 덜그럭

　　—철석 철석

---

* 수레, 톱니바퀴.

―철석 철석

　그는 탈 없는 기계 소리가 항상 유쾌하다. 젊어서 기운이 한창이고 동무들과 욕지거리를 섞어 가며 잡담을 하는 것도 재미며 마음속으로 은근히 사모하는 순이가 한 공장 안에서 솜채를 탁탁 치며 함께 일하고 있는 것을 생각하면 할수록 행복이다. 어느 때 한 번은 자기가 부리는 기계 위에다 화병을 올려놓았다가 조롱거리가 되었던 일까지 있다. 그런데 작대기로 하구루마를 쑤시는 건 다 뭐냐. 첫째, 기계가 고장이 나면 기사인가 기수인가가 고치기는 하지만 전 책임을 지고 종일 서서 갖은 고생과 궂은 심부름을 하는 사람은 직공이다. 쓸데없이 무엇하러 고생살이를 사서 할까 보냐 말이다. 그런 건 고사하고 우선 정의, 그것으로도 될 말이 아니다. 경구는 정말 자기가 쓰는 기계를 사랑하고 끔찍하게 여긴다.

　자기 아버지가 이따금 모주*가 대취하여 안방에 누워 벽장문을 발길로 차면서 주정을 하는데

　"아이구, 내 솜틀아. 아이구 내 솜틀아……"

　"아이구, 내 유리 창문 해 달은 솜가게야. 아이구, 내 유리 창문 해 달은 솜가게야……"

　나중에는 이것이 육자배기도 되고 신고산 타령도 된다. 단순한 경구의 지식을 가지고는 물론 아버지의 몰락 과정을 이해할 수는 없고 단지 자기가 손수 만지던 기계에 대하여 그토록 애정을 쏟는구나 하는 데 생각이 미칠 때 비로소 뼈아프게 동정이 간다. 아버지는 지금 한몫 직공이 못 되어 기계도 못 부리고 늘 피어난 솜이나 갈퀴로 그러담고 하는 말하자면 인부이니 자연 옛날의 자기 손그릇이 생각나리라 하는 것이다.

| * 약주를 거르고 남은 찌꺼기 술.

순이가 있고 기계에서 날마다 일하고 그리고 인제 순이와 좀더 친밀해졌다가 서로 연애하고 나중에 둘이 혼인하고 그러면 그때엔 순이는 들어앉아 살림하고 저 혼자 벌어들인다. 경구는 항상 이런 생각으로 가득차 있다.

—덜그럭 덜그럭

—덜그럭 덜그럭

—철석 철석

—철석 철석

"너 이놈아. 어젯밤에 어디 갔다왔니?"

"자—식 가긴 어딜 가!"

"말 말어라. 너 혼자 제일극장 갔지 이놈아!"

이렇게 동무들과 농담을 하며 힐끗 순이 쪽을 보고 늘 행복스럽다.

그러나 오늘은 직공 경구도 감독 찬수에게 지지 않고 아니 오히려 그보다 한층 더 퉁명스럽고 울분하다.

'순이가 안 나온다.'

'며칠씩 결근이다.'

찬수는 이것뿐으로 그러지만 경구는,

'식당껄.'

'그래 순이가 식당껄이 되다니.'

한 술 더 떠서 그 고통은 크고 번민은 깊다.

처음에는 순이하고 짝패인 영숙이가 먼저 '식당껄' 이라 부르는 여급이었다. 머리에다 기름투성이를 하구 그 잘난 원숭이 낯 바닥에 횟박*을

| * 석회(산화칼슘), 여성의 화장분을 속되게 이르는 말.

쓰고, 그뿐인가 나중에는 대가리를 지져서 벌집처럼 꾸미고 그랬다. 그것을 처음에는 순이도 흉보지 않았던가. 새벽부터 밤중까지 솜먼지를 쓰고 죽을 고생을 하고서 그래 사십 전 오십 전이 뭐냐. 식당엘 다니면 몇 시간 안 가서 이 원 삼 원이 척척이다. 이렇게 영숙이가 잘난 척 떠들었다고 순이는 여러 동무들과 감독의 눈을 피해 가며,

"피— 우숩다. 히히."

쩔고 까분 것을 경구는 분명 보아 잘 안다. 그러던 순이가 며칠 동안에 단박 영숙이 쪽으로 붙어 버릴 줄이야 그에게는 참 모를 일이다.

'고것도 얼굴만 해반주그레*하지, 속은 영숙이 쪽 아닌가?'

경구는 어젯밤 일을 생각해 본다. 공장이 파한 후 늦게서야 집엘 가막 저녁밥을 먹고 앉았으려니까 건너 동네에 사는 순이 할머님이 헐레벌떡 달려와서는,

"여보! 심 서방 그 애가 큰일 났소. 아, 고 바람둥이년 영숙이 말야. 아 고것하고 늘 붙어다니면서 공장에도 고만둔다는군. 응?"

"뭐 카페라나, 앗다 술 먹고 그러는 데랍디다. 거길 댕기겠다구 무슨 큰 수가 생기는지 가만 두었단 계집애만 버리겠구. 심 서방이 어떻게 회사에다 말을 해서 데려가두룩……"

경구는 일하던 손을 잠깐 멈추고 고개를 흔든다. 그도 소위 식당이라는 데를 몇 번 가 본 일이 있다. 우동도 팔고, 마사무네正宗에 간쓰메** 통, 그리고 얼마를 받는지 모르는 과일 이런 것을 갖다놓고, 다음에는 인제 '식당 여자'라는 계집을 함부로 끼고 논다.

'그 북새통에서 하루, 이틀, 사흘, 나흘, 닷새 그동안을 순이는 어떻게 지냈는가?'

---

* 겉모양이 해말쑥하고 반듯한 모양.
** 통조림.

경구는 몸이 별안간 부르르 떨린다.

―뽀우―

하고 점심시간을 알리려면 아직도 삼십 분쯤은 넘어 남았으련만, 심가는 벌써부터 뺑소니를 친다.

"정을 칠―"

소리를 몇 번이나 하고 어디다가 뱉는 침인지 어떻게 구석진 데다가 슬그머니

"투에!"

해버리고 제법 갈퀴* 등 같은 가운뎃손가락으로 콧구멍을 우비적 우비적 솜먼지를 빼내고, 그러나 가만히 보면 아래 바짓가랑이가 축 처진 게 걸음걸이가 몹시 을씨년스럽다.

"아버지―"

별안간 등 뒤에서 큰 소리다. 이크, 주춤했으나 잔뜩 이마를 찌푸리고 돌아다보니,

"온, 이눔이 환장을 했나?"

아들 경구 녀석이다.

"왜 그래?"

"아 글쎄, 벌써 나가시면 어떻게 해요."

"니가 이놈아 감독이냐? 이따가 나 할 일만 해놓으면 고만이지? 애비가 못 허거던 넌 또 좀 못 허니?"

경구는 이래저래 상하는 속이다. 그러나 아버지의 거추장스러운 바짓가랑이를 봤을 때에는 순간 가슴이 덜컥 내려앉는다. 그것은 며칠 안 되지만 언젠가 지난번 비 오시던 날부터 아버지의 거동이 이상스러웠고,

---

* 검불이나 곡식 따위를 긁어 모으는 데 쓰는 기구. 한쪽 끝이 우그러진 대쪽이나 철사를 부챗살 모양으로 엮어 만든다.

바로 아까도 자기 기계 뒤에서 아버지가 엉거주춤하고 흠칫거린 것을 연상하매 그것은 틀림없는 일이다.

막 심가가 공장 문 앞까지 가자 감독 찬수가 들어온다.

"심 주사는—"

찬수의 말이 끝나기 전에 심가가,

"측간*에 가우"

그러자 찬수는 힐끗 보고 돌아서며, 암만해도 수상하다는 듯이 심가의 축 처진 바짓가랑이에다 눈독을 들인다.

'아뿔싸! 큰일 났다.'

멀리서 경구가 보고 마음을 졸인다. 이 위기를 구해 준 사람이 여직공 간난이다.

"너 순이가 왜 안 오는 줄 아니?"

점심때가 가까워 오면 으레 떠들썩하는 법석이다. 간난이가 옆에 있는 영자 보고 입을 열자,

"왜?"

"홍, 영숙이허구 이거야."

하면서 두 손바닥을 딱 한데 합하자 찬수가 그것을 듣고 보고 그리고는 심가에게서 눈을 돌려 이편으로 온 것이다.

"뭐, 순이가 왜 안 와?"

"식당꼍이 됐대요."

감독하고 하는 이야기이니까 간난이는 마음 놓고 소리를 지른다.

"아하!"

찬수는 입을 크게 벌린다.

| * 변소.

"왜 요전번에 영숙이 결근할 때 말예요. 그때 왜 복상께서 순이에게 보구 오라구 그러시지 않으셨어요? 그런데 말예요. 영숙이가 식당엘 댕겼는데 히히히히……"

말을 하다 말고 소녀는 고개를 숙이며 웃는다.

"그래서?"

"첫번엔 순이도 영숙이보구 공장엘 다시 댕기라구 그랬대요. 그런데 히히히히……"

또 웃는다, 찬수가 잘 달래서 듣고 보니 결국은 그 반대로 순이가 식당엘 나가게 되어 요새는 영숙이처럼 머리를 지지고 야단이라는 것이다.

"아하—"

찬수는 또 한 번 이렇게 중얼거리지 않을 수 없다.

"영숙이가 너 어떤데?"

간난이가 그러니까 영자는 입을 삐쭉거리면서,

"뭘 그래야 순이도 다 그렇지. 제가 좋아서 그렇지."

"좋긴 뭐 좋냐 얘."

"순이하구 영숙인 좋단다. 얘 누가 아니?"

그러면서 슬쩍 눈웃음을 친다.

"어디지 게가?"

한참 거동을 보다가 찬수가 묻는다.

"몰라요. 저어 어디라나."

간난이의 말소리가 채 끝나기 전에 찬수는 남직공 쪽으로 간다.

감독 찬수와 직공 경구 사이에 이때같이 서로 무섭게 시선이 부딪친 적은 없다. 금방 그 눈알맹이 속에서 불이라도 확 일어날 것 같다. 오늘 처음 만나 서로 인사를 하려는 것도 아니요, 무슨 말이 있는 것처럼 마주 노리고만 본다. 그러면 감독이 먼저 이야기를 해야 한다. 그는 잠깐 눈알을 번뜩이다가,

"경구 나 좀 보우—"

획 나간다. 경구는 찬수의 뒷모양을 살피며 그리고 동무들과 눈이 부닥치자,

"멕여라!"

"한 대 멕여!"

하는 소리를 듣고는 빙긋 웃어 보이고 그러나 단박 엄숙하고 차디찬 표정으로 따라 나간다.

공장 뒤편이 헛간이다. 그 한편 구석으로 구멍을 내어 공장에서 풍기는 솜먼지가 그리로 나오게 마련이다. 그놈이 첫번에는 보통 솜먼지마냥으로 허옇치만 나중에는 썩어서 빛깔이 새파랗고 독기를 품는다. 직공들이 이따금 이곳을 소제하는 때가 있는데 그때가 제일 죽을 고생이다. 슬쩍만 해도 폴싹 꺼지며 연기처럼 솟아오르는 퍼런 썩은 먼지 그것이 코와 입 속으로 들어가면 펄펄 뛴다. 그 헛간 한 구석으로 들어서더니, 찬수는 헛기침을 두어 번 한 뒤,

"다른 게 아니라."

그리고 뒷짐을 지면서,

"심 서방 어르신네 말이유."

경구는 잠자코 뒷말을 기다릴 밖에 없다.

"회사에선 지금 말이 많은데 아마 며칠 안 가서 이걸 게요."

하면서 바른편 손바닥으로 목 베는 흉내를 낸다.

'아하 그렇구나!'

경구는 제대로 속생각을 한다. 그러나 분하다. 어떻게 말로 설명할

수 없이 그저 분하다. 아까부터 오르락내리락하던 화가 부쩍 치민다. 그러나 찬수에게다 대고 할 말은 없다. 그래 할 수 없이,

"그럼 어떡허나요?"

애원하는 소리로 묻는다. 그런데 찬수의 대답이,

"할 수 없지—"

요건 앵돌아지는 수작이다. 충고도 아니요 경고도 아니며 단지 약 좀 올라 봐라 하는 마음보가 아니냐. 이때 비로소 경구는 찬수를 치고 싶은 충동을 받는다. 게다가 또 화약에 불을 지르는 셈으로,

"그러고 왜 나이깨나 먹은 이가 그 모양이여?"

"뭣이?"

경구의 대답이 자연 거치니까 찬수는 펄쩍 몸을 추키고 얼굴에 핏대를 올린다.

"아 바짓가랑이가 왜 그렇게 밤낮 축 늘어지느냐 말야?"

그리고 앞으로 다가서며,

"그래도 못 알아듣겠어?"

"어째?"

경구도 마주 다가선다.

"경구 아버지 바짓가랑이가 나갈 때는 늘 애 밴 여편네 배때기처럼 불룩하단 말야. 다른 거 아냐?"

"그러니 어쩌란 말요. 댁이 남 의복 가지고 이러니저러니 헐 권리 있소?"

"흥 그러는 게 효자 아니거던."

"이 자식!"

"뭐? 도적놈!"

기여코 경구의 커다란 손바닥이 찬수의 뺨에 가서 딱 소리를 낸다.

"이 자식 봐라!"

"어쩔 테냐!"

서로 멱살을 부여잡고 발길로 차고 한다. 경구로서도 자기 아버지를 의심 안 하는 바는 아니나 그러나 꼭 그렇다고는 믿을 수 없다. 그런 것을 쓸데없이 목이 달아나느니, 도적놈이니, 남 감정만 상해 놓으려는 것은 괘씸하다.

'예라, 볼 것 다 봤다!'

경구는 엉덩이를 들썩 어깨 위로 올라온 찬수의 몸을 그대로 솜먼지가 썩어서 흡사히 시퍼런 연못인 양 한가운데로 내꽂아 버린다.

'인제는 아버지를 보나, 내 일로 보나, 공장엔 있을 수 없고, 순이도 없고—'

마침 점심시간이 되어 직공들이 우 하고 쏟아져 나오는지라, 경구는 그들을 피하여 저편 뜰로 가며 생각한다. 기계 소리가 나고, 동무들의 농담이 들리고, 순이의 예쁜 얼굴이 보이고 하던, 공장이 전에는 마음에 반갑더니 지금에는 금세 지옥 같다.

'싫다 싫다.'

경구는 머리를 흔들며 이제는 두 번 다시 공장에도 발을 안 들여놓고 오늘밤부터는 집으로도 아니 가겠다 결심한다.

심가는 오늘 대폿집으로 들어서면서 먼저 가랑이 속의 솜을 내어놓고 먹는다. 그러니까 이를테면 선금 주고 먹는 술이니 어떻단 말이냐는 듯이 버젓하다. 한잔 들이키는 사발 아래로 여전히 부연 막걸리 방울이 줄줄줄줄 떨어진다. 소맷자락으로 입술을 쓱 씻고,

"솜 값이 요새 여간 비싼 줄 아루? 아주 막 비행기 탔수. 막 올라가지 막 올라가."

다행히 사람이 없어 망정이지 심가는 제가 뭘 믿고 떠드는지 모르겠다. 김 첨지는 그저 쉬쉬 비는 마음으로 눈만 왕방울만치 크게 뜨고 고개만 끄덕끄덕,

"아, 그래 취체역인가 주릿댄*가 김성배 말유. 요새 아주 배때기가 이렇지."

심가는 자기 배 위에다 훨씬 더 큰 배때기를 그려 보이고 나서 계속한다.

"그뿐인가 그 전에 제 집 행랑어멈을 첩으로 떼 들였던 걸 인제는 차버리구 기생첩을 얻을라구 발광이라나, 온 참 어떻든지간에 팔자는 좋구, 운수는 타구난 눔여."

"다 팔자 소관이지."

김 첨지가 그래도 주인 행세를 하느라고 마지못한 대답을 한다.

"아 그런데 내 신세 좀 보우. 지금 나오려니까 등 뒤에서 호령이 안 납데까? 온 이런 경구 놈이 제 애비보구 그러는구려—"

심가는 김 첨지보고 한잔 부으라고 건넨다. 아까 겁결에 경구의 아버지 하고 부른 소리를 못 알아들었는지 알고도 첨지에게 무슨 할 이야기가 없으니까 만만한 아들을 애꿎게 구는 것인지 알 길 없다.

"그래 젊은 녀석이 애비가 좀 빨리 나가기로서니 슬쩍 눈 감어 버리고 내 할 일 제가 좀 못해 준단 말요?"

"그야 그렇다뿐이리까."

심가는 김 첨지의 이런 말투가 내심으로 싫다.

"한 잔 더 부!"

'옛다, 먹어라!'

| * 주릿대. 여기서는 몹시 불량한 사람을 비유적으로 이르는 말.

술집 주인은 그들 문자대로 아주 특별 대포로다 하나 가득 붓는다.
심가는 여전히 들이마신다.

"오늘밤에 집엘 들어오거든 이놈을 단단히 혼을 내놓아야지. 생각할
수록 분하단 말야."

어느덧 심가의 얼굴은 뻘겋게 익었고 눈은 게슴츠레 하고 입에서는
더운 김이 훅훅 내솟는다. 거나한 세상을 멀거니 바라다보면서,

"혼을 내놔야지. 혼을 내놔!"

"투에 투에."

주정뱅이의 본색을 드러내기 시작한다.

—《조광》44, 1939. 6.

모자帽子

밤새도록 비가 부슬부슬 내리고, 아침이 되면서 개었다. 반짝 들어 하늘에는 구름 한 점 없고 따뜻하게 햇빛이 비치고 있었으나, 땅은 아직도 물 수렁이었다. 쓰레기통과 그 옆에 흩어져 있는 오물, 벽 밑으로 가로 세워진 헌 구루마, 판장 이런 것들은 흠뻑 비를 머금은 채였고, 그러한 것이 눈에 띄는 좁다란 골목길은 어디나 진흙 바다다.

나는 이러한 길을 터벅터벅 걷고 있었다. 양복은 어젯밤 맞은 비로 인하여 후줄근하고, 이따금 내려다보니 구두의 모양은 어떻게 생겼는지 분간을 못하게 그냥 진흙투성이다. 양복가랑이도 맨 흙덩이었다. 그러니 꼴이 엉망진창이었으리라.

그러나 이상하게 골치는 아프지 않았다.

커녕 정신이 아주 쾌락하였다. 저절로 어깨에 힘이 주어지고, 다리는 아무런 괴로움도 없이 버젓하게 걸어 좋다. 한껏 피로했던 데서 새롭게 반발하여 오는 힘인지, 그렇지 않으면 내가 어젯밤 술 먹은 것으로 인하여 새삼스럽게 흥분한 까닭인지, 또는 아침에 별안간 비가 개고 날씨가 청명해진 탓인지, 하여간 좀 부자연한 듯하면서도 전신에서 왕성한 원기가 북받쳐 올라옴을 느끼었다. 그렇기 때문에 나는 동대문 근처서부터 여기까지 이렇게 걸어오고 있는 것이 아닌가?

유곽골 오거리에서 나는 제일 바른편, 제일 좁다란 골목으로 들어섰다. 더 한층 질고, 더 한층 지저분한 길이다. 꼬불꼬불한 골목을 돌아가려니, 집집의 지붕은 모두 야트막하여 처마 끝이 머리를 칠 것 같고, 대문간은 하나도 얌전하고 깨끗한 데가 없으며, 길은 그야말로 팥죽을 쑤어 부은 듯하다. 수롱* 앞을 지나고 담배 가게 옆을 돌고 다시 북쪽으로 난 골목으로 들어서며, 나는 정 군 있는 데를 두리번거리며 찾았다.

급기야 당도해 보니 다 쓰러져 가는 오막살이집의 문간채, 그 문간채의 길 옆 처마 밑으로 몇 쪽 함석을 대어 지붕을 만들고, 다 썩은 널판으로 뼁 둘러친, 보기만 해도 음산한 데다. 옆에는 쓰레기가 넘쳐흐르는 쓰레기통이 있고, 헌 리어카가 있고, 또 그래도 방공용 물통 및 그 외 기구가 늘어져 있다. 문고리에 자물쇠가 열린 채 걸리어 있으므로 나는 슬며시 문짝을 밀치고 안으로 들어섰다.

"흐흥?"

나는 중얼거리지 않을 수 없었다. 천장은 함석 밑으로 거적을 깔았고 곳곳에 빗물 흘러 떨어지는 것을 막으려 함인지 유지를 펴서 끼웠으며, 또 그것을 부지깽이처럼 새까맣게 절은 나뭇가지로 밑을 받쳤다. 벽은, 그러니까 헌 널판은 안으로도 빗물을 먹어 아직도 축축이 젖어 있고, 문짝 앞 귀퉁이로 높다랗게 쌓여진 구공탄만이 간신히 비를 피했다. 술청** 이라고 어린이들 널판만한 것을 한옆으로 가로놓았을 뿐, 그리고 그 위에는 술 주발이 대엿 개, 간장, 고추장, 또 곤쟁이젓이 한 그릇 놓여 있

* 수력을 이용하는 맷돌.
** 사람들이 술을 마실 수 있게 만든 선반.

다. 술청 뒤로는 석유 궤짝이 한 개 가로 뉘어서 있고, 아가리를 신문지로 턱 씌웠는데 그 속에는 뭐가 들었는지 모른다. 아마 그것이 이를테면 찬장인 모양인데 기껏해야 마른 북어가 너덧 마리 들어 있으리라 생각되었다. 그 옆으로는 조그만 술독이 있고 또 그 옆으로는 아주 작달막한 항아리가 있는데, 고개를 숙이고 술청 밑으로 해서 들어가 열어 보니 풋김치를 해 담았다. 술독엔 금방 술을 부은 듯 술 냄새와 함께 술 방울이 독 근처에 방울방울 떨어져 있고, 두 개의 화로에 모두 구공탄이 이글이글 피워져 있는 것을 보니, 아마 정 군은 준비를 해놓고 잠깐 나간 듯하다. 화로 하나는 술을 데우고, 하나는 안주를 만드는 데 쓰는 것이려니 생각하며, 양조장에서 가져온 붉은 빈 술통 위에 턱 걸터앉아 있으려니까.

"정 군!"

하면서 누가 들어왔다. 나는 힐끗 쳐다보고 그가 유명한 어학자 고 씨인 것을 알았다. 그와 인사는 없으나 나는 그가 대단한 모주*며, 근처 술집은 모두 휩쓸고 다니는 것을 잘 안다. 내가 직접 목도도 하였고, 가지가지 소문을 들어 왔던 것이다.

"어디 나갔나 봅니다."

하니까 고 씨는 나를 쳐다보지도 않고,

"응? 이놈이 어디 갔나 ―"

하더니, 두 눈을 휘둥그렇게 뜨고 술독만 노려보고 섰다. 나이는 한 오십쯤 되었을까 한데, 몸은 장골거신壯骨巨身이다. 아래위 흰 바지저고리는 때가 새까맣게 묻었고, 고동색 조끼는 남루**가 다 됐으며 고무신에다 맨발 풀대님***이다.

---

* 술을 늘 대중없이 많이 마시는 사람을 놀림조로 이르는 말.
** 누더기.
*** 한복 바지를 입고 대님을 매지 않은 채 그대로 터놓다.

"곧 오겠죠."

했으나, 나는 또다시 무시를 당했다. 그는 나의 존재를 눈곱만치도 염두에 두지 않는 모양, 한쪽으로 쭉 삐쳐 올린 윗수염을 한번 쓰다듬고, 입맛을 쩍쩍 다시더니 술청 밑으로 허리를 구부려 목 앞으로 가서는,

"에, 해장이나 해야겠군……"

술청에서 술 주발을 들더니, 독 뚜껑을 밀어제치고 한잔 듬뿍 떠서 마셨다. 그때 보니까 술잔을 쥔, 그의 바른편 손가락을 무엇에 다쳤는지 헝겊으로 칭칭 동여매었다. 나는 그 꼴 하며, 그 하는 모양을 물끄러미 바라다보려니 실례이지만,

'이 양반이 아주 개고기로구나!'

하는 생각이 떠돌았다.

고 씨는 자꾸 술을 퍼먹는데 정 군은 오지 않으므로, 나는 나가서 엽서 한 장을 사 가지고 다음과 같은 사연을 써서, XX잡지사 이 형에게로 부쳤다.

"어젯밤 실례했습니다. 댁으로 잘 가셨는지. 나는 동호와 오늘 아침에서야 헤어졌습니다. 형의 모자는 내가 쓰고 왔는데 모자를 찾으려건 XX정 XX번지로 가시오. 거기는 대포 술집인데, 좋은 동무를 만나 문학 이야기도 하고 술도 톡톡히 대접받고 모자도 찾으리다. 나는 오늘밤 차로 시골로 가오."

내가 서울 올라오기는 어제 아침이었다. 정 군에게서 처음으로 자기가 얼마 전 대포 술집을 경영하며 있다는 것과 잘하면 세월이 좋을 텐데, 아는 사람들이 많아서 외상이 태반이라 곤란하다는 것과 자금이 좀만 더 있어도 장소를 나은 곳으로 옮겨 보고 싶다는 것과 시골 구석에서 허송세월하지 말고 도회지에 다시 나와 함께 이것을 경영하며 분투해 보는 것이 어떠냐는 정 군의 편지를 받고 불현듯 뛰어나와 기차를 탔던

것이다.

얼마간 돈이 필요할 것이라는 생각에서 무리를 해가지고 안주머니에다 손을 댈세라 하고 단단히 넣고 왔건만, 오늘 아침 동호와 헤어지고 나와서 만져 보니 텅 비었다.

동호는 나의 한 친구로다. 생각하면 동호를 만난 것이 탈이었다. 동호는 평론가로 술도 잘하지만, 대단히 좋은 친구라고 나는 그의 사람 된 품을 존경하여 오는 터이다. 그런데 충청남도 사는 나와 전라남도에 있는 동호와 실로 햇수로 삼 년 만에, 그것도 공교히 서울서 술 팔기를 시작하는 오후 다섯 시 본정 입구에서 딱 마주친 것이 묘한 일이었다. 나는 그 순간 운명이로구나, 생각을 하였다.

"아, 이거 누구여."

빙그레 웃는 얼굴로, 그 딱부리의 커다란 눈을 더욱 크게 뜨며 덤벼드는 동호.

"이거 참 오래간만이구려."

그의 손을 덥석 쥐는 나, 그리고는 한잔해야 할 것이 아니냐는 듯이 두리번거리며 본정통을 올라갈 때 나는 안주머니 속에 꼭 지닌 돈 액수를 연상하여 몇 번이고,

'할 수 없다. 운명이다!'

하고 각오를 정했던 것이다. 이 심리가 연장하여 동호와 사실로 술상을 함께 차리어 얼큰했을 때에도 내가 운명이라는 말을 자꾸 뇌니까,

"운명이 무슨 운명이야? 흐흥, 송농과 나와 오늘 만난 것이—"

동호가 물었던 것이다. 송농은 나의 이름이다.

"아—니, 동호와 나와 술 먹게 된 것이—. 아—니, 내가, 내가 술 먹게만 되는 것이—"

나는 이렇게 대답하였다. 마침 돈은 있고 친한 친구끼리 오래간만에

만났으니 안 먹을래야 어떻게 안 먹고 그냥 헤어질 수가 있느냐, 할 수 없다 하는 의미다.

물론 나만 돈을 쓴 것은 아니다. 나만큼은 동호도 역시 먼 길인지라 돈을 준비하고 왔던 모양. 그도 어지간히 주머니를 털었다. 나중에는 취해서 마침 지나가는 XX사 이 형을 붙들고는 이슥하도록 놓아주지 않았고, 술좌석이 파한 후에는 동호와 나와는 때마침 저녁부터 오기 시작한 비를 맞아 가며 아주 고약한 곳으로 탈선을 했던 것이다. 그때 모자 없이 왔던 나는 이 형의 모자를 취한 길에 빼앗아 쓰고 다녔던 것이다. 망신을 당한 것은 물론 이 형의 모자다. 바로 아까 부친 엽서가 정 군에게 와서 그 모자를 찾아가라는 통지였던 것이다. 나는 모자를 정 군 대포 술집에 맡겨 두고는 밤차로 집으로 돌아갈 작정이다.

사실 될 수 있으면 술을 안 먹겠다는 것이 최근 나의 심정이다. 돈도 아깝지만 돈만 아까워 그러는 것이 아니다. 친한 동무와 오래간만에 만나서 한잔 기울일 때, 그 비용에 겁을 먹고 그러는 것은 더욱 아니다. 내 자신의 과거를 돌아다보건대 술로 인하여 실패한 것이 너무 많고, 술로 인하여 쌓은 죄과가 너무 많은 것이다. 실로 나는 술 때문에 패가망신했고, 술 때문에 사람의 노릇을 못하게 된 자인 것이다.

가령 어제만 하더라도, 나는 동호를 만나 서로 술 몇 잔 나누고 헤어지는 데에 그치지 않았다. 끝끝내 타락한의 본색을 드러내 놓고 만 것이다. 방에서 '아차!' 소리를 치며, 내가 벌떡 일어났을 때 머리맡에 있는 체경에 내 얼굴이 비쳐졌을 때, 나는 참으로 내가 미웠던 것이다. 물론 술도 다 깨지 않았다. 나는 흐리멍덩한 정신으로 체경 속의 나의 얼굴을 눈여겨 들여다보면서,

"네가 네로구나!"

"망한 놈."

"무슨 짓인가?"

하며 고개를 끄덕끄덕했던 것이다. 그러니까 역시 체경 안에서도 끄덕끄덕하는 멀건 얼굴, 덥수룩한 머리, 아무렇게나 의복을 걸친 몸뚱이, 나는 스스로 그렇게까지 추악할 수 있었더냐고 의심한다. 그리고 이러한 일이 나에게 한두 번 있는 일이 아니다.

내가 오늘 아침, 진흙 속을 멀리서 터벅터벅 걸어오면서도 주색의 아무런 피로도 느끼지 않고 오히려 의기가 왕성했던 것은 내가 내 자신에 대하여 분노하는 마음으로 가득했기 때문이리라. 동호도 입맛을 쩍쩍 다시며 헤어졌는데 그도 나와 흡사한 심정이었나 보다고 추측된다. 나는 뉘우치는 생각으로 가슴이 꼭 찰 때, 내 몸을 아무 데나 부딪쳐 보고 싶었다. 쇠나 바위에 부딪쳐도 몸이 상하지도 않고, 아프지도 않을 것 같았다. 이것은 결국에 가서 자포자기하는 태도이다.

'할 수 없다!'

하는 생각으로 나는 가득하였다. 나의 피가 그런가 보다 했다. 나의 조부님도 대주객이었으며, 나의 아버님도 두주를 불사하시는 어른이었다. 두 분 다 술로 인하여 실패하고 술로 인하여 단명했고 술로 인하여 그와 그의 가족이 불행했었던 것이다. 이러한 술에 빠지고 마는 습성 그리고 아무 돈이나 헤쳐 버리고 마는 낭비성, 취한 후에는 기어이 탈선하고 마는 변질적인 향락성, 이러한 것이 모두 혈액으로서 나에게 유전하여져 어쩔 수 없는 것인가 보다. 나는 부모가 물려주신 유산—그것도 아버님께서 모두 탕진해 버리시니까 조모님이 자기 명의로 떼어 두었던 것이다—을 거의 다 없앴다. 가족들을 말할 수 없는 불안함 속에다 몰아넣었다. 여기저기 신용을 잃고, 채무 관계로 하여 부끄러운 일이 비일비재이다. 한 여급과 연애를 한다고 하다가 나중에는 그 여자를 미치게 하였다. 그는 내 아이까지 낳고, 나를 믿고 있다가 내가 마음이 식어 감에 따라 여관에서 발광하고 말았던 것이다. 생각하면 비단 내가 술 먹는 것뿐만 아니라 내가 많은 죄를 짓고 추악한 구렁텅이로 떨어지는 것이 어쩔 수 없는 운명이 아닌가 하는 것이다.

그녀가 잉잉 발광을 했을 때, 나는 그를 정신병원에 입원을 시켰다. 아이는 맡아서 기르다가 죽였다. 중이염으로 몹시 고생을 했는데 의사는 위장염이라고 사인의 진단을 내렸다. 그 어머니도 자식의 뒤를 따르려 하였음인지 얼마 안 있다가 병원에서 별세하였다.

'キンケイキトクスグ コイ(통보. 위독. 끝.)'

병원에서 친 이러한 전보를 받고, 내가 부랴부랴 서울로 올라왔을 때에도 마침 저녁 임시*였는지라 나는 우선 종로에서 한잔 마신 채 그날 밤엔 기어코 문 밖 병원엘 나가 보지 못했다. 이튿날 병원엘 가니 병자는 벌써 고인이 되었고 나는 무일푼이었다. 몇몇 친구에게서 가까스로 돌려 장례는 내 손으로 치렀는데, 내가 전날 밤 종로에서 소비한 돈은 그 소위 장례비의 갑절이었던 것이다. 나는 이런 놈이다.

그뿐만 아니다. 병자가 마지막 숨을 거두던 날 밤, 내가 병원엘 안 가고 술을 마시며 있던 데가 바로 그와 사랑이니 뭐니 속삭인 그 장소였고, 어젯밤 동호와 취흥을 돋우던 곳도 역시 같은 주점이었다. 동호는 내가 한 여급을 죽인 사건을 조금도 모르려니와 이 일을 잘 아는 나의 일가 동생뻘 되는 모 군과도 함께 어느 때 이 바엘 와서 노닥거린 일이 있는데, 그때 그 동무는 별안간 나를 물끄러미 쳐다보더니만,

"형님, 참 배짱도 좋으슈!"

했던 것이다. 자기 때문에 발광을 하고, 또 그렇게 비참하게 죽어 간 여자와 처음 만나서 소위 연애라고 시작한 그 좌석에 무슨 심장으로 그처

| *무렵.

럼 태연히 걸터앉아 술을 먹느냐는 말이었다. 사실 나는 그가 말을 물을 때까지 이러한 것을 마음에 조금도 인식하지 못했었다. 나는 이런 놈이다.

"아인 잘 커요?"

그 여자가 아직 병원에 살아 있을 때, 내가 그나마 한참만큼씩 면회를 가면 그는 으레 어린아이 일을 물었다. 그는 꼬챙이같이 말라빠지고 미친년은 머리를 잡아 뜯고 지랄을 한다고 해서 병원에서 머리를 박박 깎아 주어 중대가리였다. 그러나 그때는 그의 병세가 많이 좋아졌던 때다.

"응!"

내가 대답하는 것을 유심히 쳐다보고 들으며,

"죽이지 말아요. 아기 죽이지 말아요."

그는 몇 번이고 이렇게 되풀이했던 것이다. 그리고는 이윽고 낭하 저쪽의 병실로 끌려들어 갔었다.

그가 세상을 떠나고 내가 정 군과 더불어 송장을 치르러 처음 그 병실엘 들어가 봤을 때, 나는 정신이 아찔했었다. 벽이 너무 높고 들창이 너무 높아서 방바닥은 캄캄하였다. 우리가 촛불을 켜 놓으니까 이웃 방에서 미친년들이 손가락질을 하고, 깔깔대며 기웃거렸다. 방 안에서는 형언할 수 없는 악취가 났다. 정 군이 주머니 속에서 준비하였던 마스크를 꺼내 쓰는 것을 보고, 나도 마스크를 썼다. 전신에서 땀이 쭉 흐르며 별안간 골치가 휑한 게 금방 쓰러질 것 같았다. 그 여자는 이러한 방에 누워서 마지막으로 숨을 거둘 때,

"아아, 아기야 잘 커라! 제 아버지가 잘 길러 주겠지!"

하며 눈을 감았을 것이 아닌가. 그러나 사실은 아이가 제 어미보다도 먼저 죽었다.

그녀는 그 얼마나 애달픈 희망을 걸고 죽어버렸느냐. 얼마나 비참한 일이냐. 그러면서도 나는 벌써 그러한 슬픈 일들을 깨끗이 잊어버리고,

어젯밤 동호와 그 주점에서 흥청거리며 딴 여급에게 새로이 흥미를 느끼면서 계집의 팔을 잡아 낚고 하지 않았는가? 나는 이런 놈이다. 어젯밤에 데리고 술을 마시던 그 여자의 쌍꺼풀 진 두 눈을 너는 아까 새벽까지 늘 생각하지 않았었느냐?

요놈아……

내가 술을 너무 마신 것과 가산을 탕진한 것과 부모에게 불효한 것과 처자에게 잘못한 것과 내 몸을 망친 것과 남에게 신용을 잃은 것과 그 외에 몹시 죄를 그 술 때문으로 하여 많이 진 것들을 일일이 여기다 기록할 필요는 없을 것이다. 하여간 위에 비추어 몇 가지 일로만 해서라도 술…… 생각이 날 때면 그 순간,

'술이 원수다.'

'술이 원수다.'

하는 마음이 최근에 와서는 나의 가슴에 꽉 차 있는 것이다. 그러면 술장사를 같이 하자는 정 군의 편지를 받아 보고, 그것에 손을 대보기 위하여 뛰어 올라왔다는 것은 큰 모순이 아닐 수 없는 것이다.

바로 근처에 있는 나의 처가에 잠깐 들러 인사를 하고는 다시 정 군의 대포 술집으로 발걸음을 떼어놓았다. 막 판장 앞까지 오니까,

"뭐 송농?"

하는 고 씨의 굵은 목소리가 났다.

"아, 그 소설인가 뭔가 쓰는 놈? 내 한번 봤지 않아!"

"그렇죠."

이건 정 군의 소리였다.

"응, 그 녀석이야……"

정 군과 고 씨 두 사람은 나를 가지고 이야기를 하는 모양인데, 밖에서 들어도 분명히 술이 취한 음성이다.

"또 부어. 이런 제−기!"

"어서 듭쇼."

하는 소리와 함께 술 주발 부딪치는 소리가 들렸다.

나중 생각하고 안 바지만 나는 이날 참으로 운수가 좋았다라고 하는 것은 그들이 나보다 진작 앞서서 술이 취했기 때문이다. 내가 어젯밤 동호와 함께 너무 주책없이 술 마신 것을 제아무리 후회하고 술이 원수다, 술을 삼가겠다, 술은 안 먹겠다 하는 마음으로 가득할지라도 이 자리에서 이들을 만난 이상에는 할 수 없었을 것이다. 아니 처음부터 같이 취했더라면, 나는 또다시 이성을 잃고 내가 또다시 쓰라리게 뉘우칠 일을 저지르고 말았을는지 모른다. 그런데 나는 맨송맨송하고 그들이 자꾸 여지없이 취하고 탈선하니 나는 술을 끝까지 냉정하게 미워할 수 있는 기회를 얻은 것이다. 그렇다면 그것은 모자의 덕택이었다. 이 형보고 모자를 찾아가라는 엽서를 띄우러 나간 틈에 정 군과 고 씨는 취했던 것이다. 내가 들어서니까,

"어······"

하고 정 군은 벌겋게 오른 얼굴로 술김을 내뿜으며 달려들었다. 그는 아까 나갔다가 생선을 사 가지고 들어온 모양, 풍로에서 생선조림이 끓고 있었다. 그 풍로를 아주 술청에다 턱 올려놓고는 둘이서 퍼먹는 판이다.

"내가 송농 온 줄 알았지."

"어떻게?"

"이 고 선생께서 말씀을 하신단 말야······"

정 군의 소개로 나는 처음 고 씨와 인사를 하였다. 대관절 고 씨는 날 어떻게 알았는지 궁금하였다. 그리고 그들은 요새 내가 시골서 오느니 안 오느니 말이 많았던 모양이다.

"송농 선생?"

"하따, 이거 참 반갑소."

하면서 고 씨가 나의 손을 쥐는데, 손이 으스러지는 것처럼 아팠다. 취했으니까 함부로 움켜쥐었을 것이나 하여간 나이깨나 먹은 이가 강하다고 나는 내심 놀랐다. 그의 말에 의하면 젊어서 기운꼴이나 썼던 모양이다.

나를 어떻게 알았느냐니까 한번 XX책사에서 내가 술이 취하여 주인 박 곰보에게 호령호령하는 것을 봤었다는 것이다. 얼마 전에 내가 술값이나 벌까 하고 어느 책사에서 탐정소설 번역을 맡은 일이 있었는데, 그때 나는 책사 경영하는 사람들의 무지무식하고 천박한 것을 개탄하는 나머지, 주인 박 곰보에게 주정을 좀 한 일이 있었던 것이다. 그들 소위 출판업자들은 누가 글을 쓰는 사람인지, 누가 글을 아는 사람인지 몰랐다. 어떤 책을 내놓든 옛날의 뻘건 딱지*라고 그들이 부르는 고대 소설 따위로 취급을 하였고, 돈벌이에만 눈이 벌건 그들은 옛날에 나왔던 책의 알맹이만 다시 박아서 모두 새로운 장정 판 껍질만 씌우고, 다른 이름을 새로 지어 팔아먹는 자까지 있었다. 새 책이거니 하고 들쳐 보면 옛날에 실컷 우려먹은 책인 것이다.

"참, 그때 그 박 곰보 녀석 혼내 주던 게 참 통쾌했단 말이야……"

하고 고 씨는 껄껄 웃었다. 나는 물론 정 군과 고 씨가 권하는 대로 한잔 들 수밖에는 없었다.

"아, 아까 그럼 왜 두 분이 얘기 좀 안 하셨어요?"

정 군이 물으니까,

"이런 제기, 그땐 술을 먹었어야지? 술을 먹어야 얘길 하지, 한잔 먹

---

* 국문 소설류를 신식 활판 인쇄기로 찍어 발행한 딱지본 소설을 이르는 말인 듯. 표지가 아이들 놀이의 딱지처럼 울긋불긋하게 인쇄되어 있는 데서 유래하였다. 늑 구활자본

구 얘길 하려니까 송농이 달아났단 말이야…… 제-기, 그때 어디 갔다
오셨소?"

"네, 에, 헤……"

나는 취하지 않았기 때문에 그저 얼버무리기만 했다. 모자 생각이 나
서 나는 이 형의 모자를 술청 안, 제일 높은 데다 걸어놓고, XX사 이 형
이 모자를 찾으러 올 테니 술대접도 잘하고 모자를 돌려보내라고 정 군
에게 부탁을 하였다.

고 씨는 나를 처음부터 알았던 모양이고, 나의 존재를 무시하기는커
녕 좀 어렵게 생각했던 것 같다. 그가 나에게 말대답을 안 한 것도 좀 면
구쩍으니까 해장이나 하고 얼근해서 교제를 시작하려고 했던 것 같다.
나 같은 것을 어렵게 생각할 것이 뭐 있나 생각할 때, 그 우악스럽고 개
고기요, 모주인 그가 그래도 한편, 그러한 어린애 같은 겸양하는 마음이
있나 싶어서 한번 다시 쳐다보았다. 그는 입버릇처럼,

"옛다. 옛다."

"한잔 먹자. 한잔 먹자."

"좋다. 좋다."

하였다. 그리고는 정 군을 보고는,

"인마―"

"인마, 술장사―"

욕을 하였으나 나를 보고는 으레 '송농 선생'이니 '송농―' 하는 것
이 비단 초면이어서만 그런 것이 아니라 소위 문화인이란 우리들에게 고
씨는 자기의 어학에 대한 노력을 알리고 싶은 눈치였다. 그렇다 치더라
도 그가 해장을 술집에서 너무 오래 하면 안 된다고 하면서,

"인마, 얼마냐?"

정 군에게 술값을 따져 주머니를 톡톡 털어놓고 나서는 것을 보면 그

가 무슨 딴 야심이 있어서 사람을 대접하거나 교제하는 이 같지는 않았다. 그러면 그와 마찬가지로 내가 좀 대접을 받는 것도 정 군보다는 유명(?)한 존재이기 까닭에 고 씨가 위해 주는 것인가 생각되었다.

고 씨는 정 군에게 명하여 술집 문을 닫게 하고, 우리 두 사람을 자기 집으로 끌었다. 가게에서 커다란 광주리를 하나 사고, 푸성귀 파는 곳으로 가서 파를 사는데 나는 처음 한 댓 단 사려니 생각하였으나 고 씨는 무작정 주워 담았다. 무려 마흔 단을 사는 것이다. 파는 얼마든지 있으니까 뭐 '매점買占'은 아니다. 그러나 나는 그 많은 것을 다 어떻게 하려나 하고 어처구니가 없었다.

"인마, 이따가 줄 테야, 내—"

하고, 물건값은 정 군에게 술값으로 주었던 것을 다시 뺏어 치렀다.

인왕산을 바로 쳐다보고 올라가다가 바른편 언덕 꼭대기까지 닥지닥지 오막살이가 붙어 있는데, 하여간 고 씨는 앞을 서서 맨 위까지 올라갔다. 민바위 위로만 난 길이 좁고 꼬불꼬불한데 고 씨는 파 담은 광주리를 어깨에다 메고는 이리 비틀 저리 비틀 했다. 길 가던 부인네는 기겁을 해서 피하고, 아이들은 슬슬 뒤에서 따라온다. 동네 부인네인 듯한 이는 슬며시 돌아서서 쳐다보고 삐쭉 웃거나 분명히 경멸하는 눈초리를 보내거나 했다. 근처에서는 간간이 명물로 되어 있는 모양이었다. 나는 이러한 것을 목도하며 머리가 점점 냉정해지는 것을 깨달았고 한편 공연히 마음이 불안해졌다.

그러나 생각해 보면 그것은 공연히 심란하고, 공연히 불안한 것이 아니었다. 고 씨의 집에 정작 당도하여 보니 생활이 말이 아니고 현재의 나의 가정생활에 견주어서도 그것은 말할 수 없이 음울한 분위기의 것을 넉넉히 짐작할 수 있었는데, 결국 나도 술을 이기지 못하고 앞으로 마냥 이 고 씨처럼 술만 먹으면 종내는 이 고 씨처럼 모주가 되고 고 씨처럼 살 것이 아니냐 싶어 고 씨와 서로 일맥상통하는 데를 느끼게 된 탓이리라.

　말하자면 모두 남의 일 같지가 않았다. 방은 겨우 둘인데, 건넌방은 아마 고 씨의 어머님이겠지, 하얀 백발노인이 차지하고 앉았고, 안방은 문을 휘장으로 쳐서 들여다 보이지가 않으나 결단코 명랑한 방이 아닌 것은 짐작할 수가 있었다. 우리가 마루 위에 자리를 잡고 앉으니까 안방에서 하나씩 둘씩 나오는데, 모두 사내놈들만 오물오물했다.

　"내가 팔 형제를 뒀소."

　귀 떨어진 소반을 갖다 놓고 소반 위에는 겨우 술잔과 짠지와 북어두어 마리, 그 위로 고 씨가 얼굴을 내어 밀고 말했다.

　"응, 팔 형제. 이런 제-기."

　그는 두 눈을 크게 떴다. 양쪽으로 쭉 뻗친 수염과 우락부락한 눈, 멀건 낯빛에다 주정기를 띠어 가는 얼굴, 그것은 호랑이와 비슷한 무슨 맹수의 얼굴을 연상하게 하였다.

　"이놈들이 모두 크면 다 대장감이거든. 음…… 이런 제-기."

　그는 연이어 떠들었다.

　"나도 동경 유학 시절에는 사꾸라단 단장이었거던—"

　"네, 에 헤……"

　나는 고개를 끄덕거렸다. 그럴 성싶은 일이었다. 그의 말에 의하면 그는 그때 XX대학에서 윤리교육학을 공부하고 있었는데 내지인, 반도인 합해서 '사꾸라단'이란 학생의 구락부*를 조직하고 상급생인 그가 단장 노릇을 했다는 것이다. 사방모에 털보 얼굴, 턱 '하오리'**를 입고 높다랗게 큰 게다 위에 사꾸라 몽둥이를 짚고 섰던 젊은 시절의 그를 나는 연상했다. '사꾸라단'은 정의 단체였다는 것이다.

* 클럽club을 일본식으로 읽은 것.
** 일본 옷 위에 입는 짧은 겉옷.

"그때 우리한테 혼난 놈 많지…… 아, 그 XXX녀석. 그놈도 나한테 손이 발이 되도록 빌었는데, 그런 놈들이 지금 떠든단 말야. 이런 제-기."

"아, 그놈이 바로 요 전날 날 찾아왔어."

고 씨는 술잔을 들어 '탁—' 소리를 내며,

"그놈보구서 너 술 먹어라 그랬지. 그놈이 술 못 먹는 거, 내 알거든. 이런 제-기."

그는 다시 '탁—' 하고 상 위에다 잔을 밀어놓았다.

"너 술을 먹을 테냐? 욕을 먹을 테냐? 그랬지."

"아하, 이놈 봐!"

하면서 고 씨는 더욱 두 눈을 크게 떴다. 이때엔 나는 맹수가 아니라 『삼국지』 삽화에 나오는 '관운장'의 얼굴을 연상하였다.

"날보구 왜 썩느냐고?"

"내 호령했지. 이놈 술 먹는 놈이 썩느냐? 음, 이런 제-길."

"흥, 흥—"

정 군과 나와는 웃는 얼굴로 맞장구를 쳐 주었다. 그러니까 고 씨는 신이 나는 듯이,

"아라와시—"

하였다. 뭘까 했더니 자기 팔 형제의 아들이 '아라와시'*라는 것이었다. 아버지의 너털웃음 소리를 듣더니 조무래기 몇 놈은 썩 마루 위에 길을 내고 서서, 어떤 놈은 '붕—' 하고 비행기를 나는 시늉을 내고 하였다.

"이것 보쇼, 송농—"

권커니 잣거니 하다가 고 씨는 헝겊으로 동여맨 손가락을 나에게 보이면서 말했다.

| * (비유적으로) 용맹스런 비행사 또는 전투기.

"이거 왜 이런지 모르겠지?"

"거 참, 왜 그라셨습니까?"

"이거 원고 쓰느라고 그런 거요."

고 씨는 나와 정 군을 번갈아 보면서 하소연을 하는 듯이 말하였다.

"저놈들 먹여 살려야지, 어떻게 해."

그는 파를 마흔 단씩 산 것도 팔 형제의 '아라와시'를 먹이려면 그렇게 해야 한다고 설명하였다. 고 씨는 손가락을 벤 것이 아니라, 하도 줄곧 밤낮을 가리지 않고 원고를 써서 철필대에 손이 상했다는 것이다. 나는 그의 이야기를 들을 때 가슴이 뭉클하였다. 그가 무슨 소설을 번역하느니 한 것은 물론 예술적 행동에서가 아니라 그냥 단순한 매물이었다는 것을 나는 잘 안다. 그러나 그 악랄한 출판업자들을 상대로 얼마나 분투를 했으면 붓에 손가락이 상했나 싶었다. 모주에도 이러한 반면이 있구나 해서 짜장* 나는 커다란 충동을 받았다. 나는 얼마나 게으른 놈이었더냐……

그렇게 보면 고 씨가 술 먹는 것은 조금도 부자연한 것이 아니었다. 그는 불우했으니 애주하는 위에다 호주했을 것이며, 이제 나이가 불혹을 넘은 지 십 년이니 앞이 꺼릴 게 없을 테고 또 자기 외에도 장성한 맏아들이 집안을 보살필 게 아니냐. 그가 술을 마시는 것은 대단히 격에 맞았다. 오직 취하여 망나니 노릇하는 것과 과주하는 것이 찬성할 수 없는 일이었다.

그러나 나는 그의 첫인상을 받은 후 그를 변호해 주고 싶은 마음으로 가득하였다.

그것은 얼른 고 씨 같은 인물과 대차적인 사람을 미워하는 심사가 일

| * 과연, 정말로.

기 때문일 것이다. 술 안 먹고 술 좋아하는 사람을 으레 사람 같지 않게 돌리는 버릇을 갖고, 그런 주제에 인색하며 이기주의이고 처세에 능하고 따라서 자기에게 손톱만치도 해가 올세라 실수 없고, 하는 것은 무슨 교양이 있는 척 군자인 척 학문에 조예가 있고 고전과 골동에 취미가 대단하며, 그래야만 도도한 행색을 하는 것인 줄로만 아는 자들― 나는 순간순간 고 씨와 같은 인물과 이러한 소위 군자연하는 사람들과 비교해 가는 마음이 꺼지지 않고 일어났다. 고 씨에게 비록 결점이 있다손 치더라도 그가 결백하고 소박하고 강직하고 쾌협快俠한 것만은 사실이다. 어찌 퀴퀴한 부류와 소인에다 견줄까 보냐 말이다. 고 씨의 말대로 나의 생각 같아서는 고 씨는 술 먹는 사람이요 욕먹는 사람이 아니며, 썩는 놈은 고 씨가 아니라 연하는* 위선가들이다.

그러나 나는 한편 또 자꾸 고 씨를 반발하는 마음이 끊이지 않았다.

"됐다. 됐다."

"한잔 먹자. 한잔 먹자."

"좋다. 좋다."

하는 그의 입버릇이 처음에는 신선하고 그럴싸하게 들렸으나 차차 그것은 무미건조하여졌다. 소박한 감정의 표현이기는 하나 점점 나의 귀에 무지무식한 소리로만 들려왔다. 결코 고 씨는 그러한 한계에 머무르고 마는 것이었다. 그렇기 때문에 내가 그에게 공명하는 것은 소박하고 호탕한 것 등이지, 그 이상의 것이 아니었다. 그가 무지한 대로 기울어지는 예하면 '놈' 자를 쓰면서 남에게 주정하는 따위나 술 외에는 존재를 주지 않으려고 하는 행동에는 반발이 갔다. 나는 그의 이러한 점에 부딪칠 때마다 점점 머리가 냉정해 가면서 대략 다음과 같은 편지의 사연을

| *그런 척하다.

가슴 속에 외우고, 외우고 하였다. 그것은 내가 어느 때 서울 와서 한동안 묵고 있을 때 내 어린 자식놈이 한 편지다.

オトウサンヘ

オトウサン オタッシヤデスカ。オカゲサマデ オバアサンヤオカアサンモ オ元氣デゴザイマス。ボクラ 兄弟タチモ ヨク アソビ, ヨク 學校ヘ カヨッテキマス。ゴアンシンナサイマセ。オカネヲタクサン オクッテ下サイマシテ タイヘンアリガトウゴザイマス。クレパッヤッガカミヲ オカアサンガカッテ下サイマシタ。オトウサン オサケ ゴ注意ナサイマセ。コレハ ボクタチ 兄弟ノ オネガヒデス。オトウサンキット ゴ注意下ナイ オタヨリ マッテ キマス。ハヤクオメニカカリタイデス。

(아버지! 잘 지내십니까? 덕분에 할머니랑 엄마도 잘 계십니다. 우리 형제들도 잘 놀고 학교도 잘 다니고 있습니다. 걱정하지 마세요. 돈도 많이 보내 주셔서 정말 감사합니다. 크레파스랑 스케치북을 어머니께서 사 주셨어요. 아버지 술 너무 많이 마시지 마세요. 이것은 저희 형제의 부탁입니다. 아버지, 꼭 주의하시길 부탁드립니다. 빨리 만나 뵙기를 바랍니다.)

처갓집 근처에 방을 하나 얻어 놓고 서울 올 때마다 나는 거기서 기거를 하는데 이 편지를 책상 서랍에 넣어 두고 이따금 꺼내어 읽고 하여 지금은 외우게 되었다. 이 편지 쓴 놈은 지금 국민학교 이 학년인데 제까짓 게 뭘 썼으랴. 제 어머니하고 공부를 하다가 어머니가 부르는 대로 배워 가며 받아쓰고 했을 것이다. 내 아내는 오늘날까지 입에 침이 마르도록 나에게 술 주의할 것을 권해 왔으나, 아무 효과가 없으므로 인제는 사랑하는 자식의 힘을 빌려 나에게 주의를 시키고 있는 것이다. 사실 'オト

ウサンオサケゴ注意ナサイマセ. コレハ ボクタチ 兄弟ノ オネガヒデス
(이것은 저희 형제의 부탁입니다. 아버지, 꼭 주의하시길 부탁드립니다.)'에는
내 역시 마음이 꽉 찔렸다. 아내는 이 효과를 놓치지 않고 이용하려 하는
것일 것이다. 서울 와 있으면 나는 집일을 생각하며 혹 집에 불이나 안
났나, 아이들이 다치지나 않았나, 대단히 궁금하여 마음속으로 무고하기
를 빌고 비는데 그러다가 집엘 돌아가 보면 어머님과 아내는 내가 서울
가서 술 취해 남과 시비나 안 하는가, 어디 가 쓰러지지나 않았는가, 이
걱정뿐이었던 모양이다. 나는 그때마다 평화한 내 집안을 돌아보면서 나
만 술과 멀어지면 모든 것이 그냥 행복이로구나 하고 느끼었던 것이다.
지금도 내 아내는 자식놈을 앞에 앉히고 'オトウサン' 'オサケ' 'ボク
ラ' 'オネガヒ' 할는지 모르고 녀석은 또 뭉툭한 연필을 입으로 빨며 종
이에다 삐뚤빼뚤 그리고 있을는지 모른다. 어머님도 그렇다. 아버님 시
대에 남편의 술 뒷바라지로 한시를 마음을 못 놓으셨는데 지금은 또 아
들로 하여 같은 걱정을 계속하시는 것이다. 고 씨의 집 지대가 워낙 높아
서 인왕산 밑으로 만발한 꽃나무가 울긋불긋 뒤꼍에 들어오는데, 이런
좋은 봄을 가족과 함께 즐기지 못하고 왜 나는 자꾸 술 구덩이로만 빠져
드는가 하여 답답해졌다.

　　고 씨의 집에서 헤어진 때에는 모두 만취하였다. 그러나 나는 술을
나중 시작한 데다가 자꾸 내 자신의 일에 대한 반성이 생기어 머리는 비
교적 냉정하였다. 정 군이 이번에는 내가 한잔 내겠노라고 했을 때도 나
는 말리었다. 그러나 나도 술이 취한 데다가 정 군과는 좀더 마시며 이야
기하고 싶은 것이 있어, 고 씨는 내어놓고 둘이서만 정 군 대포 술집으로
돌아왔다.

　　"한잔 먹자."
　　"한잔 먹자."

소리를 치며 비틀비틀 나서는 고 씨를 나는 슬며시 어르기도 하고 달래기도 하여 가까스로 그의 집에다 뉘어 놓았다. 정 군은 그것을 보고 나오면서 연해 소리를 지르며,

"오늘 고 씨가 녹았다."

"고XX가 다 뭐냐?"

이건 또 이렇게 주책을 피는 것이다. 어떻게 나의 심리가 복잡하게 움직여 그랬는지 그것을 갈피갈피 찾아서 여기 다 기록할 수는 없으나 나는 정 군과 마주 둘이만 술잔을 들게 되었을 때 공연히 노기가 등등하였다. 우리는 하루를 어떻게 지냈는지 정 군이 술안주를 장만하고 다시 궐군갱진蹶軍更進*을 할 때는 어느덧 전등이 켜졌다. 정 군은 이제부터 한참 손님이 많이 끓을 때련만 문을 딱 안으로 걸고는 손님이 오면 휴업이라고 손을 내저었다. 그러면 정 군이 편지에다가는 돈을 웬만치 잡으련만 외상이 많아서 낭패라고 한 것은 자기 자신을 두고 한 말이 아닌가. 고 씨와 자기 둘이서 자기의 술을 만관萬貫 외상으로 퍼먹으니까 장사가 안 될밖에.

"당신 장사 다 틀렸소."

나는 취한 기운에 맡기어 내쏘았다.

"여보, 틀리긴 왜 틀려?"

"첫째, 당신이 장사를 하는 동기가 불분명하거든. 밥 먹으려고 하는 거요? 술 먹으려고 하는 거요?"

"밥두 먹고 술두 먹지……"

"틀렸어."

나는 한 잔 두 잔 들면서 그에게 술장사를 집어치우라고 강권하였다.

* 군대를 모으고 다시 전진한다. 기세 좋게 술 마시는 모양을 비유적으로 표현한 말.

내부의 괴괴망측한 정경을 두리번거리며 이게 도깨비 쓸개냐, 옴두꺼비
냐 비틀거렸다. 정 군은 취해서인지 나의 말에 대하여 오히려 그런 것들
을 자랑하는 눈치며 그런 데서 문학이 나오는 것이라고 나중에는 대언장
어를 했다.

"뭐? 이래야만 문학이 나와?"

나는 정말로 불끈했던 것이다. 이런 틀린 정신을 가졌기 때문에 그는
좋은 작품을 못 쓰는 것이라고, 나는 믿었다.

"이보, 그게 무슨 소리요? 문학은 깨끗하고 명랑한 데서 나오는 거
요. 적어도 깨끗하고 명랑해지려고 노력하는 데서 나오는 거요!"

"……"

"거기는 투쟁이 생기니까! 당신같이 이 추잡한 속에서 그것을 추잡하
게 생각하지 않고 옳거니, 이 속에서 뭐 나오지 하면 오직 안일이 있을
뿐이요! 그런 안일, 그런 비겁 속에서 나오긴 뭐이 호두대쩐*이 나와?"

"당신은 이런 세계에 안일해 있지 말고 반성하고 비판하고 투쟁하며
벗어쳐 나오슈, 그러면 뭐이 나오지!"

나는 이러한 이유로 정 군에게 향하여 좀더 명랑하고 깨끗해지라고,
이 지저분하고 퀴퀴한 대포 술장사는 집어치우라고 역설하였다.

내가 정 군을 설복시켰는지 정 군이 나의 말에 설복되었는지 그것은
취해서 자세히 모른다. 하여간 나중 우리 두 사람은 대포 술장사를 집어
치우기로 작정했던 것이다.

"그래, 원수는 술야……"

"때려부셔, 술집……"

하고는 정 군은 불 꺼진 풍로 하나를 발길로 걷어차더니 나아가서 리

| * 호두 댓진. 호두에서 추출한 진한 액즙이나 기름. 문맥상 대단한 것, 귀한 것을 의미하는 듯.

어카를 밀고 왔다. 우리는 거기다가 주발, 냄비, 탕기, 양재기, 안주 그릇 등속의 중요한 것부터 실어 가지고는 좀 떨어져 있는 정 군의 집으로 향하여 갔다. 술통은 내가 차버리고 정 군은 술청을 부셔버렸다.

"네미, 젊은 놈이 술장사를 하다니!"

하는 것을 보면 나의 말을 듣기 전부터 정 군도 정 군대로 울분과 가책이 있었던 모양이다.

구공탄이라든지 독개*, 그릇, 장작들은 이튿날 운반해 왔다. 하루 지낸 다음 정 군은 심경이 어떠하였었는지 그것은 내 알지 못한 바이려니와 하여간 이렇게 해서 정 군이 갈망하는 대포 술집은 그야말로 멸망하고 말았던 것이다. 나는 용달을 시켜 XX사로 이 형의 모자를 전하였다. 편지를 써 가로되,

"모자를 받으시오. 내가 형에게 실례한 것은 많이 용서하십쇼. 어제 엽서를 한 장 부쳤는데 그것은 모두 술김에 한 허튼 수작입니다. XX정 XX번지에는 술집도 없고 또 형을 반기어 줄 친구도 없습니다. 나는 집에 내려가면 정말로 새로운 생활을 시작하고 좋은 작품을 쓰리다. 우리 앞으로는 서로 술을 삼갑시다."

나는 밤차로 떠나갔다. 생각하면 나는 정 군이 경영하는 대포 술장사를 원조하러 왔다가 되려 망쳐 놓고 가는 것이다. 그러나 그것이 나를 위해서나 정 군을 위해서나 매우 잘된 일이라고 나는 마음이 유쾌하여졌다. 무엇 하나 장한 일을 성취한 다음 집으로 돌아가는 것 같았다. 그러면 나는 동호를 만나 술 마시고 돈 써버린 것을 후회했는데, 일이 이렇게 된 것은 모두 동호를 만나고, 마시고, 써버리고, 후회하고, 반성한 탓이니 정말은 그것이 나에게 다행한 일이었구나 생각되었다. 만약 그렇지

| * 독이나 항아리 따위의 그릇을 통틀어 일컫는 말.

않고 고스란히 자금을 들여 정 군과 함께 술장사를 시작했던들 그것은 더욱 내가 몹쓸 구렁텅이로 빠지는 것이 되지 않았느냐.

"운명이다?"

하고 나는 중얼거렸다. 동호를 만나 술 먹게만 된 그 운명이 아니라 그러한 모든 것이 결국에 가서는 정 군과 내가 술장사에서 벗어나게 되는 운명이었구나 하는 먼저 것과는 다른 의미에서, 나는 감개무량하였다.

'하여간 이번에는 모자가 큰 역할을 했다. 내가 처음부터 고 씨와 정 군과 함께 술에 취했어도 일이 어찌되었을지 모르지—' 하다가 문득 내일 아침 고 씨가 정 군에게 해장을 하러 갈 텐데 어떻게 하려나 생각이 나서 나는 픽 웃었다.

"이거 어떻게 된 셈야?"

"응? 이런 망할 놈들?"

하며 그 큰 눈을 두리번거릴 것이 아닌가.

기차는 캄캄한 속을 남쪽으로 향하여 질주하였다.

'하여간 잘됐다. 이대로 이대로만 나아가자.'

생각하면서 나는 잠깐 눈을 딱 감았다.

—《춘추》 30, 1943. 7.

84

철쇄鐵鎖 끊어지다

8월 15일, 우리들은 그날도 여전히 새벽 네 시에 아침을 먹고 벤또를 싸고, 다섯 시에 출발, 여섯 시 북 소리와 함께 부랴부랴 입갱入坑을 했다.

모든 것은 아무것도 변함이 없었다. 우리들은, 어제 보던 것을 보고, 어제 듣던 것을 들을 뿐이었다. 갱외坑外에서는 '들들들……' 소리와 함께 천년 만년을 그대로만 돌 것처럼, 송탄送炭 반기搬器가 공중에 매달려 가고, 분광기分鑛器가 움직이고, 하꼬*가 연해 굴 안에서 빠져나오고 하였다.

그리고 점심때가 되도록, 제이협화요第二協和寮는 조용하기만 했다. 뜨거운 북구주北九州는 조선보다 훨씬 덥다. 태양이 함석 지붕을 녹여 낼 것처럼, 내려쪼이고 있는 때에도 이번방二番方에서 올라온 사람들은 협착한 방 속에서, 땀을 질질 흘리고, 세상을 모르며 잤다. 오후 한 시쯤 되자,

* 기차의 차량.

문간에서 무거운 구두 소리가 들려오며, 군대軍隊가 십여 명 밀려들어 왔다. 사무실事務室에 앉아 있던 경성대京城隊 대장隊長, 조서근趙瑞根이는 깜짝 놀라 일어났다. 실내로 영접을 하여 들이며 보니까, 군대들의 얼굴이 달랐다. 그들은 모두 허리에다 칼을 차지 못하고, 어깨에다 총을 메지 못한 조선 출신朝鮮出身의 병대였던 것이다.

"어서 오십시요!"

그러나 조선말이 아니라, 일어日語로 인사를 하며, 조서근이는 쾌활하게 웃었다.

'또 밥을 얻어먹으러 왔구나, 배고프겠지!' 속으로 생각했기 때문이다.

그들의 말대로 하면, 그들 군대들은 같은 조선 동포들을 만나 볼 겸, 탄광炭鑛 숙소宿所엘 견학 온 것이다. 그러나 사실은 조서근이의 상상대로 밥을 빌어먹으러 온 것이었다. 그들이 오면 조선 사람 함바들은 지성껏 대접한다. 그러면 그들은 오래간만에 배를 불린 후 돌아가서는 동료들에게 자랑을 하고, 또 새로운 견학단見學團이 찾아오는 것이다. 조서근이는 조선 출신의 병정들이, 늘 배를 주리는 사정을 잘 앎으로, 오늘도 휘 숙소를 한 바퀴 돌아서는 부랴부랴 식당으로 안내를 했다.

바로 이때다. 노무과勞務課 수사주임搜射主任으로 있는 다시로田代가 얼굴이 퉁퉁 부어 가지고 헐레벌떡거리며 들어왔다. 얼굴이 부었다는 것은 잔뜩 성이 나서, 두 뺨이 부풀고, 식식거린다는 의미인데, 이 다시로는 도주자逃走者를 붙잡으러 갔다올 때, 실패를 한 경우에는, 늘 얼굴이 붓는 것이 버릇이므로, 이놈이 또 혹을 붙였구나 하고들 생각하며 보고 있으려니까,

"기사마(이 자식)!"

소리가 그의 입에서 먼저 나왔다.

"난다(몰랐다)!"

"난다?"

제 말에 제 스스로 대답을 하는 모양이더니,

"요조-상寮長様……!"

불렀다. 그러나 사감舍監과 함께 오봉御盆*날 돼지를 잡기로 의논하고 돼지를 보러 간 요장이 대답할 리 없으므로, 그는 난다! 난다? 소리만 연발하며 발을 구르더니 조서근이를 쳐다보고,

"니풍와 무쪼겡 고오후꾸다(일본은 무조건 항복했다)!"

"이이까(좋으냐)?"

하고, 눈알을 부라리었다.

라디오로 일본 천황日本 天皇 자신이, 포츠담 선언에 굴복한다는 것을 방송放送했다는 것이다.

외계外界와 완전히 차단을 당한, 이 산골에서는 도무지 캄캄 소식이었다. 조서근이는, 처음, 무슨 영문인지 모르고 있다가, 사실을 알게 되자, 별안간 몸이 나는 듯했다.

그러나 다시로가 몽둥이를 든 채, 조서근의 눈치를 하나 빼놓지 않겠다는 듯이, 노리고 있으매, 어찌할 도리가 없었다. 그는 꼼짝 않고 섰었다.

"좋으냐?"

다시로가 물었다.

"……"

"좋으냐?"

서근은 대답을 못했다.

만약 대답을 하면, 단박에 몽둥이가 머리를 치리라. 그러나 또, 한없이 반가운 이 소식을 부인否認하기는 죽기보다 싫다.

* 일본의 음력 7월 보름의 백중맞이.

"어떠냐?"

"일본이 졌다!"

"좋지?"

조서근이는 못 듣는 척, 벙어리인 듯, 그는 흡사히 무슨 석상石像 모양으로 딴딴하고 질긴 표정이었다. 그리고 이번에는 다시로에게 지지 않고, 표독한 눈초리로 그를 쏘아봤다. 평소부터 다시로는 조서근이를 '후쯔고나야쯔'*라고 입버릇처럼 부르며, 그를 대장으로 한 것을 후회하고 있던 것이었다. 제이협화요에 도주자가 많은 것도, 모두 조서근이의 농간이라고, 주의를 하며 있었다.

그만치 다시로는 조서근이를 미워했다.

다시로는 몽둥이로 두어 번 시멘트 바닥을 치더니 스르르 놓쳤다.

"죠센징와 와까라나이이네…… 헤바노요— 나 야쯔다(조선놈은 음흉해, 뱀 같은 놈)."

중얼거리면서, 그야말로 구렁이 담 넘어가듯, 슬그머니 나갔다.

조서근이의 심중은 어떻게 형용하기 어려웠다. 그는 홱 몸을 돌려, 식당으로 달려갔다. 날은 덥고 세상은 조용하지만, 금세 무슨 큰 화산火山이 터져서, 온 누리가 한꺼번에 다 들을, 위대한 폭발성暴發聲이 나고, 불빛, 환한 빛, 광명의 빛이 빛나고, 일만 사람, 백만 사람이 목소리를 같이 내어, 하늘을 진동할 만치 소리를 칠, 그런 성사가 일어날 것 같았다.

그는 몸뚱이가 저절로 공중에 날렸다. 그가 식당으로 뛰어드는데, 마침 밥지기 광희光휼가 부엌에서 나왔다. 서근이는 저도 모르는 사이 두발당성**으로 광희를 찼다. 광희는 무슨 일인지 몰라, 미친놈을 만난 듯이 당황해 했다. 광희는 골이 났다. 그러나 다음 순간에는 발길로 차던 서근

---

* 무례한 놈, 고약한 놈.

** 두 발로 차는 발길질.

이가, 두 팔을 벌려 덥석 껴안는 것 아닌가. 그는 성을 낼 수도 없고, 더욱 놀랐다. 그때 뜨거운 서근의 입김이 귀에 와 닿으며,

"조선 독립…… 만세!"

소리가 들렸다.

"응?"

광희는 본래 무식한 사람이다. 모르겠다. 서근이는 그를 놓고 설명하였다.

"전쟁이 끝났다…… 일본이 졌다…… 조선이 독립이다…… 우리는 곧 고향으로 돌아간다……"

광희는 이야기를 들으며, 중간까지도 못 알아들었으나, 고향 간다는 말로 짐작이 갔는지, 금세 낯빛이 풀어지며, 서근이의 손을 잡고 "허허어" 소리를 쳤다.

군대들이 모여 앉은 곳으로 가니까, 서근이의 주선으로, 벌써 음식이 나왔다.

"여러분!"

서근이는 그들의 앞으로 다가가서, 아까와는 반대로 조선말로 불렀다. "지금 들으니까, 일본이 항복했답니다. 여러분은 모르시는지?"

물론 이번 전쟁에 꼭, 일본이 패망할 것은 알고 믿는 바이지만, 이렇게 일찍 될 줄은 몰랐다. 그러니만큼 아닌 게 아니라, 서근이의 마음에도, 이것이 과연 사실인가 하는 의아한 것이 없지 않아 있는 것이다.

이 말을 들더니, 병대들은 고개를 숙였다. 어떻게 태도를 가져야 하나 하는 것을, 모르기 때문인 것 같았다. 그러더니 다음엔 왜 일본 군인이면서 이러냐. 또는, 너는 조선 사람인데 왜 똑똑한 표명을 못하느냐 하는, 두 갈래로 방황을 하며, 그 방황하는 것은, 또한 부끄럽다는 듯이, 일제히 얼굴이 붉어졌다.

"사실이기를 축수합니다……"

서근이도 이 말을 감히 크게 못하고, 가만히 뇌이며, 그들의 눈치를 살피려니까, 그 중에 한 사람이 별안간, 무슨 물건이 퉁겨지는 것처럼 벌떡 일어났다. 여태껏 대답을 못했던 것이 황송하다는 듯이 머리로 손을 얹으며,

"네, 사실입니다. 인제는 살았습니다!"

했다. 웃음 소리가 여러 사람의 입에서 터져 나왔다. 그리더니, 이번엔 또 한 사람이 일어서더니, 입만 움직움직 말을 못하고 그냥,

"만세!"

누구든지 모여 앉은 가운데서 하나 귀청이 떨어지라는 것처럼, 목청을 뽑아 소리를 쳤다.

"만세!"

또 한 사람이 일어나 먼저 모양으로 불렀다.

"조선 만세!"

또 한 사람.

"독립 만세!"

"조선 독립 만세."

한 사람씩, 그것이 나중에는 합해져서, 일제히 불렀다. 웃으면서 누구나 눈을 비벼, 손가락에다 눈물을 적시었다.

때 아닌 소동이 났다. 이곳 저곳 광부실鑛夫室에서 사람들이 몰려나왔다. 자는 사람들도 모두 깨웠다.

조서근이는 다시 그들에게, 전쟁이 끝났다는 것과, 일본이 항복했다는 것, 조선은 독립이라는 것, 즉시 우리는 고향으로 가게 되리라는 것을 설명하였다. 그것은 꼭, 넓은 물에다 돌을 던진 것과 같았다. 파도는 나갈수록, 점점 더 범위가 커졌다. 그리고 돌을 한 번만 던진 것이 아니라,

뒤이어 자꾸, 던지는 것과 흡사하였다. 파도도 점점 커졌지만 나중에는 그것이 출렁거리고, 끝에 가서는, 그 거센 파도로 언덕이 흐너지는* 것에 견줄 수 있었다.

넓은 식당으로, 사람이 하나 빽빽하였다. 모두들 웃고, 울고, 떠들고 날뛰고 하였다. 담뱃대를 입에다 꽂으며, 술을 받으러 간다고, 큰 물통을 찾는 사람, 소를 한 마리 잡자고 하는 사람, 나가서 과실을 사 온다는 사람, 야단이었다.

"우리 요장놈 오기 전에, 만세나 부르세."

누가 이렇게 말하니까,

"왜, 그놈 있으면 만세 못 부르나?"

하고, 한 패가 떠들었다. 그러나 겸연쩍은 듯이

"만셀세…… 제기!"

"이 사람아! 그게 뭐여?"

"만세지!"

"만만세!"

"만세."

나중에는 만세 소리가 기여코 옳게 나왔다. 조서근뿐 아니라, 모인 사람은 다 자기네들이 제법 똑똑하게 만세를 불렀다는 데 대하야 만족을 가지며 결코 부끄럽지 않았다는 것에 안심하는 것이었다.

그날 저녁 다섯 시, 이번방二番房이 입갱入坑할 때에, 작업作業을 중지한다는 통지가 왔다. 아니, 항복했다는 소문이 퍼지자 노무과勞務課, 광무과鑛務課 두 군데서는 일을 그대로 하자거니, 고만두자거니, 옥신각신하는 한편 굴 속까지 이것이 퍼져서, 광부들은 거의 다 승갱昇坑을 하고 말

| * 포개져 있던 작은 물건들이 낱낱이 허물어지다.

았다.

"일 고만둔다네!"

광부 사이에는 벌써부터 이야기가 돌았다. 조선 사람 광부는, 굴 안에서 일하다가 일본 사람들이 모두 올라오니까, 영문도 모르고 쫓아 올라왔다가, 의외의 소식을 듣고 보니, 한량없이 기쁘다.

일본인들은 늦게까지 모여서, 무슨 회의를 하는 모양이었다. 채광과 주임 우지야氏家라는 사람이, 비분강개 참을 줄을 모르면서,

"와레라 니혼징와(우리 일본 사람은)! 영미英米를 위하야, 석탄 캘 필요 없다. 왜, 석탄을 캐느냐? 미국놈 좋자구!⋯⋯"

그래도 회사會社의 영업방침營業方針을 위하여, 작업을 계속해야 한다는 패에게, 맹렬히 반대를 하며, 이렇게 몇 번이고 떠들고,

"조선 사람은 어떻게 하나?"

하는 문제가 나왔을 때,

"보내야지!"

"샌진노고드 싯다몽까(조선놈 일을 내가 아나)?"

이렇게 투덜댔다는 소문이 떠돌았다.

"빌어먹을 자식, 죽여 버리지!"

조선 사람들이 듣는 이마다 분개했으나, 조서근이에게는, 이런 판에 동경 진재東京震災 때의 조선인 학살 사건朝鮮人虐殺事件과 비슷한 일이 나지 않을까 하여 염려가 되었다. 그래서 그는 일반 광부들에게, 일본인과의 충돌을, 극력 피하라고 신신당부하며, 될 수 있는 대로 요窯*에서 나가지 말 것, 혼자 외출하지 말고 여럿이 함께 다닐 것을 역설하였다.

사실, 그들의 눈치가 달랐다. 어제까지, 아니, 아까까지의 그것과는

| * 방 구석.

전혀 별다른 야릇한 시선視線이었다. 구주 땅에는 어디에나 대나무가 흔한지라 그들 일본 사람들은 모두 죽창竹槍을 만든다는 소문이 났고, 과연 밤이 되자, 놈들은 소위 일본도日本刀라는 칼을 뺀 채, 가지고서 순행을 하였다.

노무과 다가기高木라는 자는 야심해서 술이 잔뜩 취하여 가지고, 조선 사람 요로 돌아다니며, 창을 번뜩이었다. 그는 퇴역 중위退役中尉로, 격검술擊劍術의 명인이라 떠들었다. 그가 가지고 다니는 창은 죽창이 아니라 진짜 쇠창이었다.

제이협화요엘 와서는, 일부러 조서근이를 찾았다.

"조-끙"

"조-끙……"

그는 조를 앞에다 두고도, 모르는 척 딴전을 부리며, 소리를 질러 불렀다.

"하이!"

조서근이는 양수 겹지 하고 그의 앞에 다가가서 공손히 서 있었다.

"응?"

"오마이 죠오까(너 어때)? 죠까?……"

"니퐁가 마깨다소(일본이 졌다)!"

"에이 구야시이, 쟌덴다(분하다)!"

하면서, 힘껏 벽에다 향해 창을 던졌다. 창은 벽에 가서 푹 박혔다. 창대가 부르르 떨렸다.

"오마이와 아이기모찌 다로(넌 좋지)?"

그러나 조서근이는 아까 다시로 적과 꼭 마찬가지로, 못 듣는 척, 벙어리인 듯, 다시 석상처럼 서 있기만 하였다.

다가기는 낮에 조선 사람 광부가 만세 불렀다는 것을 알고 거기 대한 분풀이를 하러 온 모양이었다.

"반사이 야랑까?"

하며 조서근이 보고 자기가 있는 데서 한번 불러 보라는 것이었다. 그러면 벽에 꽂혀져 있는 창이 너한테 좋은 선물을 보낸다는 것이다. 그러다가 별안간,

"이까시데와 가혜산소(살려 두지는 않는다)……"

하고 달려들 때, 조서근이는 거의 자기 생명에 대해서 절망하고 말았다.

순간 광부들 방에서 별안간 함성이 터져 나왔다.

"일본눔 죽여라!"

하는 소리였다. 누가 떠드는 소리인지, 누가 지르는 함성인지, 물론 모르던 그것이 조선 사람 광부들의 열에 찬 목소리임에는 틀림없고, 또 한 사람 두 사람이 아니라, 실로 수많은 군중의 소리임에도 틀림없어, 그것이 조서근이의 위기를 구해 주었다.

다까기는 움찔해 물러서는, 비겁한 거동을 나타내었다. 그러면서도,

"조!"

"오마이와 교오산도다로(너는 공산당이지)?"

하고, 제법 엄포를 하는 것은, 이제 와서는 분명히, 제 자신의 부자연한 표정을 겉치레하려는 수작이었다.

"일본눔들은 우리 손에 죽는다……"

또렷이 외치는 소리가 들려왔다. 적당한 시위示威였다. 다까기가 당황해서 벽에 꽂힌 창을 빼어 들고, 주체를 못하는 꼴을 보며, 조서근이는 과연 패전국민敗戰國民은 이렇구나 하는 생각을 했다. 다시로도 다시로려니와, 그는 분명히 어제까지의 다까기와는 벌써 달라진 데가 있었다.

조서근이는 얼떨결에 광부들 방으로 달아나 왔다. 그날 밤부터, 그는

소위 다이죠시쯔隊長室에서 나와 광부 방에서 수십 명 광부들 틈에 끼어 자기로 했다.

그는 한고향에서 온 동무들과 이야기를 하며, 늘 누워서 껄껄대고 웃었다. 웃음이 무한 터져 나왔다. 생각하면 모두 좋고, 우스운 일뿐이다. 그 중에서도 그는 다까기의 꼴이 눈에 선하며, 그 왜놈(참 왜놈이다!)이 젠 척 사풍*을 떨다가, 낭패해 하던 모양이 우스웠다. 이것은 우습기도 하면서, 일변 이상하고 기이한 현상이라고 어딘지 인상이 깊게 그것을 느끼게 하는 것이었다. 그리고 다까기가 조를 보고, 공산당이라고 한 것도, 우스웠다. 조서근 자신도 공산당을 모르는 것이었으나 그들은 너무도 공산당을 모르는 것이었으며, 또한 조가 어떠한 종류의 인물이라는 것을 전연 짐작도 못하는 수작이었다.

조서근이는 아직 이름을 얻지 못한 화가畫家였다. 그러나 그가 여기 와서는 회사원會社員이라고 했다. 조선 땅과 떨어지자, 늘 조선 땅이 그리워, 구주에서 보는 모든 풍경이, 우선 감정적으로 싫었다. 그래서 그는, 마포麻布 아래윗집에서 살다가, 함께 반장班長의 명목을 가지고 온 김헌내金憲來가,

"그래도 여기 대나무 숲은 좋군요. 스케치나 하나 하시죠."

하고, 가끔 그림 그리는 것을 권했으나, 조는 그 스케치까지도 거절하고, 영영 연필 한번 드는 척을 안 했던 것이다. 그들은 소위 징용徵用을 당해 온 지가 거의 일 년이 되어 갔다.

그동안 조는 자기가 이를테면 거느리고 온 경성대의 대장이 되어, 사무실에 앉아 있으며, 광부들이 일 나가기 싫은 눈치면, 잘 쉬게 해주고 배급 물품 같은 것은 일체 광부 외로 빠져나가지 않게 하여, 광부의 편리

| * 경솔하고 점잖지 못한 태도.

를 보아 왔으며, 비밀히 도망도 많이 보냈다. 물론, 광부들에게 말을 함부로 하거나 그들을 구타하는 일은 절대로 없었다.

이것이 노무과 일본 사람들의 눈에 거슬리어,

"부하를 사랑하는 것은 좋으나 사랑하기만 하면 못쓴다. 가끔 광부들이 건방지거나 잘못하거든 때려야 한다. 다이조는 광부를 때려라. 또 말은 절대로 하대를 해서 써라."

하는 항의 겸 명령을 받았었다. 그러나 그 후로도, 조서근이의 마음과 태도는 한결같아, 일반 광부들을 사랑하고 위하기만 했다. 그 결과가 노무 관리에 적지 않은 방해가 되었던 모양, 일본인은 일제히, 조서근이를 불량사상자로 취급하기 시작했는데, 다시로가 미워하는 것이든지, 다까기가 공산당이라고 엄포를 한 것이든지, 모두가 그러한 연유에서 생긴 것이었다.

그러나 생각하면 아슬아슬했다. 그는 누워서 다까기의 창에 자기가 찔려서, 유혈이 낭자하게 되어 쓰러지는 장면을, 몇 번이고 그려 보았다. 그리고는 자기가 죽는 것보다도, 죽으면 조선엔 다시 못 들어간다는, 더 슬픈 사실을 연상해 내고는, 전율하는 것이었다. 또 자기가 조선 땅을 다시 밟지 못한다는, 그 억울함과 슬픔보다도, 돌아오지 않는 자기를, 기다리고 몇 년이고, 눈물을 흘리며 기다릴, 늙으신 부모님과 아내의 처참한 모양에 이르를 때의 그 불안함과 그 아슬아슬함은 어떻게 형언할 수 없이 그의 마음을 흔들어, 몸을 부르르 떨며, 그는 참을 수 없다는 듯이, 돌아눕고 하였다. 그는 절대로 살아서 다시 집으로 돌아가야겠다고 결심하는 것이었다.

그런 만큼, 그렇게 아슬아슬하다가 다까기가 싱겁게 쫓기어 간 일을 다시 되풀이하면, 이번이 아까보다도 더 우습고, 더 재미나고 통쾌하였다. 다까기 개인의 그러한 모양은 흡사히 연합국聯合國 앞에 굴복하는 일본이라는 나라의 모양과 흡사할 것이라는 것과, 그것이 모두 저희들이 예상도 못했던 패전이라는 관념觀念과 사실에 압박을 당하는 까닭일 것이라고, 느껴졌다. 그 후로도 조서근이는 많은 일본 사람으로부터 이와 같은 실례를 발견할 수가 있었다.

이튿날 8월 16일은 마침, 일본 사람들의 명일인, 오봉御盆날이었다. 이날 배급을 하기 위해서, 소주를 며칠 전부터서 요에 갖다 두었고, 어제 오후에는 요장과 사감이 멋도 모르고, 돼지를 잡으라고 허락해 놓았기 때문에, 조선 사람들은 아침 일찍이 잔치를 차릴 수가 있었다.

일본 사람들에게는 오봉날 잔치인지 모르나, 우리 조선 사람에게는 그냥 해방 축하의 잔치였다. 돼지는 조선서는 볼 수 없을 만치 큰 것이었다. 그럴 것이 조선 사람 광부가 콩 찌꺼기에 바닷물에다 넣었다 건져 낸 무쪽을 먹고 지낼 때에도, 돼지는 사감 식구들이 먹다 남긴 쌀밥 찌꺼기를 먹고 지냈기 까닭이리라.

그러나, 그 큰 돼지도, 광부들에게는 변변하게, 고기 한 점씩이 안 돌아갔다. 우선 그놈을 잡아서는, 탄갱 소장 노무과장과 대리, 요장, 외근 등등에게 베어 보내고 또 사감 식구, 사무원들이 먹고 찌꺼기인, 비계덩이만을, 큰 가마솥에 끓여 낸, 부다지루, 말하자면 돼지국 한 사발씩이 돌아갔을 뿐이다.

갖다 두었던 소주도, 물론 같은 방법으로 해서, 일반 광부들에게는 겨우 두세 잔씩이 차례 갔다. 혀 밑만 촉촉이 축이고, 또 괜히 기름기 냄새만 맡은 광부들은 조선인 부락으로 가서, 싼 막걸리와 조선식 비지찌개로 오늘의 잔치를 계속했던 것이다.

조서근이는 아침부터, 신문 오기를 기다렸다. 세상에도 다시 더 없을, 굉장한 희소식이 실리어 오리라 믿어졌다. 최근에 와서는 공습空襲 관계로, 신문이 이삼 일치씩 합해 오는데, 어제 15일 날 안 왔으니까, 오늘

올 참이었다. 무슨 귀빈이나 맞으려는 것처럼, 조는 이따금 시계를 쳐다보고는 문간으로 나아가, 멀리 동네 밖을 살펴보면서, 신문 배달부의 모양이 나타나기를 고대하였다.

그러다가는 광부들에게 붙잡히어, 그들 방으로 끌려갔다. 대자리 위에 막걸리 통이 하나 놓이고, 어디서 구해 왔는지 고추장과 풋고추, 마늘, 다꾸앙* 쪽이 안주로 준비되어 있었다. 배급받은 소주도 일터에 가지고 다니는 물통에다 받아 둔 것을 내놓았다. 여러 사람 몫을 한 잔씩 거두어, 조서근이를 주기 위해, 모아 둔 모양이었다. 광부들은 돼짓국을 잘 좋아하지 않는 편이었다. 그것은 맨 기름 찌꺼기뿐이었고, 무쪽만 먹고 지내던 뱃속에다, 별안간 그 돼지기름을 처넣으면, 많이 설사들을 하기 때문인 까닭이었다.

"에이 고추나 하나 먹어 보자……"

하고, 그들은 군침을 삼키며, 풋고추를 집어 들었다. 구주에서 나는 고추는 조선 것과 다르다. 자꾸 몹시 매웠다. 조선 것처럼 매우면서도 단맛, 감치는 맛이 없었다. 그래서, 요 사감이 일부러 조선 종자를 구해다, 앞밭에 심은 것을, 광부들은 가끔 밤에 훔쳐다 먹는 것이었다. 조서근이는 대장실에 앉아 그것을 보면서도, 스르르 눈을 감아, 될 수 있는 대로 광부들이 조선 종자 풋고추 먹는 기회를 만들어 주었던 것이다.

조서근이가 이렇게 광부들을 위하는 까닭에, 광부들도 조서근이를 끔찍이 알고 위했다. 모두 취해서, 서로 얼싸 안고 춤을 추었다. 벤또 뚜껑, 물통 사발들을 두들기며 두레를 놀았다. 강강수월래의 노래와, 왜장청정 나온다의 노래도 나왔다. 방 안이 먼지로 뽀앴다. 조는 일찍이 이렇게 자연스럽게 남과 휩쓸려서 춤추고 노래를 해 본 적이 없었다. 터져 나

| * 단무지.

98

오는 감격을 참지 못하여, 그는 슬그머니 밖으로 나오며, 흘러내리는 눈물을 남모르게 닦았다.

점심때가 지나서 신문이 왔다. 조는 신문지를 펴 들면서 손이 부르르 떨리는 것을 느꼈다. 좌하신문佐賀新聞과 서일본신문西日本新聞이라는 늘 보던 것이었으나, 주먹 같은 활자活字는 오늘 유난히 더 신선했으며, 모든 것을 조가 기대하는 대로 사실로 증명을 하였다.

일황日皇이 포츠담 선언에 굴복한다는 것과, 회담의 내용, 카이로 회담의 이야기까지가 세세하게 보도되었던 것이다. 카이로 회담의 한 구절,

前記三大同盟國은 朝鮮人民의 奴隷的狀態에 當爲하야 朝鮮을 自由 獨立시킬 決意 있다(연합국은 조선인의 노예적 상태에 대하여, 자유와 독립의 길로, 인도할 결의를 가지고 있다).

이것을 조는 글자 전부를, 눈동자 속에다가 집어넣으려고나 하는 것처럼, 일일이 한 자 한 자 노려보며, 읽고 또 읽고 하였다.

"조선"

"자유, 독립"

하는 글자를 입 속으로 몇 번이나 중얼거려 봤다.

어제 낮에 다시로가 전하는 말을 듣고, 식당으로 들어가며, 몸을 날려 부엌데기 광희를 발길로 차던, 똑 마찬가지의 감격과 기분을, 그는 다시 한 번 더 느꼈다. 광부들이 모두 일하는 근심을 다 없애고, 집으로 돌아가는 희망만을 안은 채, 얼굴이 불그레해져 가지고는 누구나 어린아이처럼 뛰어노는 광경이, 더욱 좋고, 대견하였다. 조서근과 일반 광부, 조선 사람들이, 모두 해방이 된 것은 같았으나 조와 광부 사이에는, 그 감격하는 성질에 있어서 조금 차이가 있었다.

조가 느끼는 것은, 그들 광부에게 견주어 광범위의 것이었으나, 광부들은 아무것도 염두에 떠오르는 것이 없이 그저, 집에 간다, 이 한 가지만으로 감격했고, 만족한 것이었다. 미운 일본이 졌느니 조선이 해방되느니 하는 것은 제이 제삼이었다. 조선 사람은 조선으로 돌아간다, 우리는 모두 올 때처럼 한데 뭉치어, 집으로 간다 하는 것만이 첫째였다.

'그러면 일본 사람은 어떤가?'

하는 궁금한 생각이 조서근에게 들었다. 노무과에서 매일 회의를 하는 것밖에 일본 사람들도, 태평하게 오봉을 즐기는 것 외에, 아무 별다름이 없었다. 일본인 광부들도 얼굴이 벌게서 다니고, 여자들은 늘 보던 것처럼 여전하게 먹을 것만 사러 싸다니는 판이었다. 밤에 보니까, 극장도 대만원이었다.

생각하면, 그것은 아무 이상할 것이 없었다. 일본 사람 역시 전쟁을 싫어한다는 것, 일본이 패전하여 있다는 것도 그것이 사실이라도, 어쩔 수 없는 일로 태평한 생각을 하리라고, 조서근이는 전부터 예측해 왔다. 다른 것이 맞는 것처럼, 이것도 사실대로 바른대로 맞았을 뿐인 것이다. 그러나 8·15 이전처럼, 모두가 허위, 과장, 오독이 아니라, 사실대로 바른대로 모든 현실이 드러나고 있는 것은, 그것만으로도, 조는 참을 수 없을 만치 좋고 유쾌하였다.

조선 사람은 보내 주기로, 아주 정식 결정이 되었다는 소문이 났다. 일본인 광부들은 조선 사람을 만나기만 하면, 언제 조선 나가느냐는 것이 아주 인사가 되었다. 일은 안 나와도 좋다고 말하며, 저희들도 일을 안 나갔다. 여자들은 쌀 배급이나 그 외 모든 배급 제도가, 그대로 되느냐고 물었다. 아이들은 조선에도, 덴노헤이까天皇陛下*가 새로 생기느냐고

* 천황 폐하.

물어서, 조서근이를 웃게 하였다.

노무과 급사로 있다가, 그때 새로 생긴 소년 경찰관에 뽑힌 소년 하나는 자랑스럽게 경찰관 제복을 입고서는 탄광 속의 무식한 계집아이들을 놀라게 하며 쾌활하게 놀리고 다녔다.

"政府が 敗けだ. 軍隊が 敗けた(군대는 안 졌는데, 정부가 졌다)."

여러 왈패 소년들이 떠들며, 조금도 근심 없이 희희낙락했다. 연합국 군대가 어디어디로, 어느 날 상륙하리라는 기사를 들여다보면서, 아직 일본 사람들이 자기들의 운명을 모르고 있나 하고 조서근이는 생각하였다.

그러나 별안간 전쟁을 다시 한다는 소문이 떠돌아서 사람들을 놀라게 하였다. 일본 사람들의 기세가 다시 올라가는 듯하였다. 다시 고양이와 같이 표독하고 매서웠다.

—정부가 졌지 군대가 진 게 아니다. 하는 사상의 연장이었다. 일본 안에 대기하고 있던 군대들은 미국군이 상륙을 하면 철저하게 쳐부수기 위해서 해안 지대에 굉장히 준비를 하고 있다는 것이었다.

뒤이어 피난민의 사태가 났다. 해안에서 피난민이 밀려들었다. 좀더 산 속으로 해안에서 먼 곳으로 향해 갔다.

이 혼란을 막기 위해서 쌀을 삼 개월치 한꺼번에 배급을 했다. 이것이 퍽 효과가 있었다.

그러나 쌀을 한꺼번에 석 달치씩 주는 것은 미국군에게 빼앗기지 않기 위해서라는 말이 돌았다. 딴은 조금 있으려니까 설탕도 매 인당 서너 근씩 배급을 하였다. 미국군이 들어오면 돈을 지불하지 않기 때문에 그냥 빼앗긴다고 해서 과수원에서는 배와 포도를 막 싸게 팔았다.

군용품의 주석산酒石酸을 만들기 위해서 포도 한 알갱이 딴 데로 못 빠지게 했었는데 그런 포도가 산더미처럼 가게에 나와 쌓여졌다.

"자 전쟁을 그만두니까 단박에 이렇게 좋지 않으냐?"

조서근이는 일본인 광부 한 사람을 보고 이렇게 말하며 눈치를 살폈다. 일인 광부는 머리를 긁으며 빙그레 웃었다. 그리고 고개를 끄덕거렸다. 조서근이는 마음이 만족하였다.

세상에서는 광부 하면 무뢰한이 많고 고약하고 포악한 사람들로 인정하나 직접 보고 그 단순하며 착한 데 조서근이는 놀랐다. 조선서는 도저히 흥행興行을 못할 삼류 사류의 엉터리 가극단歌劇團을 조선 사람들이 조직을 하여 가지고 구주의 탄광 지대로 돌아다니는데 그들 일본인 광부들은 그것을 좋아해 가며 본다. 조서근이는 엉터리 조선 가극단 구경을 하며 웃고 손뼉을 치는 일본인 광부를 물끄러미 구경하며 있었던 것이다. 산골 일본 사람들의 문화 정도文化程度가 조선의 농촌보다도 떨어지는 것은 물론 조선 사람이 거꾸로 일본 사람을 다스리고 있는 것 같은 묘한 착각을 가져 보기도 했었던 것이다. 그런 순진한 국민의 앞에 일본 제국주의적 전쟁관과 전쟁 정책이 여지없이 폭로되며 있는 꼴이 조서근이는 통쾌했던 것이다.

'정부가 진 것이지 군대가 진 것이 아니다?'

생각하며 전쟁이 졌든 말든 끝이 나서 좋다고 하는 일인 광부를 볼때 조서근이는 일본 국민의 진정한 모양을 발견하고 있는 까닭으로 해서 위의 말을 능히 일소에 붙일 수 있었던 것이다.

'통쾌하다!'

'일본놈은 완전히 졌다!'

최대의 만족감을 가지고 이렇게 결론지을 수 있었던 것이다. 그리고 일본놈 속에서도 미운 것은 제국주의자와 그 주구走狗들이지 탄광 광부야 뭐가 미우냐 하는 생각으로 조서근이는 평소에 있어서도 늘 완고한 민족 감정民族感情을 경계하여 일본 사람 속에서도 밉고 안 미운 부류를 설명하여 모든 조선 사람 노동자에게 알려주었던 것이다.

"일본놈들은 다 때려 죽여야 해……"

할 때에도 그것이 다시로나 다가기한테 향해 떠들 때에는 옳아도 조선 사람 가극단을 쫓아다니는 일본인 탄광부에게는 당치 않은 것이었다.

17일은 날이 잔뜩 흐렸다. 아침부터 가라쯔唐津 방면에서 대포 소리가 들려왔다.

"감뽀샤게끼艦砲射擊*다요……"

하고 일본 사람들은 모두 얼굴이 파랗게 질렸다. 조서근이도 반장 김헌내도 그 외 조선 사람 광부들도 전부 그것이 대포 소리로 알았다. 그러나 나중 알고 보니 그것이 대포 소리도 감뽀샤게끼 소리도 아니라 실로 느리고 무겁게 '우르르……릉' 하는 천둥 소리였던 것이다. 하늘은 시꺼멓게 앙괭이**를 해 가지고 무겁고 얕게 내려앉았다. 그 속에서 종일 천둥 소리가 나는 것을 아침서부터 오정***이 지날 때까지 깜박 대포 소리로만 알았으니 꼭 뚜껑 보고 놀란 정도가 아니다.

그러나 조서근이는 이것도 유쾌하였다. 정부가 항복을 했어도 일본 군대가 거기 복종하지 않고 마지막으로 저항을 한다는 소문은 그에게 적지 않은 근심거리였다. 다시 상상할 수도 없는 혼란이 오고 조선 사람은 그 혼란 속에서 정말 무서운 시련을 받게 되지 않을까 생각되었던 것이다. 그러나 그 일본 군대가 최후로 저항한다는 그것이 어떻게 보면 아주 우스꽝스럽고 마치 만화漫畵를 보는 것 같은 일이 아닌가도 생각되었다. 똑 천둥 소리를 대포 소리로 알아듣는 것같이 정신없는…… 그는 그 소

* 함포 사격.
** 민간 신앙에서, 음력 섣달 그믐날 밤에 하늘에서 내려와서 자는 아이들의 신을 신어 보고 제 발에 맞는 것을 가져간다는 귀신.
*** 정오正午.

문이 꼭 그러한 어림도 없는 헛소문이기를 바랐고, 꼭 그러할 것 같아서 일변 안심도 되었던 것이다.

훈련소 소장으로 있는 마쯔사끼松崎라는 자가 조선인 훈련생을 모아 놓고,

"일본은 인제 영미한테 쥐어 지내야 한다. 아니 쨩코로*한테까지도 압제를 받아야 한다. 그것을 생각하면 치가 떨린다……"

라는 훈화訓話를 했다. 조서근이가 보매 그것은 참으로 우습지도 않은 추태였다. 도대체 저희 나라의 사정을 조선인 청년들이 이제부터 무슨 상관이 있다고 전처럼 제법 그 훈화라는 것을 하는 겐가. 실로 우습지도 안 했다. 그리고 "쨩코로한테까지도……"라는 말을 들을 때 조서근이는 실로 등에 찬 물을 맞는 것같이 선뜩한 것을 느끼며 치가 떨렸다. 명치明治, 대정大正, 소화昭和의 근대 년간을 통해 자라고 발전한 제국주의 일본 의 국민이 조선 사람과 중국 사람을 어떻게 얕보고 업신여기느냐 하는 단적인 좋은 표본이었다.

"제군은 조선으로 돌아가더라도 일본과 인연이 끊어지는 것은 아니 다. 만약 우리가 쨩코로한테까지 압제를 받는다면 어떻게 참을 겐가?"

참으로 들을 수 없는 말이었다. 악질 중에도 악질이었다. 그것은 분 명히 조선 사람과 중국 사람 사이를 이간질하는 말이었다. 가장 교활하 고 무식한 일본의 일 국민의 입으로부터 무심히(?)라고도 볼 수 있을 만 큼 힘 안 들이고 이런 말이 흘러져 나오는 것은 깊이 연구해 볼 문제라고 조서근이를 오래도록 놀라게 하였다.

그러나 그 마쯔사끼 역시 다까기와 같은 데가 있었다. 조선 사람 목 소리가 크게 나기만 해도 무엇을 경계하는 듯 무엇에 놀란 듯한 눈동자

| * 중국 사람을 낮잡아 이르는 말.

로 훈련생들을 쳐다보고 했다. 조서근이와 서로 시선이 마주쳤을 때, 조서근의 눈치가 분명히 분개하고 멸시하는 기분이 있는데도 그는 슬며시 외면을 하고 지나쳤다. 바로 며칠 전 일본의 소위 특공대特攻隊 이야기를 가장 잘 아는 척, 가장 신성한 것인 척 떠들 때에도 조서근이는 듣는 둥 마는 둥 아무 흥미 없다는 표정을 했었는데 그때는 이 마쯔사끼가 가다가 우뚝 서서 조서근이를 노려봤었다. 그러던 것이 왜 이렇게 별안간 달라졌느냐 말이다. 그러나 이렇든 마쯔사끼가 설탕 배급을 탈 때에는 제 지위를 이용하여 남보다 한 근이라도 더 타려고 애를 쓴다. 그래서 조서근이뿐 아니라 모든 조선 사람에게 더욱더 조소와 멸시를 샀다.

그러자 다시 한 번 더 피난 소동이 났다.

"쌍코로가 죠리꾸 스루 소오다네(중국 군대가 상륙한다지)?"

일본 사람들은 누구나 눈을 휘둥그렇게 뜨고 입입이 외쳤다. 그 중국 군대가 상륙한다는 사실은 누구나 퍽도 두려운 모양이었다. 미국이나 영국은 괜찮아도 중국군이 오면 정말 재물도 계집도 다 빼앗기고 경을 치리라고 말했다.

"니퐁모 시나헤 잇데 스이붕 히도이고도 얏다까라네(일본 사람도 중국에 가서 별별 못된 짓을 했으니까)!"

일찍이 남지나南支那에 출정했다가 부상해 돌아왔다는 마쯔모도라는 자가 말하며 중국 군대 역시 일본에 들어오면 그 앙갚음은 할 게고 또 일본 사람은 그만한 보복을 받아야 싸다고 말했다. 이자는 약간의 반전적反戰的 패전사상敗戰思想을 가진 자였다.

그와 동시에 일본인과 조선 사람 사이의 감정도 몹시 악화해 가는 징조가 보였다. 조선인 노동자가 일본인에게 맡긴 양복, 세탁물, 수선할 시계, 이런 것을 주인이 피난했다는 구실로 내주지 않은 일이 많았다. 그래서 조선 사람은 일본 사람을 욕하고 또 일본인은 조선인 노동자를 미워하기 시작했다.

조선 사람이 농원에 가서 포도와 배를 사 먹으며 폭행을 했다는 소문이 떠돌았다. 일본인이 일제히 다시 창을 만든다는 소문도 났다. 노무과 직원들은,

"사야 죠리꾸군또 야루고도니 나루또 고레가 모노으 유사……(연합 군대와 다시 싸우게 되면 우리도 해 본다……)."

하고는 이번에는 죽창이 아니라 쇠창을 만들기 시작했다. 또 모두 총들을 메고 다녔다.

만들어 온 쇠창을 나무 자루에다 맞추며,

"이거 이놈들이 우리 죽일려구 안 그래?"

"아, 죽여 줍쇼 하고 만들어 바치는 셈 아닌가?"

조선 사람이 이런 말들을 했다. 사실 어떻게 생각하면 연합국의 상륙 군을 경계하기 위해서 만든다는 창과 메고 다니는 총, 칼은 기실 조선 사람을 해치기 위한 구실인 듯했다.

그러자 또 설상가상으로 일본에 와 있는 조선 사람 군대가 조선으로 나아가면서 뱃속에서 일본 사람 장교의 인솔자를 죽였다느니, 물 속에다 처박았다느니 하는 소문이 났다. 그뿐 아니라 조선에서는 일본 사람의 집, 재물, 계집을 모두 빼앗고 남자는 전부 죽인다는 소식이 들려왔다. 같은 노동자라도 일본 사람을 볼 때 그 눈알이 다른 것 같았다. 분명히 붉은 혈기가 눈에 번뜩거렸다. 조서근이는 일이 나나 보다 생각하며 될수 있는 대로 외출을 말 것, 일본 사람의 감정을 상해 주지 말고 겉으로 비위를 맞춰 주라는 주의를 다시 신신 부탁했다. 그 중에서도 조선서 일본 사람 죽인다는 소문이 들려오지 안 했으면 바랐다. 그러나 바닷가가 가까운 곳이 되어 조선 소식이 연일 들려왔다.

며칠 동안 사는 것이 살아 있는 성싶지가 않았다. 조서근이의 눈에는

자꾸 조선 땅의 일이 소문 그대로 머리 속에 공상으로 그려져 떠올랐다. 그러나 그러한 것이 신문으로 정정당당히 보도되지 않는 것을 보아 신빙할 수 없는 것으로 생각되었다. 그러나 며칠 후에는 사실 신문에까지 북조선의 함경도 지방에서 일본 사람이 박해를 당하고 있다는 선동적 기사가 실리기 시작하였다.

"우리 도망합시다."

반장 김헌내가 기회 있을 적마다 옆으로 다가와 말했다.

"달아나는 게 상책여?"

조서근이도 그 말에 이끌려 생각해 보았다. 그러나 그러다가 일을 잡치면 그야말로 야단일 것 같았다. 탄광에서 조선으로 내보내 준다는데 왜 도망을 가느냐 말이다. 무슨 다른 뜻이 있는 게 아니냐고 하면 그것에는 대답을 못하고 말 것 같았다. 그러면 화약을 지는 셈이니까 좀더 신중히 처사하자는 생각에 쏠리고 말았다. 그럴 때 조서근이에게는 자꾸 8월 16일 날 식당에 와서 밥을 얻어먹다가 만세를 부르고 간 조선 사람의 군대가 마음에 떠올랐다. 일본인 장교를 바다 속에다 집어넣고 한 사람들이 혹 그 청년들이나 아니었을까 하는 이상히도 센치한 감상이 떠돌았다. 하나씩 하나씩 일어나며 만세를 부르던 필사의 용기와 양심을 가지고 만세를 부르던 그 청년들이 조국 조선으로 들어가기 위해서 목숨을 걸고 일본인들과 싸우며 있는 것을 그려 볼 때 눈물이 핑 돌고 동시에 탄광 내의 조선인 노동자의 일을 생각할 때 부지중 주먹이 쥐어졌다. 그는 조선인 노동자와 모두 함께 나가지 혼자는 비겁하게 도망을 가지 않으리라 마음먹었다.

그때 때르르 하고 노무과에서 전화가 왔다. 조서근이를 부르는 전화였다. 그는 무슨 일인가 하며 때가 때인 만큼 가슴이 덜컥 내려앉았다.

가니까 노무과장이 불러다 세우더니 최근 조서근이가 무슨 일을 꾸미고 있다는데 그게 무슨 계획이냐 질문하는 것이었다. 조는 아무 대답도 않고 서 있었다. 그러니까 한동안이나 그대로 두어 두고 조를 쳐다보았다. 서류를 만지작거렸다 하던 노무과장은 성난 목소리로 별안간,

"기사마와 아시다 가에레(너는 내일로 가거라)!"

했다.

"나 혼자요?"

일전에도 이러한 풍설이 있어서 미리 생각했던 일인지라 조서근이가 똑바로 서서 물어보니까,

"이야…… 민나 쓰레데 삿소꾸 가에레(다 데리구 가거라)."

조선 사람을 다시 안 보낸다는 소문이 있었던 만큼 조서근이는 새롭게 감격과 기쁨이 컸다. 사무실을 나와 시꺼먼 탄광의 비탈길을 걸으며 마음속으로 몇 번이나 다시 만세를 불렀다. 앞을 쳐다보니 하늘에서 그대로 난데없이 큰 바다가 내려앉고 그 위에 다시 조선으로 나가는 양양한 물결의 뱃길이나 보는 듯했다. 요로 돌아와 보니 신문이 왔는데 미국군이 처음으로 일본의 수도 동경에 '대대목代代木' 비행장을 진주*해 점령한 기사와 사진이 났다. 이것으로 만사 해결이었다. 조선인 탄광 노동자들을 묶고 있었던 쇠사슬은 정말로 끊어지고 말았던 것이다.

—《개벽(복간 1)》, 1946. 1.

| * 군대가 쳐들어가거나 파견되어 가서 주둔함.

섬

일본 안에 있는 조선 사람은 전부 나가게 된다는 소문이 떠돌자, 별안간 짐을 꾸리느라고 부산하여졌다.

더군다나 탄광炭鑛에 있는 조선 사람들에게는 8·15의 해방의 기쁨은 더 한층 감격적이었다.

탄광이라는 데가 사람을 한번 잡으면 놓아줄 생각을 안 한다. 땅 속 수천 길의 굴 속에다 집어넣고는 늘 거기만 오르내리게 하였지, 딴 데로는 꼼짝 못하게 하였다.

그렇기 때문에 항용 도망을 간다. 가다가 잡혀 오는 사람도 많다. 도망을 못 가게 하느라고, 옷도 뺏고, 품삯도 다 내주지를 않기 때문에, 남루한 조선인 노동자를 보면, 으레 탄광에서 도망친 사람, 취급을 하고는, 그냥 잡아들이는 것이다.

그러나 그대로 한 번, 두 번, 세 번, 몇 번, 몇 차례고 도망들을 계속해 하였다. 사지에서 탈출하는 길은 오직 이것 한 가지밖에 없기 때문이었다.

그래서 도망 방지책으로 나중 생각해 낸 것이, 소위 '데이쟈꾸定着'라는 건데, 탄광 지대에서 노동자로 하여금, 가족을 데려다 가정생활을 하게 하는 방책이다. 즉, 가족을 볼모로 잡고 있기 때문에 '데이쟈꾸' 한 사람은 도망을 못 간다는 것이다.

조선서 부모, 처자를 오게 하여, 탄광에다 맡겨 놓은 사람들은 일평생 그 지옥을 벗어나지 못할 줄 알았다.

그렇기 때문에 처음에는 모두 꿈인가 하고, 어리둥절하였다. 갓 올 때처럼 다시 남부여대*하고, 그리운 조선을 향하여 돌아오게 될 때, 우리는 정말정말 해방이라는 두 글자의 넓은 뜻을, 그야말로 정말 느꼈다.

"조선으로 간다!"

"참, 해방이다!"

모두들 걸어다니는 품이 저절로 손짓 발짓이 생겨, 반은 춤을 추는 양 같았다.

그러나 탄광에서 일본인 여자와 결혼해 사는 사람들이 딱했다. 더욱이 아이들이 몇씩 있는 사람들이 문제였다. 물론, 그들도 다 조선으로 나가고 싶었지만, 일본인 여자는 절대로 조선엘 못 가고, 또 조선 사람은 다 남아 있지 않아야만 되었으므로 잘 해결할 수가 없었다.

아니, 조선 사람이 일본에 남아 있는 것은 자유였으나, 그들은 모두 조선으로 오고 싶어 했다. 왜 그러느냐 하면 거기서 일본인 여자와 결혼해서 정착해 살았다는 그 자체가 강제적이었고, 조선 사람 남자로서는 어쩔 수 없어서, 말하자면 피치 못할 사정에 억눌려서 이룩한 생활이기 때문이다.

---

* 남자는 짐을 등에 지고 여자는 짐을 머리에 인다는 뜻으로 '가난한 사람이나 재난을 당한 사람들이 살 곳을 찾아 이리저리 떠돌아다님'을 이르는 말.

박 서방도 그러한 사정으로 번민하는 사람 중의 하나였다.

"안상 어떻게 했으면 쓸까요?"

그는 늘 나에게 와서 호소하고, 문의하고 했다.

"꿈에도 못 잊는 고향엘 안 가자니 말이 아니고, 저걸 데리구 가지는 못하구…… 후…… 안상 이얘기 좀 하슈……"

그러나 나는 뭐라고 대답할 수가 없었다. 문제는 빤한 까닭이었다. 그리고 그것을 실행하는 데 있어서는, 본인들의 의사에 절대로 달렸지, 내 말에 의하여 좌우될 성질의 것이 아니기 때문이었다.

아이가 둘이나 되었다. 하나는 젖먹이요, 하나는 다섯 살 된 계집아이인데, 이것이 늘 저희 아버지 도망간다고, 박 서방의 손에 매달려 다녔다. 어머니가 시킨 모양이었다.

"가긴 가야겠에요. 에미, 새끼 다 떼어 버리구 가겠세요. 아…… 계집은 조선 거나 일본 거나 다 마찬가지드군요. 울구불구 하는 데 아주 원수 같구면요. 또 새끼는 꼭 붙들고 놓질 않지요? 이게 어디 계집입니까? 자식입니까, 다 버리구 가야겠네요……"

보아하니 우선 풀대님이었다. 일본 여자하고 살면서도 언제 어떻게 조선옷을 구해 됐는지 알 길 없으나 하얀 바지저고리로 입었는데 그것이 조끼도 없이, 게다가 팔짱을 끼고 어슬렁대기 때문에 그의 인사를 정색을 하고 받을 수가 없었다. 물론 모자도 안 썼고 헌 '소리'*를 끌었다.

그러한 그의 모양이 제법 의관을 차리고 가방하며 짐을 들고 가족과 함께 앞서거니 뒷서거니 하여 떠나는 수많은 광부들 사이에 휩쓸려 나가는 것을 보며, 나는 또 저 친구가 저녁 때는 실심을 하고 돌아오려니 했다.

| * 짚신.

그런데 그날 그는 돌아오지 않았다. 이튿날 엽서가 그의 아내에게로 왔는데 간단히,

"俺は朝鮮へ歸るだ(나는 조선으로 돌아간다)."

했을 뿐이었다. 내가 잘 보니까 그것은 그날 같이 떠난 지도원 장모張某의 필체였다. 조선으로 간다는 뜻을 대필하여 준 모양이었다.

바짓가랑이를 너털대며 을씨년스럽게 기차에 올라타는 박 서방의 꼴을 나는 몇 번이고 상상하여 보았다.

그 장면을 그려 보면서

"다시 박한테서 자세한 편지가 올 게요. 낙심 말고 기다리세요……"

이렇게 그의 아내인 일본인에게 말하였다.

나는 말을 듣고, 옳지, 혼자 조선으로 가려나 보다 생각하였다. 그의 말은 그가 혼자 조선으로 나가려는 구실이었던 것이다.

'당진唐津'이라는 데서 날마다 야미배 장사치들이 밀려들어 배 탈 날짜를 계약 받고 가곤 하였다. 좁다란 산길로 허섭스레기* 같은 세간 짐이 연달아 뒤를 이어 실려 나갔다. 조선 갈 때 입고 가려고 자기의 온 희망과 함께 싸 두었던 새 옷을 꺼내 입고 모두 작별을 아쉬워하며 나섰다. 정거장에는 늘 조선 사람만 모이는 것 같았고 떠나는 기차마다도 조선 사람으로 가득가득했다.

박 서방은 날마다 먼저 떠나가는 사람들 전송을 나갔다. 눈물을 흘리고 헤어지는 친구도 많았다. 박 서방은 자기도 좀 있다가 나간다고 말하면서 계집아이 손을 끌고는 정거장까지 나가곤 하였다. 혼자가 아니라 계집애만은 데리고 가려나 생각하였으나 그는 날마다 허정허정 돌아오곤 하였다.

| * 좋은 것이 빠지고 난 뒤에 남은 허름한 물건.

그러나 어느 날 박 서방은 혼자서 털레털레 나에게로 오더니,

"안상 조선 가서 만납시다!"

하고 씩 웃었다.

"네!"

나는 코대답을 할 밖에.

나는 그 후 일주일이 지나서 조선으로 떠나왔다. 우리가 간 부대의 차례가 제일 늦었고 그 외 저금을 찾느니, 그 달 품삯을 계산하느니 하여 그렇게 늦어졌던 것이다.

우리 일행은 연기대燕岐隊 외에 제천堤川 사람을 합하여 한 백오십 명이 었는데 실제로는 배에 탄 사람이 삼백 명이 넘었다. 이것은 탄광에서 나가자 당진 사이의 딴 곳에 있던 조선 사람들이 몰려온 까닭이었다. 배는 물론 화물선으로 겨우 칠십팔 톤밖에 안 되어 선장은 대단한 모험이라고 누차 위험한 것을 설명하였다.

바람이 일 염려가 있다고 해서 일부러 하루 예정을 늘려 묵었다 떠났는데도 해상에서 우리는 폭풍을 만나고 말았던 것이다. 내가 구주九州에 있으면서도 참 구주라는 곳은 바람은 많은 곳이다 생각했었는데 바다를 지나면서는 첫 번 갈 때도 그랬지만 더욱 험난한 곳으로 알았다. 현해탄이란 일의대수一依帶水가 아니라 제법 넓은 양양대해요, 또 아주 험한 데다.

이것을 처음 경험하는 나로서는 죽나 보다 하는 생각이 들었다. 도크*로 바다 물결이 차오르고 배가 좌우로 흔들리는데 금방 바다로 기울어져 들어갈 것만 같았다. 어마어마하고 무서운 물결, 지금 생각해도 몸서리가 쳐진다.

| * doek. 굵은 베실 또는 무명실로 두껍게 짠 돛.

떠나오기 전에, 바다에서 폭풍으로 하여 전복된 배가 많고 사람이 수백 명, 수천 명씩 희생을 당했다는 이야기를 들었었는데, 그 꼭 같은 운명을 당하고 마는 일을 생각하며 가도 가도 여전히 넓은 대해, 미쳐 뒤집고 있는 물결 속에서 아연하지 않을 수 없었다.

꼭 하루 밤 하루 낮을 바다 가운데서 방황한 후, 한 군데 육지에 닿았는데 말을 들으니까 거기가 바로 이야기로만 잘 듣던 대마도對馬島라는 섬이었다.

한눈에 봐도 조막만한 섬이로구나 하는 것을 잘 알 수가 있었다. 우리 배가 포구에 들어갔을 때에는 바람이 자고 고요했는데, 거기도 조금 전까지는 폭풍이 있었는지 배가 전복한 것, 마주 부딪쳐 깨진 것이 곳곳에나 있었다. 피난선이 수없이 밀려들어 어수선하였고 각 배에서 내쏟는 오물로 근처 바다 물은 말할 수 없이 지저분하였다.

사람들은 각각 눈을 멍하니 떠 보며,

"뭐? 대마도?"

"응, 여기두 조선이여!"

하고 중얼거렸다. 무슨 근거로 조선이라고 믿는지 좀 야릇한 생각이 들었다.

그러나 딴은 구주에서는 산에 그렇게 나무가 무성해도 통 소나무를 볼 수가 없었는데 여기서는 흔히 눈에 띄는 것이 우선 조선에 가까운 듯하였다.

해안을 따라 동서로 기다란 포장을 한 길이 있고 그 해안선을 가로질러 들어가면 거기가 섬에서 제일 번화한 거리인 듯 붉은 지붕들이 멀리 바라다보였다. 그리고 그 후면에 높은 산이 솟아 있는데 이 섬 전체가 그 산 밑에 품어져 있는 인상을 주어 이것이 아까 말한 것처럼 작은 섬이로구나 생각하게 하는 특징을 아주 두드러지게 내고 있었다. 산 위로는 솔

개미가 유난히 많이 떠돌고 있었다.

모두들 배 속에서 시달리고 굶고 해서 생기는 하나 없이 축 늘어져들 있었으나 보트를 풀어 내려서는 거기다 쌀 냄비 솥 등을 싣고 육지로 밥 지어 먹으려들 올라갔다.

배멀미라는 것은 병이 아니라 나도 뱃속에서는 거의 다 죽는 시늉이 더니 육지에 올라 맑은 공기를 쏘이고 산골 샘물을 찾아서 더러워진 얼굴과 손을 씻고 셔츠도 벗어서 빨아 가지고 젖은 놈을 그대로 다시 입는 등 기운을 내니까 건강과 원기가 금세 회복되어 퍽 상쾌하였다.

산모퉁이 한 귀퉁이에다 솥을 걸고 밥을 지었다. 섬 속에는 조선 사람들이 꽤 많이 사는 모양, 조선 부인들이 바가지에다 밥거리를 담아 가지고 샘에 와서 씻는데 보니까 쌀 가진 이는 하나도 없고 모두 강냉이, 좁쌀, 수수 등이었다. 쌀은 이곳에서 어지간히 귀한 물건인 것 같았다.

집도 살림살이도 으레 뿌리를 박고 살 계획에서 한 것이 아니라 그저 살다가 내일이라도 떠날 수 있도록 임기응변으로 차려 놓은 것이 얼른 눈에 띄었다.

그러나 고깃국과 술을 판다고 해서 한 집을 들렀다가 방 세간 속에서 조선식 쌀독이며 누런 놋그릇들을 발견했을 때는 우리 조선 사람의, 말하자면 조선적인 민족성과 또 현재 그렇게 이 섬에서 사는 것처럼 이리저리 떠다니는 우리 백성의 유랑하는 신세가 연상되어 서글픈 마음이 들었다.

이렇게 생각하는 것은 오히려 내가 인식 부족이어서 그런지는 모르나 이 대마도라는 절해의 고도에 와서 조선 사람의 사발과 대접으로 조선 음식이며 막걸리를 먹는 것이 나에게는 퍽 신기하게 여겨졌다.

그러나 나에게는 정말 놀랄 일이 한 가지 생겨졌다. 그것은 섬 속에서 의외로 일주일 전에 먼저 조선으로 떠났던 박 서방을 만난 일이다.

바람이 잔 것 같으니까 날씨를 보아 밤에 떠난다 하므로 저녁에 모두들 다시 보트를 타고 배 안으로 돌아올 때였다. 아주 남루한 꼴을 한 조선인 노동자 몇 사람이 나에게 찾아와 인사를 청하므로 보니까 그 속에 박 서방도 끼어 있었던 것이다.

그들은 먼저 밀선을 타고 조선으로 향했던 사람들로, 우리처럼 대마도로 피난했을 때 잠깐 대마도에 묵어 봤던 이들로 다시 고국으로 가겠으나 수중에 무일푼이니 배를 공으로 태워 달라고 교섭이었다. 혹 이 섬에서 돈을 벌게나 되지 않을까 하고 내려 봤던 사람들로 모두 실패를 한 모양이었다.

그러나 박 서방만은 달랐다. 그가 대마도에서 다시 조선으로 가는 배를 안 탄 것은 구주에다 처자를 떼어놓고 왔으나 또다시 차마 떠날 수가 없는 마음이 들었던 까닭이었다. 지금 그가 다른 노동자와 섞이어 온 것도 배 타기 위한 교섭이 아니라 섬 속에서 방황하던 차 사람들이 다수 왔다 가다 하니까 구경으로 휩쓸려 든 것이었다.

나는 그들이 청하는 대로 모두 배에 오르게 하였다. 박 서방보고도 타라고 하니까 그는 기가 막히다는 듯이 한숨을 쉬고 멍하니 쳐다보더니 나의 손목을 이끌고 산모퉁이로 갔다.

"안상 못 가겠세요!"

하는 것이 그의 말이요, 대답이었다. 자기가 바다에서 폭풍을 만난 것도 자기 죄에 대한 천벌이었던 것처럼 그는 해석하고 또 앞으로 처자를 다시 데리러 가면 연이어니와 혼자서 조선으로 내뺀다면 필시 또다시 바람을 만나 바다에서 죽고 말리라는 것이었다.

"흥, 그럴 리가 있나요."

나는 코웃음을 치면서 그것만은 단연 부정을 하였더니 그는,

"아니에요. 제가 잘못했세요. 제가 잘못했세요."

고개를 좌우로 연해 흔들며 처자가 밤마다 꿈에 보인다는 이야기, 아이들이 얼마나 불쌍하냐는 이야기로 자기 신세를 한탄하였다. 사실 그는 창자를 끊는 슬픔과 뼈 속까지 스며드는 번민을 못 이겨 냄인지 얼굴이 몹시 여위고 창백하였다. 그 깨끗하던 바지저고리도 어느새 더럽고 후줄근해졌다.

끝끝내 배를 안 타고 좀더 생각한 후 기회를 봐서 다시 구주로 처자를 찾아가 보아야겠다고 하므로 나는 하는 수 없이 그와 작별 후 혼자서 배 위로 돌아왔다. 그는 외로이 바닷가에 혼자 서서 멀리 망망한 대해를 바라다보고 있었다.

선장 말이 밤에 출범하려고 했으나 또 염려가 생긴다고 해서 그대로 하룻밤을 더 자고 이튿날 아침 열 시쯤 해서 떠났다.

가을의 날씨 좋은 상쾌한 아침이었다. 배가 스르르 움직이매 나는 뱃전에 서서 시원한 바람을 쏘이며 보니까 박 서방이 또다시 나와 해안에 서서 있었다. 떠나면서 내가 손을 흔드니까 그는 알아보고 허리를 굽신굽신했다. 배가 멀리 포구 밖을 향해 나아가며 보니 그는 흡사 움직이지 않는 무슨 석상처럼 서 있었다.

그 후 두 달이 지나서 서울서 또다시 나는 박 서방과 만났다. 그때는 그는 섬 속에서 보던 그와는 전혀 딴 사람이었다. 요새 종로 어디서나 볼 수 있는 사람 마찬가지로 평범하고 활기 있고 다시 거세고 하였다.

"박……"

나는 몹시 그가 반가웠다. 그러나 그는 내가 궁금해 하고 반가워하는 모든 심리를 잘 알면서 그것을 꺼려하는 눈치였다. 새로 퍽 어색함을 느끼었다. 그는 나에게 묻지 말라는 듯이 딴 인사말만 하고 황황히 사람들 사이로 사라져 갔다. 나는 그의 뒷모양을 바라보면서 검푸른 물결 속에 외로이 선 섬, 섬을 생각하였다. 박 서방은 어디인지 섬이다 하는 느낌을

나에게 주었다. 그러나 그의 씩씩한 기품이 나로 하여금 적이 안심하게
하였다.

―《신천지》 1, 1946. 1.

소

작년 9월 26일에 충청남도 연기군忠淸南道 燕岐郡에서 북구주 입천 탄광 北九州 立川 炭鑛으로 백삼십사 명이 징용徵用되어 갔다.

그 일행 중에 '삼룡三龍'이라는 사람이 있었는데 별명이 '소'였다. 그와 친하게 지내는 사람들은, 그를 보면 그냥 '이러어' 또는 '어디어' 하기도 했다.

어째서 소냐 하면 그의 생김생김이 꼭 소 같기 때문이었다.

커다란 두 눈(참, 하릴없는 소의 눈이라. 선량한, 유순한!), 긴 얼굴과 기다란 코, 홀쭉 들어간 뺨, 우묵한 입, 그 중에서도 기다란 콧등이, 보는 사람으로 하여금 소를 연상하게 하였다.

키가 큰데다가 어깨와 등까지 꾸부정해서 그가 걸어가고 있는 모양은 사실, 어슬렁어슬렁 가는 소 그대로이다.

그는 사람과 말을 잘 안 했다. 종자도 소처럼 느렸다. 부지런하고 성실하고, 늘 묵묵불언으로 자기 일만 꾸준히 해 나가는 것도 그랬다.

그러나, 그의 이러한 점과는 정반대로 퍽 신경질적神經質的인 점이 한

가지 있었다. 그것은,

"글쎄, 그러지 말어!"

불끈 성을 내며, 하는 소리였다.

동무들이 삼룡이를 붙들고,

"소야 이놈의 소……"

"어디어 디이."

"어어, 이러……"

"소!"

할라치면 그렇게 느리고 무겁고 묵묵부답이던 그가 일일이,

"글쎄, 그러지 말어!"

"글쎄, 여기선 그러지 말어!"

"나 소 아녀."

부리나케 야단인 것이다.

이것으로 보면 그는 소를 대단히 싫어하는 것 같다. 그러나 아니다. 삼룡이는 소를 싫어하는 것이 아니라 자기가 소의 별명을 듣고, 소라고, 불리는 것을, 싫어하는 것이다. 그 후 나는 그 소로 불리어지는 것을 대단히 싫어하는 사실과 그 이유를 직접 삼룡이한테 들어서 알게 되었던 것이다. 우리가 탄광에 도착한 후 훈련訓練을 받고, 갱내坑內 견학을 한 다음, 이제 직접 석탄을 파게 되었을 때 삼룡이는 며칠간 아주 넋이 없는 모양이었다.

그는 갱내 작업을 모면하기 위하여 훈련소 소장所長에게 가진 애원을 다 하였고 별별 수단을 다 썼으나 필경 나와 함께 우에산쟈꾸上三尺 레이가다다零片에서 사이당採炭을 하게 되었다.*

| * 윗산 봉우리에서 채탄을 하게 되었다.

"으흐흐……"

"응…… 나 죽네!"

그는 지하 수천 척地下數千尺 되는 갱내를, 아주 지긋지긋하게 싫어하는 모양으로 늘 입갱入坑할 때면, 이렇게 중얼거리며 부르르 떠는 것이었다.

그가 할 수 없이, 엉덩이를 쑥 뺀 채, 시커먼 아가리로 끌려 들어가는 것을 볼 때마다 나는 도수장屠牛場*으로 가는 소를 연상하고 하였다.

"어머님두 못 뵈옵구!"

"후…… 나 죽네!"

바람 들어오는 소리가 쏴 나고, 천장에서 물이 뚝뚝 떨어지고, 길이 질척거리고, 지축地軸 밑에서 무슨 괴악한 소리가 들려오는 것 같고, 무한히 길고 어둡기만 하고, 머리 위에서 석탄덩이가 바위와 함께 쉴 새 없이 떨어지고 있는 굴 속에서 그의 이런 목소리를 들으면, 그것은 사람의 비명悲鳴이라기보다도 무슨 유령幽靈의 신음呻吟 같았다. 그리고 탄광은 분명히 지옥地獄이다.

그 후 내가 연기대대장燕岐隊隊長으로 추천되어 사무실에 앉게 되었을 때, 삼룡이는 어느 누구보다도 먼저 쫓아와서 나의 손을 붙들고 울었다. 그는 연기군 사람이 한 사람 사무실에 앉게 된 것을 무한 하례하는 동시에, 자기를 굴에서 구원해 내주기를 애원했으며, 나는 또 구원해 주마 하고 맹서하였다. 그때 그는 나에게 다음과 같이 고백했다.

"제가 징용 오기 한 달 전에 우리 집 소가 식용食用으로 공출供出이 되어 갔세유…… 이사장理事長 놈의네 소가 갈 것인데, 그것 참…… 소 나이로 보나, 일하는 품으로 보나, 즈이네 소는 안 갈 거거든유. 똑 이사장

| *도살장.

놈 소가 갈 텐데, 대신 가서 도수장에서 죽었에유…… 참 억울합니다. 그런데 제가 또 이렇게 징용 왔거든유? 집에서 떠날 때부터 소가 나가 죽더니 그것과 마찬가지로 나두 나가 죽나부다 하는 생각이 들더먼유. 사실 다 뭐 죽으러 온 셈이지유…… 소가 도수장 안으로 끌려 들어가 도끼 등으로 골을 맞어 죽는 것이나, 사람이 굴 속에서 일하다가 큰 바위에 등골이 치어 죽는 거나 똑 마찬가지 아닙니까? ……전 굴 속에서 늘 소 생각입네다…… 똑 죽을 거만 같애유. 그런데 이건 다른 사람은 남 속도 모르구 자꾸 날 보구서 소라구…… 날 보구 소라는 건 소처럼 죽으라는 것 아닙니까? 그저 안상 어른만 믿습니다……"

나는 이 삼룡의 이야기를 들으며 모두 잘 이해할 수가 있어 고개를 연해 끄덕거렸다.

소와 삼룡이, 아니, 그의 별명에 쫓으면 소와 소, 그것은 서로 모양새도 같으며 그 운명도 같을 것 같았다. 삼룡이는 하루 이틀 점점 피로해지는 꼴이었다. 그는 딴 사람들처럼 도망을 갈 용기도 가지지 못했다. 내가 도망을 가라고 권고하면,

"아니네유…… 제가 도망을 가면 조선 있는 식구들은 다 죽게유? ……죽어도 안상 어른 앞에서 죽을 텝니다…… 또 도망하면 붙잡혀유……"

도망을 가면 여기 회사에서 조선 군청으로 통지를 하고, 군청에서는 도망간 사람의 가족에게는 양식 배급을 안 한다는 것이었다. 삼룡이는 이것을 꼭 믿고 만약 자기가 도망을 간다면 그것은 저 혼자 살기 위해서 늙은 어머니도 아내와 아이들도 다 죽이는 것이라고 생각했다.

더구나 도망갔던 사람들이 잡혀 와서 긴 포승捕繩으로 손목을 묶이어 그야말로 말이나 소처럼 이리 끌려가고 저리 끌려가고 하는 것을 보고는 더욱더 그것을 단념하는 것이었다. 그는 그것까지 소처럼 묵묵히 운명만

기다리는 것 같았다. 하루 삼룡이가 일을 하고 있는 우에산쟈꾸 레이가다 하라이에서 낙반落盤*이 되었다고 통지가 왔다. 그동안 나는 삼룡이를 갱외坑外로 끌어올리려고 운동을 해 봤으나 효과가 없었다.

'삼룡이에게 기어이 올 운명이 왔나 부다!'

하고 나는 한참 동안 어찌할 줄을 모르고 망연히 서 있었다.

부상자가 많다고 떠들면서 밖에서는 사람들이 왔다 갔다 달음질을 쳤다. 당가撞架**를 가지고 일면 쫓아갔다. 가 보니까 갱구坑口 차도車道로 사람들이 하나 빽빽이 서 있고 부상자를 하꼬로 나르는 판이었다. "들들들들" 하는 무거운 소리를 내며 굵은 철선鐵線이 지하地下에서 올라올 때 모여 선 수백의 군중은 일제히 갱구의 시커먼 아가리를 쏘아보고 있었다.

급기야 하꼬가 보였다. 숨도 쉴 수 없이 가슴이 벅찬 가운데 부상자의 모양들이 우리 앞에 나타났다. 얼굴도 몸뚱이도 까맣게 석탄가루를 뒤집어쓴 부상자는 하꼬 한복판에 누워 있고 피도 석탄가루와 함께 까맣게 흐르고 있다.

얼굴을 다친 사람, 다리가 부러진 사람 하여 중상자가 세 명이나 되었다. 그들은 말을 못하고 눈물만 흘리고 있었다. 눈물조차 사람의 눈물 같지 않은 검은 흑루黑淚였다.

나는 누가 삼룡인지 분간을 할 수가 없었다. 한 사람은 병원 진찰대 위에 올려놓자마자 절명絶命하고 말았다. 제천堤川 사는 박이동朴二洞이라고 하는 사람이었다. 얼굴이 검고 넓적하고 수염 털이 거친 그의 모양을 나는 몇 번이고 생각해 보았다.

삼룡이는 기적적으로 살았다. 나는 그가 꼭 중상자 속에 누워 죽은 줄만 알았다. 스코프로 석탄을 떠서 실은 다음, 막 그 자리를 뜨자마자

---

* 갱도·막장 천장의 암반 부분에서 암석이 떨어지는 현상.
** 천 따위로 길게 만들어 좌우에 채를 대고 앞뒤에서 들게 한 기구. 들것.

천장에서 바위가 내려앉았다는 것이다. 아슬아슬한 판이었다.

"박이동이가 제 대신 죽은 것 같애유……"

그는 이렇게 말했다. 박이동이는 일변* 가족에게 전보로 알리며 화장을 해 버렸다. 박이동이의 장례 때 삼룡이는 그 기다란 얼굴에 기다랗게 눈물을 흘리며 흑흑 느껴 울었다. 그 후로 그는 꿈에 박이동이가 보인다는 둥, 소가 도끼로 맞고 죽는 꿈을 꾸었다는 둥, 오늘은 꼭 보다가 떨어져 사람이 상할 거라는 둥 하며 일을 잘 안 내려갔다. 나는 그의 비과학적인 생각과 미신迷信을 깨쳐 주기 위해 반대하고 싶었으나 그런 것이 문제가 아니요, 뭣보다도 살고 무사한 것만 수라는 생각에 될 수 있는 한그의 청을 들어 쉬게 하였다.

그러나 어느덧 삼룡이에게는 새로운 신념信念이 하나 생긴 것을 발견하였다.

"소가 제 대신 죽었에유…… 그러니까 저는 괜찮아유…… 안 죽어유……"

하는 것이었다. 처음에는 소가 공출 나가 도끼에 맞아 죽은 것처럼 자기는 징용이 되어 탄광 속에 가서 바위에 치어 죽을 것이다. 소가 먼저 나가 죽어서 주인 대신 주검에 대한 액운을 때워 버렸으니까 이제 자기는 죽지 않고 소의 운명과는 반대로 산다는 것이었다. 그 좋은 증거證據가 바로 박이동이가 죽던 그때 일이라고 말하는 것이다.

"글쎄, 제가 비켜나자마자 바로 고 자리에 떨어졌세유. 박이동이는 그냥 구부리구 있구유……"

"참 이상두 해유……"

삼룡이는 딴 사람에게는 말을 잘 안 하나 내가 사무실에 혼자 앉아

| * 한편.

있는 것을 보면 슬며시 와서 이죽이죽 이야기를 곧잘 했다.

딴은 그래서 그런지, 그런 후로는 삼룡이는 태연하게 일을 잘 다녔고 다치지도 않았다. 그러나 동무들이 소라고 놀리면, 그것은 여전히 기겁을 해서 말렸다. 왜 그러냐 하면 자기는 소가 아니어야만 소 대신 액운을 벗어난 주인이 될 수 있으니까…….

그러자 잊지 못할 8월 15일이 우리의 머리 위에 찾아오고 한 달 열흘 후 우리 연기대 일행은 꼭 만 일 년 후인 9월 26일에 고향으로 돌아왔다. 공교한 일이다. 삼룡이가 자기 집에 부디 한번 와 달라고 여간 짓궂게 청하는 것이 아니어서 나는 그들의 생활 상태도 조사할 겸 어느 날 월하리 月下里로 그를 찾아갔다.

어디서나 볼 수 있는 가난한 농가이다. 그가 없는 동안 금년 여름에 무서운 장마를 만나서 담과 지붕이 몹시 후락했다. 그러나 집 모양과는 반대로 그의 가정은 화기애애하고 단란하고 즐거운 빛으로 가득했다.

식구로는 어머니와 안해와 아들이 둘이 있는데 그의 어머니는 칠십이 넘은 백발 노인이었다. 삼룡이가 죽지 않고 살아 온 것은 흡사히 내덕인 것처럼 그들은 나에게 무수히 치하를 하며 술을 받아 온다, 안주를 장만한다 하였다. 그들도 무한히 기쁘고 나도 무한히 기쁘다. 나는 삼룡이와 술잔을 나누면서 그의 기다란 얼굴에다 대고,

"소……"

"이러……"

"워……"

하며 농담까지 퍼부었다. 삼룡이는 그 싫어하는 농담을 달게 받으며 웃었다.

그러나 내가 돌아갈 때 삼룡이가 열어 주는 싸리문을 나서며 나는 가슴이 내려앉는 듯 놀랜 일이 있다.

텅 빈 외양간은 보송보송했다. 그것은 보기 드문 부자연하고 불유쾌한 모양이었다. 쇠죽을 담는 구유는 바싹 마르고 먼지조차 보얗게 앉았다.

내가 그 앞에 멍하니 서 있으려니까 삼룡이는 그제서야 소 생각이 난 모양,

"흥, 소가 있어야지유. 걔가…… 소가 제 대신 나가 죽었으니까 유……"

했다. 그러나 이번에는 그의 말이 나의 마음에 다시 꼭 스며들지를 안 했다.

"아아니, 소가 죽은 것처럼 삼룡이도 역시 죽었다."

하는 생각이 났다.

"박이동이가 죽은 것을 생각 못하오?"

나는 삼룡을 쳐다보면서 이 말을 입 밖에 내었다.

박이동이가 죽은 것이 삼룡이가 죽는 것과 뭐가 다른가. 도수장에 끌려가 도끼로 머리를 맞고 쓰러지는 소를 생각하며 굴 속에서 일하다가 등골이 바위를 맞고 죽는 사람을 연상할 수 있는 것처럼 나는 넉넉히 빈 소 외양간을 보고 기다려도 기다려도 그 주인이 돌아오지 않는 빈방을 생각할 수 있었다.

연기대 속에서도 일터에서 쓰러진 사람이 칠팔 명 된다. 세상이 모두 즐겁고 기쁘되 지금 어디어디서는 저 보송보송하고 마른 소 외양간처럼 먼지 앉은 빈 방문을 닫아 둔 채 늙은 어머니와 그 안해와 아버지를 잃은 아이들은 문 밖에 서서 헛되이 기다리며 울고 있을 것이 아닌가. 나는 문득 삼룡이를 쳐다봤다.

'역시 소다.'

"자아! 잘 있으시오."

인사를 하고 나왔다. 만천 가지 애연한 생각에 젖으며 산모퉁이를 돌

아서려니까,

　"저눔의 소, 저눔의 이사장눔의 소를 내가 끌어와야지……"

　삼룡이는 한편 언덕 소 있는 곳을 가리키며 험악한 낯빛으로 내 생각
과는 딴 판인 말을 하였다.

—《조광》 123, 1946. 3.

불

음력 정월 보름날―.

새벽 일찍이 일어나 안방으로 가니까, 어머니께서 밤 한 톨을 주신다. 어려서부터 해 오던 버릇대로 공손히 받아서 입에 넣고 깨물었다.

또 약주 한 잔을 데우지도 않고 주셨다. 먹으니까 찬 술이 향기를 풍기며 자르르 기분 좋게 뱃속을 자극한다.

아마 이날 날밤이나 잣, 호두 등속의 단단한 것을 먼저 먹게 하는 것은 치아가 튼튼하라는 뜻인 듯싶다. 치아가 오복 중에 하나로 든다고 한다. 찬 약주를 그대로 마시는 것은 일 년 내내 남에게서 추잡하지 않은 좋은 말만 들으라는 축수이며 또 귀가 밝아지는 것이라고 어머님이 다시한 번 말씀하셨다. 좋은 말만 들으라는 말처럼 좋은 말은 없을 것이다. 나는 옛 풍속의 이러한 분위기를 대단히 좋아한다.

빈속이라는 것보다도 눈을 뜨는 즉시로 한잔 한 터이라 술 기운이 뱃속에서 풀어지면서 그것만으로도 기분이 거나하였다.

어머님은 다시 말씀하셨다.

"네가 집안 주인이니까, 오늘은 제일 먼저 나가서 대문을 열어라. 그리고 뒷짐을 지고서는 세 번 큰 기침을 하면서, 휘이 한 바퀴 집 안을 돌아라."

"네……"

딱 어린애 장난 같은 일이다. 쑥스럽기도 하다. 그러나 이것은 나의 소시민적 행복감을 만족시켜 줄 수 있는 일이다. 나보다도 어머님께서 더욱 그렇게 함으로써 행복을 느끼시는 모양이다. 그러면 다른 것으로는 효도를 못해도 이 힘 안 들이고 쉽게 행할 수 있는 것으로나마 노래하신* 어머님을 위로해 그리고 기쁘게 해드리리라 마음먹었다.

그래서 처음으로 나아가 대문 빗장을 따고 떡 하니 뒷짐을 지고서는,

"에헴……"

"에헴……"

"에헴……"

안 나오는 기침을 세 번 이렇게 하면서 뒤꼍으로 돌았다.

그때 마침 우리 집 건너편 언덕 비탈에서 사는 이 서방 어머니가 물을 길러 왔다.

"어짠 일이유? 대보름 새벽부터 물을 길러 오게?"

방문 유리로 내다보고 계시던 어머님이 질겁을 하시며 물으셨다.

"보름달은 물 안 먹구 삽니까!"

"아이구 망측해라, 어제 저녁에는 뭣들 했소! 물두 못 길러다 놓았소?"

"딸네 집에서 저녁에 넘어왔세유……"

"그럼 우리 집에서 먼저 긷거든 기르슈!"

| * 늙으신.

그러나 이때만은 나는 어머님의 말씀을 거역하였다. 두레박으로 먼저 우리 집 물통에다 우물 물을 떠 부으라고, 우물가에 서 있는 나를 보고 어머님께서 분부하시는 것을 나는 그렇게 하는 척하고 그 옆에다 내려놓은 이 서방 모친의 조그마한 물동이에다 두세 번 먼저 퍼담아 주고 말았다.

그런데 이 서방 모친이 그렇게 일찍 우리 집으로 물을 길으러 왔던 것은 우리 집보다도 먼저 우리 집 우물 물을 퍼 가려고 했던 것이라는 소문이 아침 지난 때 동네 부근에 퍼지고 말았다. 그렇게 하면 우리 집에서 받을 복을 이 서방네가 가져가게 된다는 것이었다. 그럼 내가 새벽 대문을 열러 나갈 때 삐걱삐걱 대문 소리가 났던 것은 혹시 대문이 열렸나 하고 이 서방의 어머니가 미리 와서 흔들어 봤던 것인가……

그뿐만 아니라, 그 늙은 부인네는 열나흗날, 즉 어제 새벽에는 우리 집 대문간 흙을 몰래 파다가, 자기네 집 부엌에다 끼얹었다는 것이다. 이것도 우물 물과 마찬가지로 남의 복을 뺏어 온다는 미신뿐만 아니라 그러한 풍습이 우리 조선에는 옛날부터 전해 내려오는 터이다. 또 여러 사람이 밟은 길가의 맑은 흙을 파다가 집 네 귀퉁이에 뿌리면 그 길로 지나간 사람 수효대로, 많은 복이 들어온다고 해서, 보름 전날에는 그것을 다투어 시행하는 행사가 있다.

그러한 까닭에, 나는 이 서방 어머니의 행동에 대하여 그리 섭섭한 마음이 없었다. 나에게 복을 주기 위하여 축수한 우리 어머님이나 우리 집의 복을 자기네를 위하여 탐낸 이 서방 모친이나, 다 함께 오래된 인습과 미신에 젖어 있는 여인들일 뿐이다. 보름날 아침 해가 뜨기 전에 더위를 파는 풍습은 누구나 다 안다. 즉, 이날 아침 아는 사람을 만나서, 그 사람의 이름을 불러 대답하면 상대편에게, "내 더위 사 가거라!"해서, 그 해의 병과 재앙을 딴 사람에게 떠넘겨 버리는 것이다.

서로 이웃간에 살면서도, 나는 아직 이 서방을 알지 못하며, 그의 얼굴도 본 바가 없다. 내가 서울에서 이리로 이사를 왔을 때는, 그는 타지로 방랑을 했던 모양이고, 내가 서울에 가서 체재해 있는 동안, 그때 그는 고향에 돌아왔다가, 소위 보국대報國隊라는 것에 잡혀 바다를 건너갔다.

그가 남양南洋으로 떠나갔다는 말은, 풍편으로 들려왔으나, 사 년 동안이나 일자의 소식도 없어서 사람들은 모두 그가 분명히 죽었다고 단정을 하던 차에, 바로 닷새 전에 돌아왔다는 것이다.

그러나 그동안 그의 집에서는 여러 가지 불행과 비극이 생겼다. 그가 떠나간 지 일 년 만에 그의 부친이 돌아갔고 또 일 년 지나서는 과부가 된 그의 모친이 아들 겸 믿으며 살던 윗동네에 있는 그의 매부가, 역시 보국대로 북해도 탄광으로 갔으며, 그래서 어머니, 며느리, 딸 이렇게 세 여인네가 이를테면 삼 과부처럼 살더니, 이 서방은 돌아오지 않고, 그 매부만 작년 사 월에 북해도에서 나와, 어머니는 딸과 함께 다시 매부 집에 가서만 살게 되자, 그의 아내는 외로이 남편을 기다리고 있더니, 이 서방이 나타나기 십여 일을 앞두고, 좀더 자세히 말하면 바로 음력 작년 세안*에 때마침 천연두로 하여 하나뿐인 여섯 살 먹은 사내아이를 죽이고는, 즉시로 어디론지 사라져 버리고 말았던 것이다.

그 뒤 이 서방 아내의 행방은 곧 알려졌다. 역시 보국대로 일본엘 갔다 나와 보니 그 아내가 죽어 홀아비가 되었다는 소경리 근처에 사는 어느 남자의 후취로 갔다는 것이다. 이 서방이 온 그 이튿날 그의 어머니가 며느리 있는 곳을 수소문하여 찾아가서, 남편 왔다는 소식을 전하였으나, 며느리는 울기만 하고 도로 온다는 말은 안 하더니, 이틀 후 새 남자와 함께 다시 자취를 감추었다는 소문이 이곳으로 전해 왔다.

| * 음력으로 '설'을 세기 전에.

시어머니가 사위 집에만 안 가 있어도 며느리가 안 내뺏을 거라느니, 아들은 죽었고 시어머니는 가니, 며느리보고 너 나가거라 하는 말이 아니었느냐느니, 마마에 아들 자식만 잃어버리지 않았어도, 끝끝내 마음을 잡고 있었을 것이라느니, 이 서방이 가끔 편지만 해주었어도 일이 이 꼴에까지 이르지 않았다느니 이 서방 아내가 다시 되돌아오지 않은 것은 제 팔자를 고치기 위함이라느니, 별별 말이 동네에는 다 많았다.

그러나 당자* 이 서방의 마음은 어떨까. 나는 그를 한번 만나 보고 싶었다. 이웃 사람으로서의 동정심도 있었지만 사실 고백하면, 보다 소설가로서의 호기심이 컸다. 그가 오던 날, 나는 멀찌감치 나의 방에 앉아 있으면서도 그의 통곡하는 소리를 들었다. 한참 모자가 울더니 조금 후에는 새파란 젊은 여자의 목소리가 끼었다. 물론 달려온 그의 누이였으리라.(이런 비장한 통곡 소리를 어떻게 붓으로 그려 낼 수 없을까!) 나는 그를 좀 방문해 볼까 하고 그의 집으로 향하여 시적시적 가다가도 그때의 그 폐부를 찌르고 창자를 에이는 듯한 통곡 소리를 연상하고는 다시 발길을 돌리고 하였다. 그렇기 때문에 그의 모친이 우리 집 우물을 먼저 퍼가고, 대문간 흙을 몰래 파가는 것은커녕 우리 집에다 대고 더위를 팔더라도 나는 장난삼아 낄낄대며 "네 사 가죠" 하고 대답할 만큼 그들의 액운을 동정하는 동시 그 반면 너무나 비현실적이고 비과학적인 인습과 미신에의 의뢰심을 가엾이 여기는 마음으로 가득했던 것이다.

이 보름날에는 이 외에도 다른 행사가 많다. 신라 때 어느 왕이 한 마리 까마귀가 갖다 주는 '개견즉이인사開見則二人死 불개즉일인사不開則一人死'**라는 편지를 받아 보고, 왕비와 내통하는 중놈 두 사람을 쏘아 죽인

* 본인.
** 펴 보면 두 사람이 죽고 펴 보지 않으면 한 사람이 죽는다.

후, 그 은공을 갚기 위하여 매년 정월 십오 일에는 약밥을 지어, 까마귀를 먹이게 되었다는 고사로 인하여, 이날 약식을 만들어 먹는다는데, 이것은 아마 지금에는 그리, 많이 시행되지 않는 모양이다. 우리 집도 약식 대신 점심때, 차조, 차수수, 팥, 콩 그리고 쌀 해서 오곡밥을 지은 후, 고기, 북어, 청어, 김 등을 구워 먹었다. 참콩나물, 고사리, 호박고지, 고비, 도라지, 취, 무청시래기, 이것들도 이날 빼놓지 않는 반찬이다. 이날은 종일 집 안에서 구수한 냄새가 나는 날이다. 그리고 뭐 말은, 이날 점심은 아홉 번을 먹는다고 해서, 남의 집에 가서나, 내 집에서나 동네 사람끼리 서로 먹는 게 일이다.

나는 이 서방을 청해 같이 점심을 먹을 생각이 났다. 이 뜻을 어머님께 아뢰니까,

"얘야……"

이 서방 모친의 일을 못마땅해 하는 것이겠지, 떨떠름해 하시는 것을, 아내에게 음식을 차리라고 일러 놓고는 나는 가만히 일어섰다.

그의 집엘 당도하여 보니 집이 텅 비어 있었다. 우선 내 눈에 띄는 것이, 문간 양쪽 기둥 밑에 소복하니 뿌려진 고운 황토였다. 산모퉁이 신작로 길가에서 파 온 것이리라. 나는 천천히 여러 가지를 살펴봤다. 깨끗이 쓴 길과, 마당과, 봉당, 뜰 밑, 이런 데로 분명히 새 흙이 흩어져 있었다. 그리고 놀란 것은 아무것도 없는 부엌에, 오도카니 물 한 동이만 부뚜막 위에 놓여 있는 것이었다. 나는 아까 새벽 일을 생각하고, 웃지 않을 수 없었다. 보아하니 며느리가 도망을 간 후, 오늘 아침까지도 사람이 들어 살림을 한 흔적이 없는데, 물만 한 동이 난데없이 새벽에 길어다 놓은 것은 물론 동네 소문을 증명하는 일이다. 그러면 오늘 새벽 이 서방 어머니는 우리 집보다도 우리 우물을 길은 외에 그것을 우리 집 주인인 내 자신 손으로 떠 주었으니 그 일은 이를테면 대성공인데, 과연 이 집이 이제부

터는 그렇게 마음에 바라는 대로 새 복이 올 것인가 하고 잠깐 생각해 보지 않을 수 없었다.

부엌에는 솥까지 떼어 가고, 그릇은커녕 깨진 사금파리 한 조각 볼 수가 없었다. 집은 부엌 한 칸, 방 두 칸, 그야말로 삼간초옥인데, 삼간초옥이라도 후락하고 다 쓰러져 가는 아주 오막살이 삼간이다. 담은 무너져서 담 섰었다는 시늉만 내었다. 문간에서 들어서면 손바닥만한 마당, 그 마당에서도 부엌 안이 훤히 말쑥하게 들여다보이는 것이다. 살림살이는 모두 그 어머니가 딸의 집으로 옮긴 모양이었다.

나는 슬쩍 봉당 위로 올라서서 방 속을 들여다보았다. 창호지가 다 찢어져서 잘 보였다. 신문 한 장 못 바른 흙질을 한 벽뿐이다. 답답하고 매캐한 흙 냄새가 코를 찔렀다. 가운데를 막아서, 한 칸씩 방 둘을 내었는데, 이번에는, 윗칸을 들여다보니 거기가 아마 옛날 이 서방 부부의 침실이었던 성싶다. 그래도 벽 군데군데 종이쪽을 붙인 흔적이 있고 송판으로 만든 커다란 궤짝이 두 개 포개져 있으며, 다시 그 위에 조그만 석유 상자 비슷한 것이 놓여 있는데 이것이 이를테면 그들의 삼층장이었으리라. 그러나 다른 것은 다 가져가도 이것은 그 자리에 그대로 둘 만큼 보기에도 신산스러운 물건이었다.

이 서방은 그의 매부의 집엘 가서 만났다. 보니까 요새 이삼 일 동안 내가 장터엘 나가려면 가끔 뚝 위에서 서로 지나치며, 나를 유심히 주목해 보고 하던 그 사내다. 그는 옛날 일본 병정의 누런 외투를 입었다. 나는 두어 번 그를 봤을 때 서울서 농촌으로 쌀을 가지러 다니는 야미꾼*이거니, 했었는데 이렇게 막상 그가 바로 이 서방이라는 것을 알고 보니 퍽 야릇한 생각이 들었다.

| * 몰래 뒷거래를 주로 하는 장사꾼.

그는 본시 농민이나, 그러나 내가 그를 처음 봤을 때 얄미운 야미꾼으로 추측했던 만큼, 그는 지금에는 확실히 농민이 아니었다. 그의 말을 들으면, 미일 양 해군의 격전지로 유명했던 태평양 상의 고도孤島 '트라크' 섬에 있다 왔다는데 거기서 오래 지내는 동안 그렇게 변하지 않았나 생각된다. 순박한 농민의 얼굴 위에 늘 예민하고 표독한 표정이 흐르고 있었으며 나와 정식으로 인사를 한 후에도 뚝 위에서 서로 지나치며 나를 주시할 때처럼 한결같이 무엇을 탐색하는 눈초리를 짓는 것을 보면 그러한 표정이 일시적인 것이 아니라 아주 버릇이 되어 버린 듯싶었다.

나이는 서른다섯이라고 하나 마흔이 넘은 사람처럼 보였다. 얼굴에는 까맣게 진이 앉았으며 광대뼈가 제일 눈에 띄게 툭 불거졌고, 그의 이마 위에 굵게 잡힌 주름살은 그의 고생한 모든 이야기를 누구에게나 믿게 할 만큼 유난스럽고 인상적인 것이었다.

"살아 나온 것이 꿈 같습니다. 아직 정신이 없습니다……"

그는 이렇게 말하였다. 말하는 어조도 충청도의 농민이 아니었다.

"처음 부산에 떨어져 울면서 땅을 어루만져 봤습니다. 그립고 그리운 건 조선의 물이드군요. 먹는 물요……"

이런 말을 들을 때는 해외의 사지에서 헤매이며 오랫동안 풍상을 겪고 온 무슨 위대한 정치가의 감상담을 듣는 듯한 느낌이었다. 충청도 농민들은 항용 말 끝에 "유우" 하는데, 그 "유우" 대신 이렇게 올바르게 "요오" 하는 사람은 도회지의 물을 먹었거나, 그 이상의 바람을 쏘인 인물들이다.

"코 큰 사람들이 '라바우루'*하구 '도락구'**에는 끝끝내 상륙을 못했죠. 그래서 도락구에다 맨 첨 원자폭탄을 쓸려구 했었습니다. 도락구 도

---

* 라바울 섬, 태평양 남서쪽 파푸아뉴기니 제도에 있는 섬.
** 트라크 섬, 사이판과 라에 섬 사이에 있는 섬.

에 있는 일본 해군은 제사함대였는데 나중엔 할 수 없어 항복했지요."

이렇게 되고 보면 더군다나 이 서방이 이 서방 같지 않았다. 제사함대란 말을 하는 조선의 농민을 앞에다 앉혀 놓고, 나는 어안이 벙벙하였다.

트라크 도에 대한 일본군의 점령 관계는 어떠했던지 나의 그것에 대한 지식은 이제 와 모두 몽롱해졌으나 이 서방의 말을 들으면 그는 조선서 떠나자 곧, 속아서 트라크로 갔다는 것이다. 그리고 거기서 나올 때까지 사 년 동안이나 있었는데 처음에는 비행장을 닦고 있었으나, 나중에는 수비부대의 후보로 강제적인 군사훈련을 받았다 한다. 물론 고향에다는 편지 한 장을 못 가게 해서 오늘날 자기 가정의 큰 비극을 이룬 원인이 되었노라는 것을 암시하여 말했다.

'싸이판'과 '유황도硫黃島' '비율빈比律賓'*이 미국군의 손에 들어가면서부터 트라크에는 급작스럽게 식량이 결핍해져 하루에 감자 한 개씩으로 연명을 하다가 나중에는 쥐, 도마뱀 등을 잡아먹고 좀더 있으면 사람들끼리 서로 잡아먹게 될 지경인데, 일본이 항복하고 미국군이 올라왔다는 것이다.

트라크가 폭격을 당할 당시의 일은 이루 말로 형용해서 이야기할 수 없고 그냥 불바다였었다 한다.

연기군燕岐郡에서 간 사람이 사십팔 명이었는데, 살아 돌아온 사람이 불과 일곱 명이다. 물론 그 중에는 병으로 죽은 사람도 굶어 죽은 사람, 반은 미치다시피 되어 목을 매 자살한 사람들도 끼어 있으나, 대부분은 폭격과 함포 사격에 희생된 것이다. 얼마나 무섭고 놀라운 사상률이냐. 이것으로 미루어 보아도 어떤 정도의 것이라고 짐작되지 않느냐 하는 것

| * 필리핀.

이었다. 진실로 나의 원수요, 나의 친구의 원수요 우리 조선 사람의 원수요, 서양 사람들의 원수요, 전 인류의 원수, 아니, 일본 사람들의 원수도 이번 전쟁을 먼저 시작하고, 끝끝내 전쟁을 하려고 버티던 그 전쟁 병자 전쟁광의 일본놈이라고 그는 이상히 흥분된 어조로 말을 하였다. 그리고 이번 트라크 도에 갔다온 덕택으로는 자기 일 개인 외에 여러 사람들을 위하여 사는 생각을 가끔 하게 되는 것이고 거기 가서 밉고 미운 일본을 위해 힘을 썼던 것이 부끄러운 만큼 무엇으로든지 앞으로는 조선을 위해 헌신적으로 일해 보고 싶다는 의사를 표시하는 것이었다.

부럼, 귀밝이술, 복 빌기, 더위 팔기, 약식, 오곡밥, 복쌈(김이나 취나물로 쌈 싸 먹는 것), 진채陳菜(여러 가지 묵나물 먹기), 이밖에도 대보름 행사로 인제 불놀이, 달마중, 불싸움, 답교踏橋, 연 띄워 버리기 등등이 있다. 술과 고기 그 외의 집에서 차린 여러 가지 음식을 이 씨와 함께 나눠 먹은 후 불놀이를 가자고 하니까,

"불놀이요?"

하고, 그는 똑 외국 사람 모양으로, 물끄러미 나를 쳐다보았다. 그 태도가,

'네까짓 것이, 불이라는 것을 아느냐?'

하는 말눈치였다. 그는 불에 대해서, 남다른 경험과 관념을 갖고 있는 모양이었다. 아니 그와 함께 들로 나가서, 직접 불놀이를 해 보니, 그는 불에 대해서 일종의 애착과 정열까지 가지고 있는 듯하였다.

우리가 나가자 산과 들에는 벌써 불놀이가 시작되었다. 근년에 산 나무들을 함부로 찍어 때고 치산을 안 해서 웬만한 야산은 산이 아니라 나무 하나 서 있지 않은 그냥 잔디 벌판이었다. 그래서 불놀이 하기는 십상이었다. 겨울 동안 바싹 말라붙은 누룽지처럼 된, 잔디 위에다 성냥을 그어 대면, 까맣게 타 버린 자리를 뒤로 남기면서 불길은 점점 커져 가며,

눈 깜짝할 사이에 사방으로 퍼졌다. 산등, 벌판, 둑 위, 논두렁 이곳저곳 사방에서 화염과 흰 연기가 일어 제법 장관이었다.

"아하!"

"불을 보니까⋯⋯"

"이렇게 벌판에 무작정하고 퍼지는 큰 불을 보니까 살 것 같군요!"

"집에 와서 처음 답답하던 가슴이, 좀 내려앉습니다⋯⋯"

이 서방은 이렇게 말하였다. 트라크 도보다 조선은 참으로 춥다고 하면서, 잠시도 벗어 놓지를 않던 외투 단추를 따면서 "휴우" 하고 한숨을 내뿜었다.

불이 크게 나면서, 우리는 성냥을 쓸 것 없이, 마른 참나무 가지나 그 외의 삭정이에다 불을 달려 가지고, 마음 내키는 곳마다 댕겨 놓았다. 해방된 기분이 이 불놀이에도 집중되고 폭발한 것이 아닌가 의아할 만큼, 금년의 불놀이는 내가 본 어느 해의 불놀이보다도 성황이었다.

넓은 광야는 자꾸 군중이 모여들어, 눈에 바라다보이는, 곳곳에, 불을 놓는 사람들이요 불길이며, 하늘까지 올라가는 연기였다. 아이들은 불을 달리며, 일변 끄며 뛰어다녔다. 이 서방도 그에 지지 않고, 커다란 불방망이를 만들어 가지고, 거의 그의 밟고 다니는 발자국 수효만큼, 불을 붙이는 것 같았다. 그는 집에서 먹고 나온 술에도 취했지만 분명 불에도 취한 성싶었다.

그는 나에게 다가오더니, 그렇지만 트라크 도에서 자기가 본 불에다 대면, 이런 것은 불이 아니라는 말을 하면서, 자기는 부산에서 목도하였는데, 일전 음력 초엿새 날, 하늘 한가운데 나타난 흰 무지개와 일곱 개의 색동 무지개를 봤느냐, 그러한 것이 하늘 가득히 차 있어 움직이는 꼴을 생각해 보아라, 또 공중에서 반짝이던 별들이 일시에, 머리 위로 쏟아져 내려오는 것을 상상해 보라, 그런 것이 트라크 도에서, 폭격과 함상

포격을 받으며, 자기가 경험한 화광이라고 말하였다. 아니, 그러한 무시무시한 것까지, 생각할 것 없이, 나는 겨우 이만한 정도의 땅 위에 펴져있는 불빛을, 한참 바라보고 있다가도, 고개를 쳐들으니까, 하늘에서도불이 일고 있는 듯, 겁나게 붉게* 보였다.

땅거미 질 때쯤 해서, 사람들은 돌아가기 시작하였다. 조금 있다가달이 뜨면, 인제 망월望月을 할 참인 것이다. 넓은 들판과 산등성이 까맣게 타서, 한층 더 쉽사리 어두침침한 듯했다. 이렇게 불을 놓아 태우는것은 불놀이도 불놀이려니와, 온갖 해충을 죽이고, 겸하여 풀잎이 탄 재로써, 자연히 비료가 되게 해서, 새봄의 새싹이 잘 돋아 나오게 함이려니추측됐다.

산 잔등을 타고, 내려오면, 이 서방이 살던 집 앞으로 닿게 되었다.그는 별안간,

"안상 어른!"

나를 불렀다. 무슨 생각을 하는 눈치였다. 트라크에 있을 적에 등화관제를 하면, 어느 때는 그저 일부러 불이 놓고 싶었었다는 것이다. 그놈들에게 거기까지 끌려간 후, 무엇을 조금 잘못해서 되게 매까지 맞은 날이면 휘발유 창고에다 기어이 불을 지르겠다고, 몇 번씩 맹서했었는데,사실 그것을 한 번도 실행 못한 것은, 무엇을 먹다가 삼키지 못한 것처럼, 늘 되풀이할 적마다, 섭섭하다는 것이었다. 그의 이야기를 들으며,나는 내 자신 작년에, 북구주로 징용이라는 것을 당해 가서, 지냈을 때의그와 비슷한 일이 생각났다. 탄광 안에 갇혀 있는 조선 사람들은 공습경보가 나고 비행기가 떠 들어오면 환성을 치며 무조건 하고 좋아했다. 어떻든지간에 현상파괴라는 막연한 것이나마 희망이 생겨난 때문이었다.

| * 원문에는 '부럽게'로 되어 있다.

그래서, 몰래 쌓인 석탄덩이에다가 불을 질러, 등화관제를 방해하고 싶다는 말을 여러 동무에게로부터 들었었던 것이다.

막 작별을 하고 비탈을 내려오려니까, 그는 손을 들어 나를 제지하며, 좀 기다리라는 뜻을 표하더니, 쭈르르 자기 집 윗방으로 들어가, 아까 내가 창구멍으로 구경하였던 자기네의 삼층장을 하나씩 들고 나왔다. 그 외 자질구레한 것까지 마당에다가 팽개치며, 이것을 부숴 가지고 불을 피워 '망월이여―'를 하겠다는 것이었다. 달맞이하는데도 불을 피우고 횃불을 해 드는 풍습인 것이다. 그러나 그가 세간을 태운다는 데 대해선 나는 그의 슬픈 심정을 짐작할 수 있는 것이다. 어쨌건 표면적으로나마, 그것을 제지할 수밖에 없었다.

"참으세요……"

"조선이 해방되었으니까, 인제 기쁜 일이 많이 생기겠죠."

이렇게 위로하고, 이 서방이 흑흑 느껴 가며 울고 있는 것을 그냥 내버려 두고, 나는 몹시 피로하여 집으로 돌아왔다. 먼저 이야기한 대로 이날은 점심을 아홉 번이나 먹는다느니만큼, 종일 음식 타령이므로, 저녁밥은 따로 짓지 않는다. 그렇기 때문에 아내는 어느 때보다도 오늘 저녁은 한가한 모양, 일찌감치 행주치마를 벗고, 뒤꼍에 서서 막 떠오르는 달 구경을 하고 있었다. 일 년 중 정월 대보름 달과 팔월 보름달은 제일 크고, 맑고, 밝고, 탐스럽고, 깨끗하다고 한다. 오늘 저녁 달을 가장 먼저 보는 사람이 길하고 복 받는다고 하는데, 그러한 것은 생각할 것 없이, 그냥 그 훌륭하고 아름다운 달을, 우러러봤으면 하는 마음이 앞설 뿐이다.

어렸을 적부터 오래오래 두고 해마다 이날 밤 받아 오던 감격이 새롭다. 인상적이고, 경이적이고, 마음속에 신비스런 동심과 시심詩心을 부어 주던 그 달을 지금에 다시 한 번 눈 앞에다 놓고 바라보는 것이다. 어느 때의 달이라고 하늘에 떠 있지 않는 것이야 없을 것이나, 오늘의 달은 그야말로 동쪽에서 새삼스러이 새로 추켜 주어, '봐라' 하고 하늘에 떠올리는 것 같다. 그래서 아내는 저쪽 산 잔등으로 올라가 바지랑대로 치면, 꼭 걸려 떨어질 것 같다고 말하였다.

오늘밤 달이 흰 빛이 많으면 새해 비가 많이 와서 풍년이 들고 붉은 빛이 많으면 가물어 흉년이라는 말이 있다. 그런데 나의 눈에는 달이 붉게 보이는데 아내는 희다고 우겼다. 네가 옳으면 풍년이다. 나는 할 수 없이 아마 내가 달빛을 붉게 보는 것은 입때껏 불장난을 심히 하고 온 탓이리라고 조금 전 생각을 하며 마침내 양보하였다. 그랬더니 이것은 달에다 대고 을씨년스럽게 꾸뻑꾸뻑, 허리를 굽혀 두 번 절을 하더니 나를 보고도 그렇게 하라는 것이었다. 영월迎月하는 풍속이다. '어허―' 그것은 안 되겠다고 하니까, 그럼 묵도를 하는 것처럼 고개만이라도 숙이라고 해서, 나는 슬며시 고개만 숙였다. 이것은 변명이 아니라 아까 새벽 어머님의 말씀에 좇아 내가 뒷짐을 지고 세 번 큰 기침을 하며 집 안을 한 바퀴 빙 돈 것과 같이 내 딴에는 이렇게 힘 안 들이고 손쉬운 일을 행해서나마 어리석은 아내를 위로하고, 만족시켜 주기 위함이었다. 조금 있다가 어머님이 답교를 하고 돌아오시더니, 달빛이 너무 밝아서 대문을 여는데, 내가 연 것이 아니라 달빛이 밀어서 연 것 같다고 말씀하셨다.

그런데 나는 이날 밤 돌연히 우리 집에서 불이 나지 않을까 하는 괴이한 강박관념에 눌려 밤 이슥하도록 노심하였다. 물론 나는 소설을 쓰는 사람이니 이보다도 더 심하고 진기한 공상을 할 수도 있는 것이나, 이것은 그냥 공상에 그치는 것이 아니었다. 서울에 큰 불이 나서 십여 호가 전소한 그런 불탄 자리와 아까 불놀이로 까맣게 된 산 잔등, 둑성이* 등을 연상하며, 우리 집도 전체가 꼭 그렇게만 타 버릴 것 같아서, 덜컥 겁

| *둑.

141

이 나고 밤이 깊어 갈수록, 공포심도 커 갔다.

그것은 내가 술을 심하게 먹고 다닐 때, 혹시 내가 심장마비로 졸도
나 안 할까, 또는 서울에 오래 묵어 있으면서 시골집에 무슨 변고나 나지
않았나, 누가 앓지나 않나 하고 염려하는 마음과 비슷하였다. 그러나 오
늘밤, 우리 집에 불이 난다 하는 근심은 그것이 전연 처음인 돌발적인 것
이고 오늘밤으로 막 닥쳐서 걱정되느니만큼 몹시 초조하고 조급한 것이
었다. 그래서 잠을 이루지 못하였다.

물론 불놀이를 많이 하고 온 탓도 있겠다. 불놀이에 한참 취했을 때
내가 불을 댕겨 놓으면서도, 그것이 내가 붙인 것이 아니라, 잔디 속에서
저절로 불이 생겨난 것 같았다. 그것과 같이 마당에 쌓아 놓은 장작 밑
에서, 혹은 솔가지 짐나무 속에서 금방 불길이 솟을 것만 같았다. 부엌에
서, 광 속에서, 지붕 처마 밑, 기둥 아래, 굴뚝 옆, 생각 안 가는 곳이 없
었다. 그래서 나는 술도 얼큰한 기분이라, 누웠다가는 몇 번이나 일어나,
미닫이를 열고 내다보았다. 보면, 나뭇잎이나 가벼운 지푸라기가, 바람
에 쏠려 가는 것이 흡사 불길이 뒹굴어 가는 듯, 부엌 쪽을 보아 달빛의
음영으로, 조금 부옇게 보이면, 연기가 뽀얗게 보이기 시작하는 것이 아
닌가 눈을 휘둥그렇게 떴다.

잠을 이루는 듯 마는 듯하면서, 밤 새로 한두 시쯤 되어서다. 나는 기
어이,

"불이야아!"

하는 소리에, 소스라쳐서 깼다. 보니까, 우리 부부가 자고 있는 건넌
방 영창이 벌겠다. 정신없이 일어나 문을 여니, 불이었다. 불길이다. 불,
불, 불, 불, 불…….

그러나 그것은 우리 집에서 난 불이 아니었다. 우리 집 건너였다. 아
니, 난 불이 아니라 일부러 놓은 불일 것이다. 사람도 없고 생활도 없는,

불과는 아무 관련이 없는 부엌에 물 한 동이밖에 없는 빈집에서, 저절로 불이 날 리가 없는 것이다. 나는 아까 이 서방이 자기네 세간살이를 불태워 버리려고 하는 것을 타일러 막은 일이 있다. 그것과 함께 이 서방이 한술 더 떠서 기어이 자기네 집에다 불을 지른 후 저 산 위에 서서 쏟아져 내리는 달빛을 온몸에 함빡 받으며, 또 먼 화광으로 우두커니, 자기 집이 불타고 있는 꼴을 내려다보고 있는 모양— 나는 그것을 나의 직감으로써, 넉넉히 상상할 수 있는 것이다.

내가 내다볼 때는 이미 지붕이 타기 시작해서 무서운 불길이 높이 뻗칠 때였다. 외딴 집이고, 또 보름 명절의 놀이로 하여, 사람들이 너나 없이 피곤했던 차라 원체 불을 늦게 봤던 것 같다. 게다가 가까운 데 우물 하나 없어, 오막살이 삼간이나마 폭삭 태워 버리고 말았다. 물론 또, 난 불이 아니라, 놓은 불이니까, 단번에 손쉽게 타도록 꾸몄을 것이다. 모인 사람들이 어리둥절하고 있는 동안 죽는 사람 숨넘어가듯, 불은 고비를 넘기고 말았던 것이다. 소방대도 안 오고 다른 데서는 구경할 수 없는 조용한 불난리였다. 먼 곳은 원광으로 하여 검푸른 빛으로 꿈속 같고 근처 동네 집 몇몇 지붕만 불길로 하여 누렇게 보름날 반나절을 불에 시달렸는데, 그러면서도 전연 생각 못했던, 의외의 큰 불을, 무슨 결산이나 하고 마는 것처럼 맨 종막으로 봤던 것이다.

이튿날 아침 보니까, 까맣게 폭삭 가라앉은 폼이 위치하며 지저분한 것 해서 멀리 보면 흡사 큰 두엄자리를 연상하게 하였다. 동네 사람들도 반짐작은 갔는지, 불난 원인에 대해서는 아무 말도 없었다. 집주인이나 그 친척도 아무 소리 없었다.

"그렇지⋯⋯ 그까짓 오막살이 흉갓집 누가 사지도 않을 테구⋯⋯"

이렇게 말하는 소리가 들렸다. 이 서방 아버지와 어린아이가 죽고, 아내는 도망가고, 집안이 망했다 해서 사람들은 그 집을 흉가로 치는 모양이었다.

그러더니 조금 있다가, 이 서방의 모친이 와서 땅 위에 풀썩 주저앉아 두 다리 쭉 뻗고 소리소리 울어대었다.

"—에이구, 에이구, 이게 꿈이냐? 생시냐……? 전생에 무슨 죄가 많아서…… 에이구— 후우…… 상진(손자 아이의 이름)아, 상진아 너는 어디 갔니? 느이 할아버지는 어디 갔니? 에이구, 우…… 남처럼 한번 우리 두 살겠더니…… 아들 오구, 며느리 오구, 남처럼 우리두 인제 새 복 받아 살겠드니, 에이구…… 우우……"

딸이 뒤쫓아와 일으켰으나 일어나지 않고 땅을 치며, 어느 때까지나 울고만 있을 것처럼 통곡을 계속하였다.

나는 그 후 한 번 이 씨와 만났다. 그는 전보다도 일층 더 예민하고 침착해진 것 같았다. 순간순간 그는 자꾸 딴 사람으로 변해 가는 것 같았다. 그는 다시 한 번 더 고향을 떠나 멀리 가 보겠다고 말하였다. 그러나 물론 이번은 조선 땅 안에서일 것이다.

"전쟁이 끝난 후에도 나는 그 섬 속에서 몇 달 동안이나 먹는 것 없이 살았습니다. 나는 정말은 섬 속에서 불에 타 죽었든지, 굶어 죽었든지, 왜 총에 맞아 죽었든지, 태평양 바닷물 속에 빠져 죽었든지 내 손으로 목을 졸라매 죽었든지 했을 겝니다. 내가 이렇게 고향에 돌아와 있는 것은 죽었다가 다시 살아온 것입니다. 그런데 여기 와서도 다시 살지 않고, 옛날처럼 살려니 됩니까. 나는 새로 살아야겠습니다…… 한 분 어머님은 매부에게 맡겼습니다. 나는 인제 부모두, 처자두, 집두, 살림두 다 없습니다. 새로 새 세상을 찾아가겠습니다…… 도라크 도로 끌려갈 때는 가정에 대한 근심 걱정으로 짐이 무겁더니, 이번에는 가뿐합니다. 아무 걱정 마십쇼…… 안상 말씀마따나, 우리 조선이 해방되었으니까 좋은 새 세상이 있겠지요. 그것을 위해서는……"

그는 이렇게 말하였다. 전에 집을 나갔을 때는 불행을 가져왔으나 이번에는 꼭 행복을 찾아오겠다는 희망이었다. 나는, 혹 서울엘 오거든, 나도 서울 가서 있을 테니까, 옛날 '정자옥' 바로 건너편 흰 사층 벽돌집이 있는데 그 사층 조선 문학가 동맹 안으로 찾아오라고 주소를 써 주며, 간곡히 그에게 부탁하였다. 나는 그를 놓고 싶지 않은 것이다.

왜 그러냐 하면— 그와 나와는, 비교하여 보면, 과거에 있어서 가정적으로, 내가 그보다 퍽 행복스러웠던 것은 사실이나, 가령, 보름날 밤 나는 쑥스러운 보름날 행사를 충실하게 시행하는 한편 평화스런 내 집에 불이나 나지 않을까, 공연히 쓸데없는 걱정을 한 소심한 위인인 대신, 그는 아무 애착 없이 자기 집에 불을 놓아, 과거의 악몽을 불살라 버리고 파괴하였다. 물론 꼭 그러한 방법을 취해야만 한다는 것은 아니나, 하여간 이것은, 그와 나와의 현실에 대한 태도와, 인간으로서의 많은 거리를 보여준 것이며, 그가 나보다 불행한 대신, 헌 것을 파괴하고 새롭게 앞에 서 있는 것을, 직접 나로 하여금, 느끼게 하는 것만은 사실이었기 때문이다. 그는 나와 다르며, 불행했으며, 적어도 나보다는 새로우며, 또 적어도 나보다는 앞에 서 있는 것 같다. 그리고 나는 그의 일과 그의 말을 생각하면 모두 그가 믿어지는 까닭이다. 내가 앞으로 좀더 큰 소설가 노릇을 하기 위해서는 새로 살려고 하는 그와 함께 모든 새로운 타입의 인물을 붙잡아야만 할 것이다.

—《문학》1, 1946. 8.

폭풍의 역사

28년 전('현구'가 열두세 살 된 소년 시대)의 3월 1일.

서울서 독립 만세를 부른다는 이야기를 하면서, 어른들의 기색은 다른 어느 때보다도 이상하였다.

서울서뿐 아니라, 조선 천지 어느 곳이고, 만세를 안 부르는 데는 없다는 소문이 퍼졌을 때는 더했다. 마을에서도 큰 냇물과 다리를 건너서 정거장 앞 장터에서도 만세를 불러야 한다는 논의가 분분하였다. 소년은 바짓가랑이를 축 늘어트리고, 두 손을 양편 조끼 주머니에다 넣고, 이리저리 사람들 틈으로 돌아다니면서, 뭐라고 형용할 수 없는 쾌하고 야릇한 감격을 맛보았던 것이다.

그날 저녁, 기어이 바지저고리만 입은 농민들이 널찍한 그의 집 마당으로 모였다.

그러자 장터로부터 순검이 두 명이 왔다. 모두 조선 사람 순검이었다. 독립 만세를 부르지 말라고, 농민들을 제지하기 위함이었다. 농민들의 하얀 바지저고리와 순검의 까만 복장은 아주 대치적으로 인상적으로 보였다.

"만세 부르지 말어요…… 부르지 말어요……"

"부르다 괜히 쏴요…… 총 쏴요…… 총……"

"총 쏴요……"

순검은 말을 잘 못했다. 당황해 했다. 가만가만 은근하게 말하는 듯하면서도 총 이야기에 가서는 흥분한 농민들보다도 오히려 흥분했다. 그래서 볼먹은* 소리가 나왔던 것이다. 자기네들 역시 아무리 순검이지만, 같은 조선 사람인데 왜 만세 부를 마음이 없겠느냐, 하지만, 일본 사람들이 병참에 모여서 총을 들고 탄약까지 재고 있으니 방아쇠만 잡아당기면 그만이다. 만세를 부르는 것보다는 불상사를 내지 말자는 말이었다. 조선 사람 순검은 총은 안 가졌었다. 긴 칼만 절그럭거렸던 것이다.

그러나 사람들은 그 말을 거절했다. 순검이 돌아간 후 농민들은 점점 더 모여들었다. 날이 어두워져, 어린 그가 어머니의 부르는 소리에 집으로 들어가서, 밥을 먹은 후, 완전히, 밤이 되었을 때, 별안간 밖에서 만세 부르는 소리가 났다.

현구가 뛰어나가 보니까, 많은 사람들은 똑 정월 대보름날 망월望月이 할 때처럼, 언제 준비했었는지 손에 손에 큰 횃불들을 해 들고서, 만세를 부르며 동네 앞 높은 둑으로 나아갔다.

장터에서 기별이 와서 "와―" 하며 그리로 내달았다. 산모퉁이 남쪽에서도 한 패가 나타났고, 딴 마을에서도 모두 나왔다. 그는 사람이 헷갈려서 마음대로 잘 갈 수가 없었다. 만세 소리가 먼저보다도 훨씬 더 커 갔다.

그는 군중에 밀려서 큰 회다리를 건너갔다. 많은 가게를 지나고 술집 고깃간 따위를 지나서 막 병참 부근에 왔을 때였다. "탕" 하면서 "탕" 소

| * 볼멘, 말소리나 표정에 성난 기색이 있는.

리뿐 아닌, 그러면서도 끝이 무겁게 퍼지는 역시 "탕—" 하는 정떨어지는 소리가 났다. 총 소리였다. 뒤를 이어 두어 번 더 났다. 어지러이 사람들이 흩어졌다. 그는 어떻게 해서 왔는지, 정신 모르게 집으로 뛰어왔다.

이튿날, 같은 동네에 사는 '포달'이라는 젊은 사람이 총에 맞아 죽은 것을 알았다. 포달이는 소리 잘하고 익살을 잘 떨어, 마실방 어디서든지 환대를 받는 사나이였다. 어머니는 어린아이를 집에서 못 나가게 했다.

며칠 후, 질화로에다 밤을 구워 먹으면서, 자자한 소문을 들어 포달이가 죽을 때,

"나는 조선 백성이다!"

만세 소리와 함께 이렇게 부르짖으며 숨을 거두었다는 것을 알았다. 소년은 흰 바지저고리와 그것을 빨갛게 물들인 피, 피를 연상하였다. 혼곤하게 연상하였다.

그 후, 그는 장터에 가면서 두고두고 이것을 가끔 생각하였다.

"나는 조선 백성이다……"

하고 부르짖은 농민의 소리가, 좀 어떻게 생각하면 부자연한 것 같기도 했다. 거창했다. 실감과 함께 쏙 가슴에 스며들지 않았다.

그러나 보지 못하고 듣지 못하던 일본 제국주의의 지루한 시대를 지나, 해방 후 처음으로 그때의 만세 사건에 대한 조선 사람의 손으로 쓰인 조선 글을 읽고 그는 감격하여 울며 동시에 좀더 자세히 정확하게 모든 것을 이해할 수가 있었다.

만약 나는 조선 백성이다, 한 것이 농민의 입에서는 나올 것 같지 않은 부자연한 소리라면 애초부터 독립 만세 소리 그 자체도 그러하였다. 그러나 아버지 어머니나 부르고 지게 목을 두드리며 양산도나 하던*, 아

| * '양산도 타령'이라는 민요나 하던.

148

무엇도 모르는 농민들의 입에서 실제로 독립 만세 소리가 나오지 않았느냐. 그때 전 민족의 가장 많은 희생을 받은 것도 농민이었다.

유명한 삼십삼 인이 독립선언서를 발표하고 추후로 일동 자리를 같이하여 음식을 나눌 때, 형사들이 와서 포위하고 자동차로 실어갔다는데 그때 요릿집 보이들도 접대하던 기생들도 만세를 불렀다 한다.

파고다 공원 팔각당에서 젊은 혈기의 학생들이 참다못해 자기네들끼리 선언서를 낭독하고 만세 만세를 부르며 거리로 내달았을 때, 노상의 지게꾼은 지게를 벗어버리고 인력거꾼은 인력거를 집어던지고 포목상은 자를 든 채, 의사는 가방을 하늘로 쳐들며 간호부는 슬리퍼를 끈 채, 학생들은 책보와 모자를 공중으로 쳐들고 만세 소리에 응하였다 한다.

농촌에서 농민들도 그러하였다. 순검의 타협과 총, 칼의 위협을 걷어차고 그들이 힘차게 궐기한 순간, 그때는 농민이면서 그들은 대의를 위한 지사였고, 총에 맞아 쓰러지면서 포달이가 부르짖은 것은 그 노함과 흥분에 상응하는 정히 지사의 부르짖음이었던 것이다. 결단코 어색하지도 엉뚱하지도 않은 소리다. 현구는 이렇게 생각할 때마다 그 위대한 정신의 비약을 이해하지 못하고 일본놈의 시대에 젖어 있던 나머지, 그것을 농민의 소리라는 핸디캡을 붙여 오랫동안 의아했던 그런 버릇을 부끄러워 않을 수가 없었다. 그는 아득아득한 방황과 판단의 고비를 경험하면서, 먹는 것 입는 것의 실리적인 것밖에 모르던 당시의 농민들도 그러한 경우에 가서는 비록 그 순간의 일일지언정, 얼맞지 않는 크고 강한 의지에 불타고 그런 것을 생각하고 또 그것을 위하야 부르짖는 그 참된 모양을 이해하기에 힘썼다.

그러한 점으로는 현구는 오히려 멀리 농민에게 미치지 못했다. 3·1 운동 할 때에는 현구가 어려서 아무것도 몰랐다. 하지만 괴롭고 지루한 일제 시대에 있어서 현구 같은 소시민, 현구 같은 나약한 지식인은 그 악질적인 영향을 뼈에 사무치게 받아 왔지만, 다 함께 그 압제에 눌려 왔더라도 농민들은 농민대로의 어느 정도 독특한 소박하고 순수한 습성을 그대로 간직해 온 것이 아닌가 생각되었다.

우선 8·15 해방 때에도 자연발생적으로 제일 먼저 궐기한 것은 농민이었다. 적어도 이 조그만 시골의 장터, 조그만 마을과 마을에서는 현구보다는 먼저 농민들이 일어났다. 먼저 만세를 불렀다.

마을과 장터를 연결하는 크고 높은 회다리 위에서 보면, 그 밑으로 멀리 동쪽으로부터 시내들이 길게 서편으로 흐르고 있으며 회다리 위를 지나는 인도는 길게 남북으로 뻗어 있다. 길과 내는 다리 위에서 십자로 교차하고 사람들은 늘 끊이지 않는 시내의 물처럼 다리 위를 지나가고 있다. 현구는 다리 위의 어느 지점에 오면 항상 그 풍경이 주는 의식, 암시로 말미암음인지 '흐름'에 대한 막연한 무슨 감격을 느끼는 것이었다.

3·1 운동의 뒤를 이어, 농민들이 거대하게 이 위를 행진해 지나간 것은 8·15 해방이었다. 그들은 신문도 못 보고, 라디오를 들은 것도 아니었다.

—일본의 무조건 항복. 이것이 바람처럼 밭으로 논으로 산 속으로 전하여지자, 농민들은 낫을 던지고 호미를 던지고 지게를 벗어던지고 자석에 끌린 것처럼 장터로 장터로 모여들었다.

무조건 항복이라는 것이 무엇에 말라죽은 것인지는 잘 모르나, 일본이 전쟁에 졌다는 것만은 그들도 쾌히 알았다. 그때는 그들을 지도할 만한 지도자나 전위는 모두 감옥 아니면 유치장 속에 있었을 때다. 어느 누구의 지시도 없이,

"조선 독립 만세!"

를 부르고 일본놈들을 내쫓아라, 순사부장과 순사놈들을 죽여라, 면소에 불을 질러라 하고 입입이 떠들고 부르짖었다.

이 거족적으로 맞이하는 위대한 해방에 사람들은 물론 누구나 참가하였고 흥분하고 감격했다. 그러나 일본 사람에게서 은혜 아닌 은혜를 받던 사람들, 일본 사람의 앞잡이인 관공리, 또 그 관공리와 연락하여 모리謀利를 한 사람들, 잘 먹고 잘 입으며 유지라는 특별한 대접을 받고 지내는 손이 흰 사람들, 그들은 미온적이었다. 그렇지 않을 수 없었다.

농민들이 몽둥이를 들고 왜인들을 내쫓은 후 그 가구와 그 집을 때려 부술 때에도 미온파들은 수수방관만 했으며 딴 사람이 안 듣는 곳에서는 자기네들끼리,

"거, 때려 부술 건 뭐 있담…… 그럴 건 아니지…… 아, 부숴 버리면 인젠, 그게 누구 손해여? 우리나라 손해 아닌가?"

"그러게 말야, 부숴 버리지 말고, 서로들 노나 가졌으문 좋지…… 거, 흙 파먹구 살던 사람들은 헐 수 없어, 무지막지하거던……"

이렇게, 그러나 가만히 중얼거렸다.

그뿐 아니라 농민들이 양복을 입고 얼굴이 희고 몸이 부대한 면장을 잡아 가지고 조리를 돌릴 때에도, 그들은 그 면장의 위엄이 꺾이고 체면이 없어지는 것을 은근히 애석해 하기까지 했다. 그 사품*에 제일 먼저 달아난 일인 순사부장의 뒤를 이어 각 조선 사람 순사, 근로계, 식량계에 있던 면서기들이 일제히 자취를 감추었고 그들과 친분이 있던 유지들도 자기네 집 조용한 방에 가만히 누워 있지 거리로 나오기를 꺼려 했다.

그러나 농민들은 점점 더 모여들었고, 기세는 더 높아 갔다. 붙잡힌 면장은 얼굴이 벌겋게 상기하고 두 눈알이 쭉 나오고 진땀이 비 오듯 흘러내렸다. 그를 맡아 가지고 시달리는 사람이 턱 앞에 바싹 가서,

"자, 우리 면장두, 만세 좀 불러 봐야지……"

---

* 어떤 동작이나 일이 진행되는 바람이나 겨를.

호령을 하는 것처럼 크게 말하니까 면장은 어리둥절한 속에서도 정
신을 차리는 모양, 좀 다른 기색과 표정이 보였다.

"으으……"

입 속으로 중얼거리는 것 같더니,

"만세 합시다……"

"만세 해야죠……"

하고, 물먹는 소리를 하며 미련스럽게 땀을 씻었다.

"아니, 만세를 부르지 않구, 만세를 한다고?"

"……"

"만세를 불러야지!"

이번엔 진짜 호령이었다. 웃는 소리가 빽빽이 모인 인파를 흔들며 사
방에서 진동하였다. 현구도 그 속에 끼어 있었다. 그러나 농민처럼 그렇
게 직접적인 행동은 가질 수가 없었다.

"만세를 불러야지?"

"만세―"

"그게 뭐야?"

"우리나라 만세―"

"우리나라 만세라니, 너희 일본 나라 만세란 말이냐?"

"우리 조선 나라 만세."

"독립 만세, 그래라."

"우리 조선, 독립 만세……"

"또, 우리는 빼구."

"조선 독립 만세―"

"옳지, 또 한 번―"

"조선 독립 만세―"

면장은 간신히 만세를 불렀다. 맨 처음에는 가만히, 둘째 번에는 좀 더 크게, 세 번째에 가서는 기가 났는지 농민들보다도 오히려 더 크게 소리를 높여 불렀다. 그러나 그것은 일종의 발악을 연상케 하는 몹시 부자연한 것이었다.

그다음엔, 네가 만세는 불렀으나 전에 죄가 많은지라 그냥은 용서할 수가 없다고 한 후, 옷은 입힌 채 면장을 엎드려 놓고 장작개비로 볼기를 때렸다. 반항을 해야 소용이 없었다. 반항을 하면 오히려 더 불리했다. 반항하는 소리가 나중에는 애원하는 소리로 변하여졌다. 한 노파가 군중을 헤치고 들어와서 엎드려 있는 면장의 입에다 파란 풀을 한 주먹 쑤셔 놓았다.

"이놈두 너 풀 좀 먹어 봐라……"

"일본이 전쟁에 이겨야 한다구—"

"쌀 다 내놓구, 보리두 다— 내놓구, 먹을 거 없건 풀 먹으라구 그랬지?"

"이눔, 넌 그래 풀 먹구 살았니? 풀……"

면장이 입이 열 개 있어도 대답을 못할 것이다. 공출이라는 명목으로 농민에게서 양식을 싹 실어 간 후 준다는 배급은 유명무실이었다. 농민들은 사실상 한참 잡초들을 먹고 살았다. 밭두렁에 논둑에 산비탈에 많고 많던 쑥, 그 외의 먹을 만한 풀들은 모두 뜯어 왔고, 집집이 하얀 아카시아 꽃을 아니 따 말리는 데가 없었다. 어쩌다 오는 배급 날, 커다란 맷방석에다 흰 쌀을 하나 가득 쏟아 놓으면, 어른 아이 할 것 없이 삥 둘러앉아서 몰래 한 주먹씩 훔쳐서는 입에다 넣고 뿌연 침을 흘리면서 생쌀을 먹었었다. 그러한 때에도 유지와 관공리는 잡곡 없는 백미만 그나마 가외 식구를 마음대로 늘려서 넉넉히 배급을 타 왔고, 면장은 물론 더 호의호식했다.

면장이 볼기를 맞고 있을 때, 회다리 건너편으로부터 난데없이 날라리 소리가 들리어 왔다. 이십여 년간 구경을 못했던 농악대였다. 거리와 장터로 꽉 차 있는 사람들을 헤치고, 꽹과리 징 장구 소고 호적 소리가 요란스럽게 그러나 유랑하게 흘러져 나갈 때, 군중은 좌우로 쫙 갈라져 길을 비켜 주며 다시없이 열광하였다. 머리에다 수건을 동이고, 맨발에 고의*를 걷어붙인 농민들이 수없이 그 뒤를 따르며 어깨춤 엉덩이춤을 추었다. 흙이 묻고 땀에 절은 그들의 고의적삼**이 멋지고 의기양양하게 너덜거렸다. 현구는 이때에도 농민들의 밑에 든 것을 느꼈다.

한참 부르짖고 노래하고 춤추며 두레를 놀다가 다시 포로를 찾았을 적에, 면장은 어디로 달아났는지 없었다. 그날 밤으로 면장은 모든 가장 집물***을 버리고, 가족과 함께 어둠을 타서 절뚝거리며 도보로 서울을 향해 달아났던 것이다. 농민들은 그 정도로 만족하여 그만두었다.

그러나 8·15 직전 일제에 대항하는 모종의 연락과 지령이 탄로되어 감옥과 유치장에 들어가 있던 전위분자들이 고향으로 돌아오자, 다시 감정이 격하여져 이 문제는 또 한 번 재연되었다. 또 다른 지방의 농민들이 좀더 용감하고 굳세게 민족 반역자들을 처단해 버린 소문이 전하여 오자,

"왜눔 순사부장을 놓친 건 참 분해!"

"우리두 단박에 면장눔을 아주 없애버리는 걸 그랬어―"

하고 경관 파출소의 면사무소를 점령 접수하야 그 위에 펄펄 날리는 태극 국기를 꽂아 놓으며 분해 하였다.

현구는 그때 그렇게 된 일부의 책임은 자기에게 있는 것이 아닌가 하

---

* 남자의 여름 홑바지.
** 여름에 입는 홑바지와 저고리.
*** 집에 놓고 쓰는 온갖 살림 도구.

고 생각했다. 아니 확실히 있었다. 그는 지방에 숨어 있는 지식인이었다. 그러나 해방을 계기로 그의 위치와 자태가 너무 진보해지며 부자연한 것을 느끼게 했다. 해방 때 그의 태도가 장터 유지의 일부들처럼 그렇게 미온적은 아니었다 치더라도, 그가 판단해 봐도 어색했던 것만은 사실이다. 그것은 한마디 말로 하면, 그는 그때의 환희와 감격을 솔직하게 소박하게 집단적으로 표현하지 못한 데 있다. 농민들이 힘차게 만세 소리를 부를 때, 그는 홀로 외롭게 마음으로 그것을 불렀다.

'왜? 농민들과 같이 못했나?'

밖의 현실을 결단코 꺼리기는커녕 마음 가득히 환영하면서도, 그는 자기 방 안에서 혼자 울고 웃고 열광했을 뿐이었다. 여러 가지 점으로 앞에 나서서, 농민들을 지도하고 또 처리했어야 할 것인데도 불구하고 그는 아무것도 노력하지 않았던 것이다. 농민들이 거리를 휩쓸고 장터를 뒤집고 왜인을 구축하고 반역자를 조리돌리고 할 때에도, 다시 그 후 해방을 노래하고 춤출 때에도 그는 멀리 다리목에 서서 혹은 그 뒤를 천천히 따라다니며 구경만 했었던 것이다.

그뿐 아니었다. 면장이 달아나 버린 뒤 자연히 농민들의 원성이 부면장 '이석기'에게 쏠리게 되었을 때, 그것을 슬며시 방지해 버리는 역할을 한 것도 현구 자신이었던 것이다. 이석기 역시 면장에게 지지 않는 친일파요, 민족의 반역자요, 농민의 원수였다. 일제 시대 비인간적인 야만의 전쟁 정책이 강요될 때, 그것을 충실히 농촌의 농민 대중에게 부과시키기 위하여 부면장 석기는 말하자면 헌신적인 노력을 했었다. 그리하여 공출 부역 징세 그리고 소위 황민화의 갖은 간계로써 농민을 괴롭혔고, 그 중에서도 그가 직접 노무계와 병사계를 지도했던 만큼 징용과 학병으로 죄를 끼친 것은 도저히 용서할 수 없는 것이었던 것이다.

도망간 면장과 그의 다른 점은 면장이 그 시절의 고등관 경력이 있는 이른바 거물 면장인 대신 그는 고원*으로부터 올라간 일본말의 '나리아 가리모노'**였고, 또 면장이 서울서 데려온 타향 사람인데 반하여 그는 같은 면의 사람, 더구나 현구와는 한동네 사람이라는 것, 그것이었다. 설혹 마을이 다르다 하더라도 지방에 오래 살고 있었던 만큼 부근의 농민들과는 겉으로나마 친면이 있었다. 이것이 면장과 동시에 얼른 그를 문제하지 않았던 까닭이요, 또 그가 도망도 안 치고 변죽 좋게 동네 안에 붙어 있는 이유이기도 하였다.

"부면장은 어떻게 하나요?"

"모두 말들이 많은데요."

그럼으로써 사람들은 우선 현구한테 와서 문의했던 것이다. 현구는 이석기와 제일 근접해 있는 이웃이기 때문이었다. 근처에서는 농민들이 가장 쳐주는 지식인 때문이었다. 또 일제 시대에 아무 실수나 잘못한 것이 없어 그들의 신뢰를 받고 있기 때문이었다. 그러므로 그로서는 어찌할 도리를 몰랐다. 이웃간이면서도 비록 그를 미워하기는 할망정, 이런 경우 함부로 농민들을 선동할 수는 딱히 없었다.

"글쎄요……"

하며 사람들의 눈치를 보아하니 그 집에다 불을 놓는다거나 그를 죽인다거나, 면장처럼 볼기를 때리는 것이 아니라 동네에서 멀리 타면 타군으로 내쫓자는 것이었으나, 그쯤의 것에도 그는 결단을 얼른 내리기가 어려워 한참 머뭇거리다가는, 타일러 이사를 하게 하는 정도의 것이라면 천천히 후일에도 할 수 있다는 생각으로 겨우,

"그럼, 며칠 뒤에도 할 수 있죠. 조금 두고 보는 것이 어떱니까?"

---

* 관청에서 사무를 돕기 위하여 두는 임시 직원.
** 벼락출세한 사람.

이렇게 말해서 은연중 그것을 제지하게 되었다.

이것이 실패였다. 현구로서도 때가 늦어진 그 직후로부터는 후회했다. 여기서 이것을 경계로 하여 일이 전혀 반대 방향으로 발전된 후, 나중에는 또다시 그를 민족 범죄자의 강압 밑에서 분하고 억울한 10·27의 사건이 빚어질 줄은 누구나 꿈에도 예상 못했던 것이다.

교활한 이석기는 농민들의 기세가 약간 수그러지는 눈치를 채자, 술을 몇 동이 거르고 그때 흔한 쇠고기를 사 드리고 하야 동네 사람들과 근처에서 말깨나 하고 괄괄한 청년들을 청하여서는 한번 푸짐하게 대접을 하였다. 안 가는 사람도 있었으나 날이 지날수록 해방 직후의 흥분이 풀리는지라 대개는 참석하였다. 물론 부면장은 여러 사람 앞에서 과거의 자기 잘못을 뉘우치고 사과한다는 말을 하였다.

모두 그것을 믿었다. 술이 거나하여지자 노인들은 마르고 긴 팔을 쳐들었다 내렸다 하면서,

"암, 세상에 누가 잘못 없이 지내는 사람이 있나? 또 설령 잘못했더라두 잘못한 것을 알구 개과천선하면 고만이니까, 허허…… 자, 우리 해방이 되구 독립이 되구 하는데, 뭐 서루다 같은 동포끼리 잘 지내지, 허허허허…… 동포끼리……"

같은 늙은이 속에서도 소싯적에는 제법 사랑방에 앉아서 한문 공부를 하여 서방님 소리를 들었음직한 이가 먼저 이런 말을 하였으며, 다른 노인들은 그저 그렇다고 연방 수염을 쓰다듬으며 고개를 끄덕거렸고 그 말을 되받아 되뇌며 대동소이의 뜻을 되풀이하였다.

그러나 젊은 패는 달랐다. 술을 먹을수록 시무룩해지며 낯빛이 사나워 갔다. 욕이 나왔다. 이러니저러니 떠들다가 '돌쇠'라는 한동네 산기슭 밑에 사는 청년이 자신이 있다는 듯이 현구의 소매를 끌더니 좀 떨어진 곳으로 가서,

"나 보세요. 해방 전에두 환영받구 이건, 해방 후에도 환영받고 하면 어떡헙니까? 해방 전에 환영받은 사람은 일본눔이구, 해방 후에 환영받을 사람은 조선 사람이거든요…… 해방 전에 환영받았으면 해방 후에는 환영 못 받구, 해방 전에 환영 못 받은 사람이 해방 후에 환영받아야 합니다. 전 그렇게 생각하는데요……"

가까스로 생각을 해 가며 천천히 말했을 때, 현구는 환영이라는 문자가 참 재미있다 생각되었다. 그리고 그 환영이라는 말을 사용해서 묘하게 반역자 문제를 본질적으로 간단히 처리해 버리는 돌쇠의 소박하고 순수한 감성에 현구는 내심 탄복하며 한참 젊은 농군의 눈을 들여다봤다.

그 후, 부면장은 면민의 비난을 피한 외에 승진해서 면장이 되었다. 모든 사람들이 놀라고 분개하였다. 비록 그들이 부면장을 특히 용서는 해주었으나, 이제 새 세상이니까 옛날의 죄진 놈은 미구 불원* 떨어지려니 했었는데 그 반대이고 보니 처음에는 어안이 벙벙하였다. 현구도 그랬다. 그는 군정의 방침이 의심났다. 돌쇠 말마따나, 이석기는 일제 시대에 행한 소위로 보아, 의당히 처벌될 인물임에도 불구하고 오히려 더 잘되는 것은 모를 일이었다. 노인들의 말처럼 관대하고 싶었으나 도저히 그럴 수가 없었다. 더구나 면장이 좀더 관료적 태를 부리려 할 때, 점점 노해 가는 격정을 어찌할 수 없었다.

인민위원회 농민조합 민주청년동맹, 이런 좌익 계열의 단체가 장 거리**에다 커다란 간판을 붙이고 그것에 대치해서 대한독촉 등의 우익 단체의 지부가 생기더니, 면장은 덜썩 그 지부장이 되었다. 독촉에서는 어째 하필 그런 사람을 지부의 책임자로 두나 하고 갑갑하고 의아했다.

서울서 이승만 박사가 덮어놓고 한데 뭉쳐라 할 때, 면장 이석기도

* 얼마 못 가서 당연히.
** 장터의 거리.

158

역시 농민들을 모아놓고 같은 말을 하였다. 그는 그 말이 비위에 아주 맞았다. 그러나 농민들은 고개를 홰홰 흔들었다.

"이건 제-기, 일본놈 시대에두 환영받구, 또 해방이 되어두 환영받을 텐가? 죽일 놈!"

모두 돌쇠와 같은 심리, 같은 불만이었다. 또 이승만 씨에게 대한 모욕같이도 느껴졌다.

그러나 이것을 기회로 하여 많은 관공리와 유지들이 그야말로 한데 뭉쳤다. 물론 일제 시대 그대로의 관공리 유지들이었다. 많은 모리배들도 농조나 민청과는 비생*인지라 모두 이리로 끼었다. 일부 노인들도 찬성했다. 그들은 그렇게 될 수밖에 없었다.

"우리는 다 같은 동포요. 우리는 독립을 위하여, 민족과 국가를 위하여, 동포끼리 서로 의좋게 정답게 손목을 잡읍시다. 그러면 저절로 통일이 되어 국가가 이루고 그냥 완전 독립이 되는 것 아니요?"

그들은 이렇게 외쳤다. 돌쇠는 그 말을 듣고 옳기는 하나 어딘지 속는 것 같고 자기의 마음과 용납되지 않는지라, 열심히 현구에게 물었다. 현구는 그것을 공부하고 연구 안 할 수가 없었다. 농민들의 움직임과 의지가 자꾸 그를 채찍질 쳤다.

'옳다!'

하고 현구는 생각하였다. 몇 번 고쳐 생각해도 그것은 확실히 옳았다. 그러나 끝끝내,

'아니다! 그것은 마치 네 것도 내 것이고, 내 것도 내 것이다, 하는 수작이다!'

라는 것을 밝히고 말았다. 현구는 돌쇠와 젊은 사람들에게 그가 두고

| * 별 친하지 않은.

두고 생각하고 맺은 결론을 말했다.

"통일하는 것도 물론 좋다. 그러나 공평한, 또 할 수 있는 통일을 해야 할 것이다. 그것은 뻔히 두 가지 길이 있다. 하나는 농민 노동자 평민이, 지주 자본가 관리 편으로 뭉쳐서 다 같이 전 민족이 지주 자본가 관리가 되는 것, 이것이다. 그런데 저편은 이렇게는 못하고 또 싫은 모양이다. 그러지 말고 민족의 이름으로 그냥 뭉치고 싶은 것이다. 이것이 민족주의를 내세우는 까닭이다. 그러면 또 하나의 방법, 즉 지주 자본가 관리가 일제히 농민 노동자 평민이 되어 이쪽으로 뭉치는 것이다. 통일에 대한 성의가 있으면 그럴 것이다. 그러나 그들은 이것도 안 되고 싫은 모양이다. 어디까지 그냥 민족주의로 하고 싶은 모양이다. 즉, 지주 자본가 관리라는 두둑한 주머니는 그냥 두고, 네 것도 내 것이고 내 것도 내 것 식의 그냥 덮어놓고 뭉쳐서 그냥 독립하고 그냥 나라를 세우고 싶은 것이다. 그러나 그냥 독립도 없고 그냥 나라, 그냥 민족, 그냥 통일이란 없는 것이다. 그러한 관념을 떠나서 현실에서 출발해 가지고, 그냥이 아니라 어떠한 방법으로 통일하고 어떠한 나라를 어떻게 세우겠다는 것, 즉 대다수에 쫓아라, 하는 것이 민주주의다. 이것을 반대하고, 다 같은 민족이다, 그냥 뭉쳐라 하는 것은 공상이고 욕심이며 속임수요, 정답게 의좋게 하자는 것은 실상인즉 정답고 의좋은 게 아니라, 자기네들만 독재하자는 것이다. 이것은 현실 불가능이다. 같은 민족 한동포다, 그냥 덮어놓고 뭉치라 하는 것은 사실 일제 시대와 다름없는 지배욕을 동포 민족이라는 미명으로 기만하는 것이다. 이런 것이 없어져야 정말 우리는 통일하고, 독립하고, 옳은 나라를 세울 수 있게 되는 것이다."

이러한 것을 여러 가지로 알아듣기 쉽게 현구가 설명하니, 돌쇠 그 외의 많은 젊은 농민들은 신기하다는 듯이 연방 웃으며 찬성하였다. 그들은 모두 농조원이 되고 민청에 가입했으며, 현구는 자연히 그들의 지도자가 되었다.

현구는 자기 자신이 점점 달라지는 것을 느꼈다. 달라질 수밖에는 없었다. 그 전처럼 안일하게 안방에 누워 있을 수만은 없었다. 남과 부딪치고 싶지 않은 불간섭주의, 자아의 고독을 즐기는 마음, 개인주의, 모든 것에 대한 기피적, 미온적 태도가 날로 없어져 갔다.

자연 면장과 충돌할밖에 없었다. 처음에는 차마 그가 옛날 친일과 반역자라는 것을 노골적으로는 말을 못했으나, 정치나 정당에 직접 참여할 자격이 없다는 것을 문제화시켜 면장을 독촉 책임자의 자리에서 떼어버렸다. 그 일을 못하게 했다. 그러나 면장은 그 새로운 지부장과 단짝이 되었다. 우익 측의 그러한 인물은 모두 면장과 친밀할 밖에는 없고, 또 관청이나 경찰과 밀접해지는 것을 바랐다. 그들은 서로 결탁해서 자기네들의 세력을 부식扶植*하기에 힘썼다. 모두 옛날의 소위 유지가 그 간부들이었다. 장터에서 큰 어물가게를 내고 있는 장 씨가 총무부장, 한참 인천으로 미두**를 하러 다니던 최 씨가 문교부장, 일제 시대에 황민화 교화부대라고 해서 지방서는 귀빈에 속하는 야담꾼, 유행가수가 들어오면 교제하느라고 도내 각지로 쫓아다니며 돈을 쓰던 황 씨가 선전부장, 식량 배급소를 맡아 가지고 하며 관공리에게는 백미만 빼서 주고 한편 고리대금을 하던 박 씨가 재무부장, 면장 이석기와, 형사를 다니다가 8·15 후 함경도에서 내려온 순사부장이 그 고문이었다. 그들 역시 독립을 하되, 그냥 독립만 바랐던 까닭이다. 현구가 보니 가관이었다. 그들에게 대항하여 일일이 싸우지 않을 수가 없었다.

많은 책동이 젊은이들의 항쟁으로 말미암아 분쇄되었다. 독촉 지부

---

* 힘이나 영향 따위를 미치어 사상이나 세력 따위를 뿌리박게 함.
** 현물 없이 쌀을 팔고 사는 일. 실제 거래를 목적으로 하는 것이 아니고 쌀의 시세를 이용하여 약속으로만 거래하는 일종의 투기 행위이다.

의 가입 명부가 면장의 책상 서랍에서 나와 지부장의 손을 거쳐 동네 구장에게로 나왔다. 면민들의 성명을 모조리 적어 가지고는 도장을 받으러 다녔다. 강제로 회원이 되라는 것이었다.

"뭣 하는 도장이오?"

"독립하는 도장이오."

"어떻게?"

"그저, 도장만 찍으면 조선이 독립되는 독립 도장이오."

"허허…… 하하…… 면장놈 책상 서랍에서 나와 면장놈 책상 서랍으로 들어가는 독립도 있소? 그것, 참!"

"……"

이렇게 해서 그들의 이것도 완전히 실패하였다. 민통 지부, 일제의 일본인 애국부인회 그대로의 부인단체 조직도 꺾어졌다. 우익 정당을 위하여 나라의 독립을 위한다는 명색으로 농민들에게 무조건하고 기부금을 거두러 다닐 때에도,

"해방 후에도, 일본식 신사에 바치는 헌납금이 있소?"

'우리는 우리가 믿던 말이 따로 있다.'

생각하면서 저지하였다. 그들끼리 만들려는 학교후원회, 돌맞이 8·15의 축하와 9월 29일의 국치일 기념행사, 모두 그들의 마음대로만은 못하게 하였다. 다 옳게 인도하였다.

그러나 그들 면장과 경찰서 지서장과 옛날 유지와 장터의 유력자, 지주들의 세도와 권력은 다시금 차차로 강하여 갔다. 배후에 군정력과 경찰력, 다시 부력富力이 있기 때문이었다. 그래서 '그냥 독립을 그냥 하자'하는 관념이 '어떠한 독립을 어떻게 하자' 하는 실행을 함부로 억눌러버리려 했다. 그들은 그것을 빙자해 가지고, 조선의 인민 앞에 새롭게 뚜렷하게 나타나 오려고 하는 현실을 막으려고 발악했다. 인근의 각 군청

소재지인 읍에는 부력과 폭력을 가진 반동 단체가 속출하였다. 각 경찰서 각 지서에는 순경이 몇 배씩 늘었다. 일제 시대에 파출소라고 해서 겨우 순사 두세 명밖에는 없던 데가, 소위 지서로 승격되며 순경이 이십 명씩이나 배치되었다. 그리고 모두 방망이 칼 외에 못 보던 총을 가졌다. 일인의 상점을 접수해서 농조민청의 사무소로 쓰던 가옥은 빼앗겨 사람 없는 예배당이 되었다. 현구는 일선에 나와서 일해 주는 열성 있는 농민들과 함께 책상 의자 그 외의 사무실 용품을 다 쓰러져 가는 농민의 초가집 속으로 옮기지 않으면 안 되었다.

이러한 정세 속에서 면장 이석기는 완전히 옛 모습과 지위와 권력을 회복하였다. 아니 몇 배 더 의기양양해졌다. 부면장에서 면장이 된 것은 그만두고, 그래도 일제 시대에는 일본인에게 양심을 팖으로 인한 꺼림칙한 것과 비굴이 있었으나, 지금에 와서는 당당히 우리 조선 나라의 우리 관리요 우리 면장이니까 정정당당하였다.

'나는 우익이다. 이승만 박사, 김구 선생 같은 애국자도 우익이다. 세계에서 제일 강한 나라 미국도 우익이다. 됐다! 나도 우익이다……'

그는 이러한 정치관을 가지니까 아주 안심이 되고 세상에 겁날 것이 없었다. '하이' '곰방와' '사요나라!' 할 때와, 뭐 진배가 없었다. 아무 부족한 것 없이 편하고 좋았다. 또 그를 몇 십 배 몇 백 배, 더 용기 있고 대담한 애국자로 만드는 것이 있었다.

반탁이 그것이었다.

"탁치 절대 반대!"

한마디만 입 밖에 내면 그만이었다. 그는 손쉽게 얼마든지 남보다 열렬한 애국자일 수 있었다.

'고얀 놈들……'

마음속으로 밉고 미운 좌익 계통의 젊은 사람들을 호령하였다.

"신탁통치라는 것은 남의 나라 지배를 받는다는 말이고…… 남의 나라 지배를 받는 것은 속국이 된다는 말이다…… 안 되지, 안 돼…… 그건 나라 팔아먹는 수작이다. 나라를 팔아먹다니, 절대 반대다. 자주 완전 독립이다."

그는 한 마디 한 마디 외칠수록, 또 한 마디 한 마디에 힘을 줄수록, 더욱 기막힌 애국자가 되는 것이었다.

"자네덜도 그래, 나라 팔아먹을려나?"

면장 이석기는 어느 때 구장 집에 들렀다가, 사랑방 아랫목에 도사리고 앉아서는 윗목에 모여 있는 농민들을 보고 비아냥거렸다.

"허허허허, 자네덜이 팔아먹을랴고 들어도, 내가 못 팔게 하네, 못 팔아— 허허허허……"

'고얀 놈들……'

돌쇠는 면장의 마음속을 설명 없이 빤하게 알 수 있고, 그의 말 따위가 밉고 미웠으나 어찌할 도리가 없었다. 뭐라고 얼른 반박해 말할 수가 없었다. 현구에게 물었다.

"조선 사람치고, 신탁통치를 찬성할 사람이 어디 있겠느냐? 그것은 목적이 아니라 수단이다. 삼상회의를 지지하는 것도 꼭 신탁을 가져오기 위해서가 아니다. 아니, 그 정반대다. 즉 조선이 완전 독립하는 길이 거기 있기 때문이다. 그런데 이것을 반대하는 사람들은 반대하기 위해서 반대한다. 다시 말하면 반대하는 것이 목적이다. 어떠한 목적이냐 하면, 딴 사람들은 모두 신탁을 받아들여서 타국의 속국이 되려고 하는데, 반탁 운동자만 애국자처럼 보이기 위함이다. 이것이 무슨 까닭이냐, 하는 것은 빤하다. 세계 정세도 무시하고, 북조선의 사정도 무시하고, 그저 남조선은 남조선대로 떨어져도 좋다 하는 정권욕에서 나오는 것이다. 그야 물론 우리 조선 사람의 가슴에는 신탁이라는 문자가 불쾌하다. 처음부터 그것이 없는 것이 좋은 것이 사실이다. 그러나 확연한 건국의 방법이 없이 그저 민족이다 독립이다 조선이다 동포다, 하는 구두선만 외우는 것처럼 그저 이건 남의 간섭이니까 싫다, 이것을 승인하는 놈은 매국노다, 우리만 애국자다 하는 식의 원리를 이용해 가지고 민족적 분열을 꾀하는 것은 용서할 수 없다. 우리가 신탁을 싫어하면서도 반탁 운동을 더 경계하는 것은 그 까닭이다. 반탁 반탁 하는 것이 그리 비싸지 않은 것은 이석기 같은 친일파 매국노 따위가 함부로 부르짖는 것을 봐도 알 수 있지 않으냐. 우리는 가짜가 아니라 정말 반탁을 위하야 싸우자. 반탁 운동에 대한 삼상 결정의 총체적 지지가 그것이다……"

돌쇠와 모든 젊은 국민들은 물론 현구의 말을 옳다고 믿었다.

그러나 이 시기를 경계선으로 해서 맹렬하고 사나운 바람이 휩쓸어 왔다. 미소공동위원회가 결렬되면서부터의 거세고 무서운 파도도 엄습해 왔다. 온 세계를 뒤엎는 폭풍이요, 조선에까지 작은 마을 산골에도 밀려드는 물결이었다. 그것은 진보주의와 보수주의의 충돌로, 민주주의와 비민주주의의 알력으로, 미소 정책의 결렬, 좌우 합작의 실패, 그것에 따르는 기성세력의 반동화 내지 혁명세력에 대한 적극적 탄압으로 나타났다. 일제 시대 그대로의 경찰관이 혁명적 애국자를 체포 감금하였다. 진보적 신문이 일제히 폐쇄되었다. 언론 집회의 자유가 없어졌다. 물가는 한없이 올라가고, 악성 인플레는 그칠 줄을 몰랐으며, 도탄에 빠진 민생을 비웃듯 탐관오리의 추악한 행동은 매일 보도면을 더럽혔다. 경찰 수뇌들의 알력과 부패상이 거리낌 없이 표면화했다. 지주와 자본가는 기성세력에 야합하여 그들의 부력을 테러 단체에까지 사용하였다. 몽둥이를 든 무수한 무뢰한들이 트럭을 몰아타고 거리거리를 휩쓸며 싸다니었다. 총칼을 가진 경관들은 테러단을 공공연히 묵인했다. 경향 각지에서 좌익이라고 지목되는 단체는 집을 빼앗기었다. 쌀과 의복과 일용품이 없었다. 반면 그것을 모리하는 관리 통역관 장사치는 매일 밤 요릿집에서 살며, 술과 계집을 이국 사람에게 바쳐 환심을 샀다. 소위 고관측이라는 인물과 정계의 거두들은 그 따위 짓을 감히 옛날의 궁궐 안에서 했다. 민주의원, 입법 의원 등의 군정 하우스 오르간이 설치되었다. 일제 시대에도 없던 하곡夏穀* 수집령이 또 미곡 수집령이 발령되었다. 배급이란 말뿐이고, 굶주리는 인민들은 남녀노소 없이 쌀 먹을 것을 찾아서 각지로 헤매었다.

　탕……

　이러한 속에서 돌연히 총 소리가 진동하였다. 아무 일 없이 평온한 속에서 총 소리만 연이어 났다. 대구에서부터 폭발하야 남선 일대에 큰 무슨 사건이 생겼다는 것이다. 그것에 대한 경계와 시위로 새벽과 한밤중에 매일 계속해서, 회다리 위에서 공중에다 대고 총을 쏘았다. 물론 농민들을 놀래 주고 위협하기 위해서였다. 고요할 때 듣는 총 쏘는 소리는 더욱 크고 싫었다. 농민과 촌 부녀와 어린아이들은 그때마다 가슴이 설레었다. 눈살을 찌푸리며 탄식했다. 그 총을 메고 총을 쏘는 경관들은 경관이 아니라 무슨 군대, 그것도 먼 다른 나라 사람의 군대인 양 느껴졌다. 경관들의 행동은 그것에 닮아 자연 더 거세지고 사람들은 그것을 분해 하였다.

　'이건 무슨 짝인가? 쓸데없이 사람들을 자극하는 셈이다! 위협을 주는 것은 사실이니…… 공연히 적개심을 갖게 하고 흥분시켜 너희도 대구 사건과 같은 일을 일으켜라 하는 셈이다……'

　현구는 분개해 마지않았다. 관청과 경찰에서 취하는 일이 너무 경망하고 너무 적본주의敵本主義인 것 같아 보였다. 무엇 때문에 일반 인민과

| * 보리, 밀 따위와 같이 여름에 익어서 거두는 곡식.

경관은 이렇게까지 서로 다른 나라 사람 원수처럼 적대하야 하나 하고, 의아하며 탄식해 마지않았다.

그러나 면장과 지서장은 그렇지 않고, 현구의 태도와 정반대였다.

'눌러야 한다! 그저 남의 압제만 받아 오던 백성들이라 할 수 없다…… 그것이 좋다는 걸 어떡하나? 그저, 내려눌러야 한다. 그래야 왜정 시대처럼 찍 소리 못하지……'

그들은 이렇게 생각하고 이렇게 믿었다. 또 행했다. 그뿐 아니었다.

"한방 쏴라! 쏘면 그만이다!"

하고, 호통을 치기까지 하였다. 그것은 나중 그들 자신의 혼란과 추태를 역력히 폭로하고 마는 것이었다.

남선 일대를 뒤집은 여러 곳의 인민 봉기 소요 항쟁의 일이 각각으로 마을과 마을에 보도되었다. 관리와 경찰은 필요 이상으로 겁을 집어먹는 모양이었다. 당황해 했다. 공연한 인물들을 예비 검속하였다. 표면의 이유는 무허가 집회였다. 그러나 아무 집회도 없었다. 솥뚜껑 보고 놀라는 그들은 사랑방에 모인 마실꾼까지를 무허가 집회로 몰았다. 시월 일일의 대구 사건만 하더라도 기성 정치 세력과 반동 세력이 점점 기승 기승하여지자, 이에 의기양양한 옛날의 친일파 반역자 모리배들이 탄압일로로 경찰을 충동하였으며, 경관의 발포로 무고한 희생자가 생겼고 피를 본 군중들이 흥분하여 희생자의 시체를 떠메고 아우성치자, 수천수만 명 눈 있어 보는 사람은 누구나 그 뒤를 따르며 소리들을 합쳤다 한다. 이것을 목도한 경관들의 가족까지도 군중과 함께 울며불며 휩쓸려 가서 경찰서 문전에 다다르자, 자기네의 가족인 아버지 오빠 남편의 이름을 불러 총을 버리고 나오라고 절규하여 마침내 경관들이 그 충고에 좇아 군중들은 각 관청 경찰서를 점령케 되었다 한다.

현구는 이 이야기를 이석기에게 했다. 도탄에 빠져 가뜩이나 앙앙불락한 민중과 농민을 더 이상 쓸데없이 모욕하고 자극하여 흥분시키지 말라는 진언을 하였다. 이석기는 내가 영남 사건을 어떻게 아느냐고 눈을 훑어 보이드니,

"천만에 그저 조선놈들은 내리눌러야 해…… 그냥 두면 못 써…… 이제 일본 사람 시대 이상이 될 테니 두고 보오…… 그저……"

콧방귀를 뀌며 냉소하였다. 그는 옛날의 일본놈 시대처럼 완전히 백성을 누르고 싶었고 또 그렇게 되어 가며 있는 것을 아주 만족하는 꼴이었다. 현구는 면장의 멱살을 잡아끌고 싶었다. 낚아채고 싶었다. 그러나 때가 늦어지고 만 것이다. 8·15 직후 그를 관대히 용서해 주었던 것이 뼈아프게 후회되었다. 무자비하게, 무자비하게 싸우는 것이 옳다고 절실히 생각되었다.

그러나 동네의 젊은 왈패들, 더구나 일제 시대부터 그에게 원한을 품고 오던 사람들은 그를 그냥 내버려두지 않았다. 면장 집에서 치는 강아지가 어디를 가든지 돌팔매에 맞아 깨갱거리고, 그 집에서 놓은 닭이 사방에서 풍겨지는* 것이 무슨 무디고 나쁜 징조 같더니, 어느 날 밤 면장은 둑 위에서 누구인지 모르는 사람들에게 몰매를 맞았다. 젊은 농군들도 혐의를 받은 사람은 덮어놓고 지서로 끌려 들어가, 몽둥이찜질로 그 몇 배나 보복을 당했다. 그리고 첫 추위가 다가오는 듯이 쌀쌀하던 10월 27일.

현구는 그동안 동네에 없었다. 각지의 파업과 봉기 사건으로 어수선할 때였다. 10월 20일 얼토당토않게 무허가 집회니 뭐니 해서 군청 소재지인 삼십 리나 떨어져 있는 경찰서에 가서 일주일을 유치장에서 지내고 바로 27일에 나왔다. 첫눈이 내리려는 듯이 하늘이 퍽 가라앉고 음울했

| * 냄새가 나는.

168

다. 그것은 그때의 한참 소란하고 울분하고 암담한 세상 그리고 사람들의 생활과 마음을 상징하고 있는 듯하였다. 가을치고는 추운 날씨였다. 마침 장날이라 장터에는 사람이 많이 끼어 복작거렸다. 현구는 그냥 무심히 지나쳐, 집에 와서는 점심을 먹고 피로한 몸을 쉬이며 있었다. 그때 별안간 대문이 요란스럽게 열리며 두어 사람이 뛰어들어 왔다.

"좀 나가 보세요—"

"……"

"야단났어요…… 면소를 때려 부순다고 합니다……"

"뭐요?"

하면서도 현구의 머릿속에는 번쩍 하는 무엇이 있었다. 그것은 올 것이 왔구나 하는, 전광석화 같은 직각直覺*이었다. 밖으로 나아가 둑길을 달리며 보니까 회다리 위의 군중들은 벌써 그냥 장터에 끼어 있고, 복닥거리며 있는 군중이 아니라 힘차게 걸어차며 나아가고 있는 군중이었다. 귀에 들려오는 무슨 아우성 소리보다도 눈에 비치는 사람들의 동작이 더 어지럽고 자극적이었다. 그것은 한 커다란 덩이가 한꺼번에 앞으로 내닫고 밀리는 모양이었다.

"면장눔을 때려죽여라!"

"이석기를 죽여라!"

가깝게 쫓아가자 이러한 소리가 들렸다. 사람떼와 함께 다리를 건너 방앗간 어물전 포목전 술집 고깃간 여관 등이 즐비한 거리를 지나 면사무소로 향하는 모퉁이를 도니까, 저편 쇠장거리에서도 한 패가 왔다. 현구는 언뜻 돌쇠를 보았다. 그리고 웬일인지 유치장을 연상하고는 시커멓고 무서운 쇠창살을 생각하였다. 유치장 속에서도 매일 어디서 면소를

| * 즉시적인 깨달음.

쳤다 어디서 경찰서를 부쉈다 하는 소문만 듣고 지내 온 까닭이리라.

"면장눔을 때려죽여라!"

"이석기를 죽여라!"

역시 이 소리였는데 현구는 그 아우성 소리가 자기 목구멍에서도 나오는 듯한 느낌이었다.

그리자 돌연히 푸른 복장의 한 패가 달려와 면소로 몰려갔다. 모두 얼굴이 발개가지고 불먹은 소리를 쳤다. 늘 어깨에 매여 있던 총이 일제히 두 손에 들려 있었다. 순간 그들이 홱 돌아서자 돌쇠에게로 달려들었다. 사람들은 일시에 뒤로 물러섰다. 그러자 전연 예기치 않은 아니 총을 쏠 것이라고 불안스러웠으나 총 소리의 음향은 적실히 그려 보지 못했던 찰나이니만치 불의의, 불의의 쇳소리와 화약 소리가 총을 통하여 격발되었다. 현구는 "악!" 소리를 치면서 의식을 잃고 바라다봤다. 던져버리는 허수아비의 사지처럼 돌쇠의 몸이 서툴게 쓰러졌던 것이다. 사람들은 낭패해, 정과 행동이 더 어지러웠다. 갈팡질팡했다.

다음 순간, 현구는 회다리 위에 와 멍하니 서 있는 자기 자신을 발견하였다. 날이 춥다고 생각되었다. 몸이 우들우들 떨렸다. 참노라면 더욱 더 떨렸다. 다리 위로 지나는 사람의 물결을 거슬러 북쪽 저 위부터 길게, 아래로 아래로 개울물이 흘러갔다. 다리 위에 한 점 한 자리를 차지하고 서 있는, 그의 바로 발밑으로 십자를 그으며 흐르고 있는 것이다. 그는 별안간 물 위에서 시선을 돌리며, 소스라쳐 몸을 날리었다. 자기 자신이 몹시 비겁하고 추한 것으로 느껴졌다. 다시 면소로 가봐야겠다고 내달았을 때 누가 그를 잡았다. 더 젊은 사람이 달려와 둘러쌌다. 모두 숨이 가빴다.

"누가 죽었다메요?"

"면장눔하구 쌀을 뺏던 순사눔하군, 학교 속으로 달아났다는군……"

아닌 게 아니라 그때 학교가 있는 장터 북쪽에서도 연하여 총 소리가 났다. 군중이 돌을 던져서 면소 사무실 유리창은 다 깨지고, 면장 이석기는 달아났다는 것이다. 잠깐 이야기를 들어, 오늘 장날 쌀장이 열린 데서 곡식 매매를 금하며 무조건하고 관리들이 쌀을 빼앗아 간 것이 일의 직접 원인이었다. 그러나 물론 현구는 그것만이 이번 일의 폭발된 원인이라고 믿지는 않았다. 아까 집에서처럼 의당히 한번 오고 말 일이라고 다시 한 번 그의 머릿속에서 직각적인 의분이 크게 번쩍 하였다.

사람들과 함께 사람들을 밀고 헤치며 가니, 경관들은 총칼로 여전히 군중을 위협하고 그 중 몇몇 사람은 부상자를 지서 바로 앞인 병원으로 데리고 갔다. 누구나 붉은 피가 흰 바지 위로 흐르고 스몄다. 돌쇠는 한 동네 동무에게 업혀 가는 것이 보였다. 허둥지둥 현구는 그 뒤를 따랐다. 그러나 병원 문 앞에 이르러 그는 경관들에게 제지되어 들어가지 못하고 되돌아올 수밖에는 없었다. 그날 밤 근처에서 무장한 경관들이 다수 응원을 왔다. 마을과 장터, 거리 지서 면소는 물론 학교와 창고 조합에까지 그들로 득실거렸다. 고요한 속에서 가끔 위협하는 소리, 총 소리만이 들리었다.

이튿날 돌쇠는 절명하고 말았다. 나머지 중상자는 지방 도시의 보다 큰 병원으로 옮기어 갔다. 물론 면장은 한동안 그의 집과 사무소에 나타나지 않았다. 그의 집에서 조금 떨어진 산기슭의 돌쇠네 집에서는 돌쇠 어머니의 부르짖고 슬피 우는 울음 소리가 끊이지 않고 집집으로 들려왔다. 현구는 머리가 그저 아리숭하고 꿈 같으며 아득할 뿐이었다. 그러나 총에 맞아 죽은 돌쇠가 28년 전 3·1 독립만세사건 때, 이 마을 농민의 희생자인 포달이의 아들이라는 것을 알고 그것을 생각해 내었을 때의 놀라움은 더욱 컸다. 물론 그들이 부자라는 것은 잘 알고 있었다. 그러나 이번 일로 그것이 전혀 새로운 사실처럼 새롭게 느껴졌다. 전율에 가까운 놀라움이 그를 엄습하였다.

"……"

여러 사람이 그의 앞에 와서 돌쇠의 이야기를 해도, 그는 아무 대답을 안 했다.

"돌쇠가 운명을 할 때, 아버지를 불렀다는군……"

'아버지!'

'아버지!'

평범한 것이면서 평범한 것이 아니었다. 현구는 입 속으로 자기 가슴 속으로 돌쇠를 대신하여 다시 불러 보았다. 그리고 28년 전, 어렸을 때 포달이가 마지막으로,

"나는 조선 백성이다!"

하고 부르짖은 소리를 그 후 장성해 가며 그것을 한동안 농민의 소리로는 좀 부자연하다고 생각했다가, 나중 그것을 잘 이해하게 됐던 것처럼 돌쇠의,

"아버지!"

소리 속에서도, 그와 똑같은 감정을 경험하게 되는 것이었다. 같은 감격이었다.

'돌쇠가 아버지 하고 부른 그 아버지는 농사짓고 자기를 낳은 아버지 그것보다도, 죽어 가면서 나는 조선 백성이다 하고 부르짖는 그 아버지를 생각하고 불러 본 것이다!'

현구는 이렇게 해석했다. 돌쇠가 아버지 한 것은, 나는 조선 백성이다 한 소리와 마찬가지의 절규라고 생각했다. 돌쇠는 남몰래 오랫동안 자기 아버지를 생각하고, 해석하고, 하며 있었으리라. 돌쇠의 가슴속에는 깊이 그 아버지 포달이 때부터 비약했던 한 가닥 혁명적 정신이 자연 깃들어 있었구나 하고 느꼈다. 그렇게 해서 현구는 돌쇠가 일찍이 모든

일에 꿋꿋하고 혁명적이고 또한 남달리 급격했던 것도 잘 이해할 수가 있었다. 현구는 이번에는 결정적으로 농민의 밑에 든 것을 의식했다. 그의 어머니는 총 가진 검정 복장이 긴 세월을 두고 자기의 마음을 억누르며, 눈에서 가셔지지 않았다고 말했었다. 현구의 눈에서는 이번엔 푸른 복장이 가셔지지 않았다.

기미년에서부터 28년 후의 3월 1일. 해방 후의 두 번째 맞이하는 3·1의 기념일. 현구는 만난을 뚫고 기념 행사를 거행하였다. 그동안에도 돌쇠의 장렛날, 하곡 수집령에 뒤이은 쌀 공출 때의 긴장, 지방 관리의 인민 투표로 인한 선거가 발표된 때, 그때마다 많은 폭풍이 불었었다. 이번에도 그것이 끊이지 않았다.

"불온하니 기념 행사를 중지하시오."

원수 왜인에게 온 민족이 피로써 항거한 성 3·1의 거룩한 기념을, 일제 시대의 반역자였던 일 시골의 면장이 감히 정지를 시키려는 것이다.

"안 되오. 우리는 꼭 거행할 테요. 당신에게 막을 권리가 없을 거요."

현구는 박차 버렸다. 3·1 때부터 싸워 오던 일본놈은 8·15 이후 물러갔으나, 아직도 조선 땅에 일본놈 아닌 일본놈이 남아 있다는 것을 그는 치가 떨리도록 심각히 느꼈다. 인민투표로 다시 관리를 선거한다는 것이 퍼지자, 그들은 다시 한 번 더 어엿한 관리가 되어 보려고 갖은 노력과 음모를 다하는 것이었다.

"일본놈은 갔으나 일본놈 아닌 일본놈이 아직도 우리 앞에 남아 있다. 이제부터 이것들을 쳐 없애 버립시다……"

현구는 기회 있을 적마다 이것을 농민들 앞에 강조하였다. 그는 군정과 경찰서로 달려 다니며 기어이 허가를 얻었다. 농민들도 포달이와 돌쇠의 생각을 하고는 적극적으로 참가할 기세를 보였다. 그들은 생전 처음으로 플래카드를 들어 보았다. 다시 한 번 거대한 농민들의 집단이 회장 안 장터 북쪽 학교로 향하야 길게 회다리 위로 건너갔다. 현구는 28년 전, 자기가 바짓가랑이를 축 늘어트리고 양편 손을 두 조끼 주머니에 넣고, 어른들의 뒤를 따라가던 것을 회상해 봤다. 감개무량했다. 수많은 경관들이 또다시 총을 메고 어마어마하게 늘어서서 경계하고 있었다. 다리를 건너고 많은 가게를 지나 행진해 갈 때, 봄소식을 전하는 거센 바람이 사람들의 눈에다 장터의 불결한 먼지를 불어넣었다. 현구는 손등으로 비비며 비비며 기운을 내어 걸어갔다. 금방 앞에서 탕 하면서 탕 소리뿐 아닌 그러면서도 끝이 무겁게 퍼지는 역시 '탕一' 하는 총 소리가 들려올 것만 같았다. 그러면서 그는 마음속으로,

'오늘의 3월 1일은 28년 전 옛날의 3·1을 기념하기 위한 날이 아니다. 정말은 그보다 더 크고 더 힘찬 새로운 3월 1일을 가져와야 할 것이다.'

생각하며 부르짖었다. 그 뜻에 맞추기 위함인 듯이 조금 있다가 학교 회장에서 수많은 군중들의 아우성 소리가 크게 진동하였다.

1947년 3월 13일

―《문학평론》3, 1947. 4.

농민의 비애

노루를 잡세, 노루를 잡아. 만주좁쌀 양밀가루 배가 고프니, 노루나 잡세, 노루는 저만큼 나는 이만큼, 노루가 뛰면 나도 뛴다. 노루를 잡세, 노루를 잡아. 눈 벌판 위에서 나막신 신고 꺼껑충 뛰면서, 노루나 잡세…… 뭐냐?

겨울이다.

산.

얼어붙은 시내.

황량한 들판.

바람과 먼지만 이는 언덕길, 그리고 아무것도 없다. 넓고 텅 비었을 뿐이다. 오직 춥고 쓸쓸하다.

여기저기 쌓아 놓은 잿더미 퇴비에서, 바람이 불 때마다 재와 흙과 지푸라기가 날려 흐트러진다. 바람은 끊임없이 분다.

산골짜기에도 아무것도 없다. 그러나 가까이 다가가 보면, 거기 옹기종기 마을이 있다.

모두 게딱지 같은 초가집인데, 일제히 산골짜기를 향하여 집을 앉혔다. 마을 사람의 풍속으로는, 만약 산골짜기를 가로막아 집을 좌향으로 내면 큰일이 나기 때문이다. 그것이 골짝 아래로 쭉 이어져 한 오십 호 된다.

눈이 오면 눈보라가 산골짜기로 몰아친다. 마찬가지로 바람과 먼지와 지푸라기가, 산골짜기로만 골짝으로만 불고 내려 쌓여서 겨울 동안의 마을 속은 아주 지저분하다.

때로는 추위와 추위가 마을로만 모여드는 것 같았다. 추위서 산야의 나무와 풀도 모두 말라 죽고 새도 몇 마리 없으며 뭇 짐승도 보이지 않는 때, 마을에 사는 농민들은 집 속에 앉아서 겨우내 나오지 않는다.

집은 작고 아늑하다. 그러나 무서운 추위를 막아 내려면 방 속에 앉아서도 그들은 솜을 퉁퉁하게 놓은 바지저고리를 입어야 하고, 밤에는 다시 두꺼운 이부자리가 있어야 하는 것이다. 그러나 그것은 없다. 솜옷과 솜 이부자리를 가진 사람은 없다. 사실 몇 사람 안 된다. 어린아이나 젊은이나 남녀 할 것 없이, 산골짜기에 사는 사람들은 헌털뱅이*를 입었다. 한여름 옷을 그대로 입고 있는 사람도 많다. 두껍고 따뜻한 이부자리는 더욱 귀하다. 입고 덮을 것이 없어 덜덜 떠는 그들의 모양은 말라비틀어진 나뭇가지와 뒹굴러 다니는 풀잎과 흡사하다.

추위를 피하야 방 속에 가만히 있기 때문에, 겨울 한동안 마을은 또한 끝없이 조용하기도 하다. 눈이 오면 더욱 그렇다. 눈, 눈이 왔다. 눈이 낮과 밤을 가리지 않고 와서, 산과 벌판과 집과 언덕과 길을, 눈이 덮었다. 딴 세상처럼 하얗게 변하였다.

| * 헌 것을 속되게 이르는 말.

눈이 와서 쌓인 날 새벽, 서대웅 노인은 어느 때와 마찬가지로 마을에서 누구보다도 제일 먼저 일어났다.

푸시시 방문을 열고

"많이 왔군……"

혼자 중얼거렸다.

그의 집은 동네 맨 위, 산꼭대기에 외롭게 달랑 있다. 아래, 위로 막은 방이 두 칸, 부엌이 한 칸, 그야말로 다 쓰러져 가는 초가삼간이다. 방문을 열면 아래편으로 멀리 마을 전체가 내려다보인다. 눈이 많이 온 날은 그냥 눈만 내려 쌓인 골짝으로 보인다.

그는 방문을 닫고 긴 싸리비를 들고 나섰다. 그야말로 겨우살이 솜옷을 못 입었다. 겹바지 저고리인지, 홑 고의적삼을 껴입은 건지, 또 그것이 한 빛깔인지 닳은 건지 분간 못 할 만큼 더럽고 을씨년스러운 것을 이상야릇하게 입었다. 담뱃대는 뒤꽁무니에다 찔렀다. 그리고 높다랗고 큰 나막신을 신은 폼이나, 의복이 너무 남루해 그렇지, 그의 장대한 골격하며, 산골의 옛날 토박이 농사꾼의 풍채 그대로였다.

그래서 그의 머리 위에는 푸수수한 상투가 있는 것처럼 느껴졌다.

그의 나막신은 수십 년의 유물이다. 나막신이 새로 생겨난 고무신 때문에 점점 그림자를 감추자, 그는 누가 버리는 나막신을 뒤꼍 벽에다 매달아 두었었다. 요새 고무신도 비싸지고 게다가 자기로서는 도저히 고무신을 사 신으면서 살 수가 없으므로 그것을 끌러 내려 신고 다니는 것이다. 그는 그전에 나막신이 점점 없어지고 고무신과 구두와 게다가 법석일 때, 그것은 어쩐지 나라와 조선 백성이 망해 가는 것같이 느꼈었다. 그렇기 때문에 지금에 유독 혼자서 그가 나막신을 신고 다니는 것은, 마음에 일면 든든하고 당당한 자신까지를 갖는 것이다.

그는 크고 굽 높은 나막신을 신고, 천천히 뚜벅뚜벅 걸어 다녔다. 어느 때는 길을 가다가 돌아서서 듬성듬성 우악스럽게 박힌 나막신 자국을 대견스러운 듯이 바라보기도 했다. 그러면 자기는 아무리 못나고 가난해도 다른 사람이 하지 못하는 무슨 훌륭하고 기특한 짓을 행하거니 생각하는 것이었다. 딴은 그러할지도 모른다. 왜 그러냐 하면 고무신도 나막신도 없는 마을 농군들은 신을 것 때문에 여간 고생이 아니기 까닭이다.

방문 바로 앞은 봉당, 봉당을 내려서면 마당이니, 또 그냥 산등으로 난 행길이다. 그러므로 담은 물론 울타리와 싸리문도 없다. 그는 우선 봉당 안으로 들이친 눈을 쓸고, 마당을 쓸고, 그리고 위에서부터 산 비탈길에 쌓인 눈을 쓸어 내려갔다. 그러니까 그는 나막신으로 눈 쌓인 것을 밟을 필요가 없었다. 그는 허리를 굽힌 채, 조금도 삐딱거리지 않고 앞으로 쓸어 내려갔다. 싸리비가 좌우로 부지런하게 오가면서 길이 정하게 쓸렸다.

"노루!"

산잔등 여기저기 노루의 발자국이 있었다. 토끼 발자국도 있다. 그러나 그는 단박 그것을 잊어버렸다.

산 비탈길을 쓸고 나서는, 방향을 한 편 구석으로 잡아 바로 밑에 있는 이 선달 집으로 비를 대었다. 이 선달은 몇 섬지기 땅을 가졌다. 마을에서 가장 부유한 사람 중에 하나다. 관공리 손님이 제일 많이 오는 집도 이 집이었다. 그리고 공연히 남을 융숭히 대접하는가 하는 반면에 마을의 가난한 사람들을 까닭없이 잘 부려먹기도 하였다.

"땅을 주마……"

이 한마디로 그만이었다. 농민들은 농사짓고 소작료만 바치는 것이 아니라 땅을 지키기 위해서 또는 땅을 지어먹는 죄로 지주에게 반 종노릇을 하기 마련이었다. 이것을 농촌에서도 '왈행랑'이라고 그런다. 물론 착취다.

이날 새벽에도 서대응은 명색 없이 공으로 이 선달 집일을 해주었다. 바깥마당, 안마당, 울 안의 눈을 모조리 치워 줬다. 그러나 그가 이 집 땅을 해먹느냐 하면 그런 것도 아니다. 벌써 몇 해 전부터 이 선달이,

"땅을 주마!"

"땅을 주마……" 해 왔으므로 고지식한 대응 노인장은,

'이번에는!'

'이번 겨울에야 설마 땅 한 마지기라도 부치게 되겠지……'

하는 희망에서, 이 선달의 눈치코치 보이는 대로, 무엇이고 긴히 고생을 하는 것이었다.

그야, 산길을 내려오면 거기가 바로 이 선달 집 사랑 앞인데, 난 모른다 하고 돌아설 수도 없는 노릇이지만, 오늘 그가 이렇게 새벽부터 수고를 하는 것은, 땅 조건 외에도 다른 더 다급한 사정이 있기 때문이었다.

그것은 당장 문제였다. 어제 저녁도 충분하지 않았기 때문에 뱃속에서 쪼르륵 소리가 났다. 땅도 농사도 둘째요, 지금의 그에게는 우선 밥이었다. 한 그릇 밥이었다. 마당 한가운데다가 눈을 모아 올려쌓아 놓을 때, 그것은 흡사 말로 쌀을 될 때나, 또는 밥을 사발에다 담았을 때의 불쑥 솟은 고봉 모양이라고 그것을 연상했다. 그는 정말 한 사발 가득 고봉밥으로 한번 먹고 싶은 것이다. 고봉은 고高자, 봉峰자일 것이다. 그릇 위에 높은 봉우리처럼 솟아서, 하나 가득 많고도 위로 넘쳐 흐른다는 뜻일 것이다. 돈 없는 사람들이 땅마지기나 있고 쌀섬이나 놓고 먹는 집에 가서 일을 해주는 것은, 또 밥 한 사발 때문이기도 하였다.

그러나 그가 고봉밥 한 사발을 얻어먹었으면 하고 바랐던 희망은 헛되고 말았다. 안마당 한가운데 쓸어 모은 눈 더미를 삼태기에 퍼 넣어 대문 밖 시궁창 속에다 다 갖다 버리도록,

"아침밥은 집에 가서 자슈!"

하는 소리가 안방 부엌 쪽에서 들려오지 않았다.

그는 눈을 다 치웠다. 그래도 무슨 분부가 없었다. 부엌 쪽을 힐끔힐끔 몇 번 봤으나, 뚝딱거리는 도마 소리만 요란하지 아무 말이 없다. 그는 멍하니 눈 쌓인 지붕을 쳐다봤다.

'허 허!'

그는 꽁무니에서 담뱃대를 뺐다가, 쌈지가 없는 것을 생각하고 싱겁게 다시 찔렀다. 헛헛한 배를 조이며 호호 입김만 허옇게 내뿜었다.

서대응 노인이 자기 집 봉당에 서서, 마을을 내려다보니, 아침밥 짓는 연기가 나는 집이 몇 안 되었다. 좀 있으려니까, 나머지 딴 집에서도 차차 연기가 났다. 그러나 나중까지 끝끝내 밥 짓는 연기가 오르지 않는 집도 몇 군데 있다. 아마 한집 식구가 아침밥 한 끼니를 또 굶는 것일 것이다. 떠오른 연기는 추운 하늘을 끝으로 멀리 사라지고 밥 짓는 연기가 안 오르는 집은 지붕 위에 눈 쌓인 모양이 더 한층 차고 쓸쓸하게 보였다.

세상은 점점 살기가 어려워지고 인심은 나날이 각박해 갔다. 연기 나는 굴뚝도 그 방을 들여다보면 죽을 끓여 먹거나 찬밥 덩이를 데워 먹거나 한 것이며, 밥상이 안으로 들어오는 집은 밍근한 방 안에, 모두들 굶주린 짐승처럼 험악한 낯빛을 하고 웅크리고 있으리라.

그것을 생각하면 남의 집 눈 인심 좋게 치워 주는 사람이 어림없이 인심만 좋았을 뿐이지, 아예 이 선달을 나무라거나 할 일이 아닐는지도 모른다. 쌀 한 톨이 금같이 귀해 첫째도 쌀, 둘째도 쌀인 이때에, 누가 제 양식을 아끼지 않으랴.

공출로 말미암아 집집이 쌀은 하나도 안 남고, 식량 배급은 말뿐이지 제대로 나오는 법이 없어, 야단이었다. 세 끼 먹던 사람 점심을 굶고, 더운 밥 먹던 사람 찬밥으로 때우며, 자기네들 식구끼리 나누어 먹는 것도 알뜰살뜰한 판이다. 땅 임자네 집 눈 좀 치워 주었기로서니, 고봉 밥 한 사발이란 가당치 않은 일, 바라는 사람이 염치없는 수작일는지도 모른다. 살 얼음판 같은 세상이다.

'허허—'

그는 방 안으로 들어섰다.

아무것도 없다. 방 한가운데 깨진 질화로가 하나 놓여 있을 뿐이고, 아랫목에서는 영이라고 하는 다섯 살 난 그의 손녀딸이 자고 있었다. 삼다 남은 짚신짝과 짚 지푸라기가 지저분하게 흩어져 있다. 윗방 시렁* 위에 얹혀 있는 먹둥구미**를 들여다보니 논농사를 못 짓는 그는 벼 씨나락조차 없었고, 단지 팥 콩이 서너 말 있을 뿐이었다. 조그마한 종이 함지 속에는 고구마와 감자가 얼마간 있고, 한편 구석으로 한 말쯤 되는, 참깨가 자루에 넣어져, 두어 접 마늘과 함께 걸려 있는데 이것이 이 집의 전 재산이었다.

물론 쌀은 한 알갱이가 없었다. 시렁은 굵은 소나무 끝 벽에다 가로질러 매었는데 먼지와 연기에 그을려 까맣다.

"할아버지."

잠을 깬 영이가 손바닥만한 누더기 이불 속에서 기어나왔다.

"오–냐……"

계집아이는 상기가 되어서 얼굴이 발그레했다. 영이의 옷꼴 역시 말이 아니었다. 터지고 희끗희끗 솜이 꿰어져 나온 것이, 누더기 이불과 마찬가지 모양이었다.

---

* 물건을 얹어 놓기 위하여 방이나 마루 벽에 두 개의 긴 나무를 가로질러 선반처럼 만든 것. 원문에는 충청북도 방언인 '실겅'으로 표기되어 있다.
** 짚으로 둥글고 울이 깊게 결어 만든 그릇. 주로 곡식이나 채소 따위를 담는 데에 쓴다. 원문에는 충청북도 방언인 '둥구먹'으로 표기되어 있다.

할아버지는 함지 속에서 고구마 서너 개를 꺼내어 불이 거의 다 꺼진 질화로 속에다 재를 깊숙하니 파고는 묻었다. 화로 밑에만 아직 불이 남아 있었다. 그 끝에 담배를 한 대 피어 물고는,

"배고프냐?"

영이를 세워 앞세우고 천천히 마을로 다시 내려왔다. 영이는 조그마한 고무신을 끌었다. 그것이 할아버지의 큰 나막신과 대조되어 야릇하게 보였다.

마을에는 얻어먹는 사람의 수효가 점점 늘어 갔다. 고개 밑에 움을 파고 지내는 전재민戰災民들 외에도, 한몫 살림을 하던 사람들도 모두 반거지가 된 것이다. 반거지가 뭐냐 하면, 제 집에서 끼니를 못 잇을 때, 어슬렁어슬렁 이 집 저 집으로 다니며 얻어먹는 것을 이름이니, 서대웅 노인도 가끔 자기를 반비렁뱅이로 인정한다.

그는 별로 말이 없었다. 마실을 가서 그 집 주인이,

"영이 할아버지 아침 잡쉈어요?"

하면 그는 나직한 목소리로 천연덕스럽게,

"먹었지!"

하는데 끝에 가서 성난 사람처럼 언성을 높여 본다. 점심은 너나 없이 없는 것이 버릇이 됐으므로 저녁때 역시,

"저녁 잡쉈어요?"

하면, 마찬가지로 눈방울을 스르르 굴리며,

"먹었지!"

"영이도 먹었니?"

"먹었지!"

"할아버지도?"

"먹었지!"

이렇지만, 막상 밥상이 들어오고 주인이 수저를 상 한 귀퉁이로 놓으며 권하면, 언제 먹었다고 그랬냐는 성싶게, 얼간한* 표정을 해 가지고는, 시침 딱 떼고 먹어치운다.

그는 구장 집 사랑으로 갔다. 두 칸이 큰 방인데, 거기 서대웅과 각별히 친한 최만돌이가 행랑으로 있으며, 그 방은 동시에 부락 성인 교육의 야학 방으로 썼다. 밤에는 남자가 배우고, 낮에는 부인네가 모여 배웠다. 최만돌은 겨우 땅 세 마지기에 행랑살이를 하며, 구장 어머니, 아버지보고 마님, 영감 마님 하고 지냈다. 또 부부가 아이들을 데리고 야학 방에서 그냥 기거를 하니 그들 부부는 자연 야학 방 하인이기도 했다.

막, 서대웅과 영이가 들어서니 마침 상이 들어왔다.

"조반 잡수셨어요?"

"먹었지!"

그러나 갖다가 놓는 밥상을 보니 환한 것이 밥상 위에 황홀한 무지개가 돈는 듯하였다. 벌건 깍두기, 퍼런 버무리만 보아도 시장기가 치밀었다.

"죽 좀 잡수세요……"

최만돌이가 수저를 갖추어 대웅 노인 앉은 편으로 놓았다. 대접과 사발에 담은 음식에서는 김이 무럭무럭 나오는 게 소담스러웠다. 대웅은 자기도 모르는 사이에 숟갈을 들었다.

"국!"

숟갈로 휘휘 저으니까, 누런 천둥 호박 덩이가 가득했다. 대웅 노인의 목 숨통 언저리가 꿈틀하며, 그는 군침을 꿀꺽 참았다. 영이도 덤벼들었다.

"호박국이로군?"

* 됨됨이가 변변하지 못하고 얼뜬.

"죽이올시다……"

최만돌은 젊은 사람이라, 서대응에게는 언제나 점잖게 대접해서 말했다.

"죽?"

딴은 숟갈로 대접 밑을 긁어 떠 보니, 호박 건더기 속에 쌀 알갱이가 몇 개 섞였다. 그러나 그것은 대응 말처럼 호박국에 밥 몇 알이 섞인 것이지 죽이란 당최 근사하지도 않았다. 대응은 속으로,

'사람두!'

'그래 이게 죽이람?'

'호박국에다 쌀 몇 알 섞은 것이지 죽이여?'

'참 기막힌 세상이 됐군……'

그러니까 슬그머니 패씸한 마음이 들며 성이 불끈 났다. 못마땅했다. 그러나 남의 것을 얻어먹는 사람, 슬쩍 눙쳐서 천연덕스럽게 만돌을 쳐다보며,

"호박죽, 거 귀한 거지……"

하고는, 눈을 슴벅거리며, 그러나 죽을 정말 호박국으로 여겨 훌훌 들이마셨다. 달착지근한 게 우선 그러면서도 뜨거운 맛이 좋았다.

"난 지난번엔 천둥 호박 한 개두 못했네…… 아, 호박이 열리면 따 가구, 열리면 따 가구 하더니, 나중엔 천둥 호박두 어떤 놈이 따 갔어……"

노인은 호박 이야기를 꺼냈다. 사실 산 잔등 위에서 사는 그는 울타리조차 없어, 집 근처에다 심은 호박을 많이 도적 맞았다. 그래서 그는 양식 보탬을 할 천둥 호박을 한 개도 우렴해* 두지 못했다. 그러나 옛날

| * '보관하다, 준비하다' 라는 뜻의 경기도 방언.

에는 그따위 일이 없었다. 그의 말마따나 나막신이 고무신한테 밀려서 자취를 감추고 말았을 때, 왜정 때는 비록 농부들이 쌀농사를 지어 쌀은 빼앗기고 만주좁쌀로 연명을 했었으나, 모두 마음은 고왔었다.

젊었던 그도 들로 꼴을 베러 가면 밭둑에 심은 호박 넝쿨이 상할세라 일부러 호박 넝쿨을 쳐들고 그 옆에 있는 풀들만 살짝살짝 베어 왔는데, 요새 사람들은 그렇지 않았다. 남의 곡식이야 상하거나 말거나 호박 넝쿨 같은 것도 그것을 싹둑싹둑 잘라 가며 꼴을 했고, 심한 사람은 풀숲과 호박잎으로 가려 감춘 호박까지도 툭툭 따서는 꼴 속에 넣어 가고 하였다. 그것은 없던 일이며, 동시에 슬픈 일이었다. 서대응 노인은 그런 것이 다 좋지 못한 징조라고 생각했다.

그 이야기를 듣고 있던 최만돌이도 고개를 끄덕끄덕하며 맞장구를 쳤다.

"그래요, 우리두 어려서 혹간 저…… 밤에 가서 밀튀기, 콩튀기* 같은 것은 해먹은 일이 있지만……"

"어디 요새 아이들처럼…… 요새 아이들은 아, 사뭇 날도적 녀석들 아닙니까?"

"그려, 감잘 안 캐 가나? 고구말 안 캐 가나?"

"그게, 심상찮은 일입니다."

"그려, 좋지 않은 징조여!"

"그뿐입니까? 서울루 야미** 장사하러 다니는 눔들, 또 서울 같은 데서 와서 촌으루 쌀 팔러 다니는 놈들 리꾸사꾸***에다, 그저 남의 고추, 마늘 다 훔쳐 가지 않습니까?"

---

* 밀과 콩의 꼬투리를 모닥불에 익혀 먹는 것.
** 뒷거래.
*** 배낭.

'허허!'

"살지 못할 세상여……"

그건 그랬다. 달밤이나 동녘이 밝아 올 때를 이용해서, 몇 말씩 되는 고추와 두어 두둑이나 되는 마늘을, 모조리 따 가고, 뽑아 가고 했다. 농군들이 이른 아침에 나와 보면, 산골 고추밭, 마늘밭이 난장판이 되곤 했었다.

배가 고팠다. 호박국 한 대접 홀홀 들여 마신 것이 회만 동해 났지, 더운 기가 가시니까 견디기 어렵게 속이 쓰려 왔다. 밥풀 알갱이가 간절히 그리웠다. 고봉밥 한 사발은 그만두고, 웬만치 징건하게만 곡기를 넣어도 살 것 같았다. 그때 만돌의 아내가 안으로부터 문을 푸시시 열고 들어오며,

"안에서 밥 한 사발을 내보내는군!"

하고, 빈 국 대접을 치우고 그 자리에 밥사발을 놓았다. 또다시 금세 밥상이 환해졌다. 최만돌이도, 아이들도, 서대응 노인도, 영이도 밥을 쳐다보며 일시에 침이 생겼다. 그러나 순간 서대응 노인은 못 볼 것을 본 것처럼 밥사발에서 얼른 고개를 돌려 외면했다.

화로에 담뱃불을 날리는 동안, 만돌이 댁이 무슨 눈치를 챘는지 놓았던 밥사발을 다시 들고 나갔다.

'응?'

그러나 최만돌이도 말리지를 않았다. 모르는 것처럼 가만히 있었다. 밥사발을 놓았던 상 빈 곳을 보고, 대응 노인은 늙은이가 얼굴이 홍당무처럼 벌게졌다.

무안했다. 만돌은 의젓하게 죽 한 그릇을 대접했으니까, 모르는 척하는 것이 태도도 그럴 듯했다. 그러나 서대응은 점점 좌불안석이 됐다. 나

는 상관 말고 만돌이나 밥을 들라고 권해야 할 텐데 웬일인지 그것이 목구멍에 걸려 입이 안 떼어졌다. 선선히 쾌활하게 해야만 자연스러운 것인데, 그렇지 못하니까 더욱더 입술이 무거워졌다. 뚱하니 가만히 앉아 있을 수밖에 없었다.

"밥 줘……"

"밥 줘……"

"밥!"

아이들이 보챘다. 그러나 어른들은 아이들에게 밥을 안 주고, 맑은 동치미 그릇에서 커다란 무쪽을 건져 하나씩 안겼다.

"밥 없어……"

"이따 먹어……"

"이따 먹어……"

아이들은 할 수 없이, 김치 무쪽을 무슨 과자나 엿가락처럼 집어 들고 나섰다. 사실 영이는 할아버지를 따라다니며 밥상, 술상에서 김치쪽, 깍두기쪽, 버무리쪽을 얻어들고 나서는 것이 한 버릇이 되었다. 그것이 다시없는 양냥이감*이다.

노인이 담뱃대만 뻐끔뻐끔 빨고 있는 것을 보고 만돌이 입을 열었다.

"밤새도록 눈이 좀 많이 왔습니까?"

"아, 새벽같이 안팎 눈을 다 쳤는데두 밥 먹으라 소리가 없군요……"

"전 같지 않지!"

"아, 우리두 양식이 딸려 일을 해두, 인저 밥을 못 주겠다구 그러는군요!"

"흥……"

| * 군것질할 거리.

"제-기 배고픈 팔자 생각하니까, 배고픈 신세가 젤 슬프다구 기가 맥혀서…… 제-기, 그래 이눔의 집 눈 온 것처럼 밥이나 좀 쏟아지라고 그랬죠…… 눈은 섬으로 져 내두 밥은 한 사발 안 생긴다구 그랬죠…… 자기네들두 사실 어려울 거예요. 전 같지 않거던요…… 노적거리 해 놨대야 얼마 안 되거던요…… 전에 반두 못 돼요. 공출이 여간 심했어요? 그렇지만 우린 어떡헙니까? 자기네들은 옹색한 것뿐이지 우린 굶어죽지 않어요? 그래 내쫬더니 밥 한 사발 내왔군요……"

'허허!'

서대응은 최만돌 이야기를 듣고 이 선달집 이야기를 할까 했으나 뱃가죽에 기운이 없어서 떠들기가 귀찮았다. 그는 노인이라 무슨 일이고 풀기가 없는 대신, 젊은 만돌은 누구에게나 팔팔했다.

"우리 없는 사람은 그저 밤이나 낮이나, 몸이 부서져라 부잣집 일을 해주거던, 있는 사람은 좀 덜 먹더라두 없는 사람 목구녁 치다꺼리는 좀 해줘야 합니다. 뭐 말은 바루 말이지……"

"있는 사람들두 자기네 맘대루 할 수 있나? 전과 다르니까!"

"그러니까……"

"그러니까 일하는 사람만 손해지! 허허……"

서대응은 새벽 눈 치우고, 헛수고한 것을 되풀이하며 이렇게 결론을 내렸다.

그는 보채는 영이를 데리고 집으로 돌아왔다. 화로 속에 묻어둔 고구마를 꺼내보니 먹기 좋게 흐물흐물 익었다.

"배고프냐?"

"응……"

영이는 할아버지를 쳐다보며, 고개를 끄덕거렸다. 조그마한 눈동자가 호소하는 듯하였다. 영이에게 고구마를 벗겨 주고, 할아버지도 어린

아이 못지않게 그것을 허겁지겁 먹었다. 그러면서 일변 노여운 마음이
났다.

"배고프냐?"

할아버지는 또 물었다. 입버릇이 된 말이다. 그는 조그만 입이 나불
나불하며 밥 대신 딴 것을 먹는 것을 보니, 마음이 서글펐다. 또, 분했다.

"응······"

영이의 대답도 입버릇이 된 것이다.

"그럼 너, 네 에미한테 갈래?"

"싫어······"

아이는 머리를 좌우로 달래달래 흔들었다.

"네 에미한테 가거라—"

"싫어······"

"할아버지가 좋으냐? 엄마가 좋으냐?"

"할아버지······"

"엄마는?"

"미워······"

"넌 그래두 엄마한데 가서 살아야 할 텐데?"

"싫어······ 할아버지하구 살 테야······"

'허허!'

할아버지는 속으로 탄식했다. 그는 금년 여름엔 환갑을 맞이할 노인
이나, (지금이 양력으로 일월 초순이니까) 슬하에 이 다섯 살 먹은 영이밖
에 없었다.

마나님은 벌써 세상을 떠났고, 아들, 며느리, 손녀딸, 네 식구가 지내
오다가 아들은 육 년 전 일본으로 징용을 간 채, 오늘날까지 소식이 없는
것이다.

탄광으로 함께 갔던 농군들이 모두 돌아왔는데, 조선으로 도망간다고 먼저 달아난 그가 집엘 안 오는 것은, 필시 일본 땅에서 방황할 때, 전쟁통에 폭발탄에 맞아 죽었거나, 바다를 건너다가 빠져 죽은 거라고 추측되었다. 며느리는 그 남편을 기다리다, 기다리다 딴 데로 시집가고 말았다. 무엇보다도 생활난으로 함께 있을 수가 없었다.

"죽어두 조선 땅에 가 죽어……"

"아버지 앞에 가서……"

아들이 일본서 탄광 굴 속으로 들어갈 적마다 이런 소리를 했다고, 같이 갔던 젊은 사람들에게 이야기를 들었을 때, 대응 노인은 가슴이 미어지는 듯했다. 영이가 났을 때에는 편지 왕래조차 여의치 못했던 때이라, 알리기는 알렸어도 편지가 잘 들어가 받아 보았는지 몰랐다.

'영이 난 줄 알았으면 얼마나 보고 싶어 했을까? 허허, 그게 유복자가 되었구나!'

'영이가 아들이었더라면……'

동시에, 혹시 그 편지를 보고 부쩍 집이 그리워 내빼 오다가 화를 입었는지도 모른다고 생각되었다. 유골은 어디서 뒹굴며 그 불쌍한 혼백은 어느 황천가에 떠돌고 있는지…….

물론 그는 일본놈이 불공대천지 원수였다. 아들이 죽고 돌아오지 않는 것도 일본놈 때문이지만, 노인의 아버지가 죽은 것도 일본놈 때문이었다. 땅을 빼앗긴 것도, 못 먹고 산 것도 집안이 파멸을 당한 것도 모두 일본놈 때문이었다.

그의 부친은 그가 오륙 세의 어린 시절에 동학당으로 몰려 죽었다. 오십여 년 전의 갑오년 전후 전 조선의 각 지방 민심이 대단히 소란했었다. 그것은 조선에 와서 얽힌 국제 정세가 심각하고, 위정자와 그 부하들은 일신상의 편안함과 모리謀利에만 급급하여, 갖은 못된 짓을 다하매, 일반 인민이 제폭구민을 내세우고 나선 일대 혁명 투쟁이었다. 투쟁의 지도층이 동학당 관계의 인물이 많이 참여했을 뿐이지, 실은 단순한 종교 투쟁이 아니라, 봉건주의의 횡포와 죄악을 무찌르기 위한 일반 대중의 자연발생적 싸움이었다.

인민이 봉기하야 그 세력이 굉장하매, 당시의 지배계급은 민족과 국가의 이해득실도 고려할 여유가 없이, 이것을 외국 세력에 의존해서 해결하려고 했다. 이것이 비열한 그 상투 수단인 것이다.

당시의 병조판서가 청국에다 대고, 군대를 출동시켜 조선 백성을 죽여 달라고 청원하였다. 즉시 청병이 나와 진압하였다. 명치유신 이래 대륙 진출의 야망을 품고, 군비만 가다듬고 있었던 일본은 좋은 기회라고 천진조약을 빙자하여 따라 출병하였다. 경인 지방은 일병의 천지가 되었고, 나중엔 왕궁까지 침범했던 것이다.

나라와 정부 기관이 일본 손에 들어갔다는 소식을 듣자, 동학당 간부들의 소극적 태도를 박차고, 일반 인민대중들은 재차 봉기했다. 이땐 일제히 보국안민의 깃발을 높이 들었던 것이다. 부패한 봉건주의 포악을 제거하고, 이번엔 외적을 내쫓아 나라와 백성을 구하자는 것이었다.

그러나 적을 당할 수 없었다. 예리한 근대적 무기와 신식 훈련을 쌓은 일본군을 당할 수 없었다. 정부군도 일병에게 받은 새로운 무기를 가지고 있어, 전같이 무력한 것이 아니었다. 처음에는 청병에게, 나중에는 일병에게 패멸되고 말았다.

동학군이 불리해지자 그 속에 끼어 있던 양반 계급의 몰락자, 엽관*운동의 실패자, 기회주의자 등, 이반자가 속출했다. 인민의 세력이 성하던 때는 모두 동학, 동학 하더니, 일본 군대가 후원하는 바람에 모두

| * 관직을 얻으려고 동분서주하며 서로 다툼.

수성군*이 되었다. 구구한 공리를 얻기 위해 떼거지 같은 테러단이 각 지방에 발호하여, 동학 두 글자를 붙여, 함부로 백성을 박해하고 토색질하였다.

동학 도장이 찍히면 그만이었다. 농민들을 잡아서는 뒤로 결박하고, 네모반듯한 말* 속에다 무릎을 꿇려 앉혔다. 어린 서대웅은 어머니 등에 업혀서 아버지의 그러한 꼴을 보았다. 사또님께서 성 높은 남문 위에서서 호령호령했었다. 꿈같이 아득한 기억이다. 그 뒤로 그는 아버지의 일을 모른다. 지방관은 결박한 농민들을 마당에 눕히고 얼굴에다 일제히 백지장을 덮은 후 냉수를 부어 질식시켜 죽인 것이다. 죽은 사람의 얼굴은 백지처럼 하얬다. 그는 나중 커서, 이 이야기를 들어 알았다.

기어코, 한국이 망하여 일본에 병탄되었을 때, 정부 기관을 가지고 백성을 못 살게 하며, 억누르고 있던 놈들이 나라를 팔아먹었다. 지사는 피를 흘렸고, 조선 인민의 수많은 생명은 희생을 당하였다. 그러나 이것을 찬동하여 소위 내각총리대신 이하 대관, 민족 반역자, 매국노 칠십육 명은, 후작이니 자작이니 남작이니 하여, 일본의 사작賜爵**을 받아 귀족의 칭호를 얻었고, 이들의 부하와 자손들이 도지사 군수 따위가 되었으며, 관리 삼천육백사십오 명은 총액 육백칠십구만 원의 합병 은사금이라는 것을 받아 먹었다.

일인의 손으로 토지조사사업이 진행되어, 측량, 등기가 끝났을 적엔, 세력 있던 양반들이 지주가 된 대신, 많은 농민들은 토지를 잃었으며, 자본주의라는 새로운 양식 아래에 소작인이라는 근세적 반노예로 전환되고 말았다.

---

* 성을 지키는 군사. 시대적 변화를 추종하거나 기대하다가 다시 본래대로 돌아간 분위기를 말하는 듯.
** 귀족의 지위나 역할 따위의 작위를 주다.

서대웅의 집도 그랬다. 아버지를 여의고 땅을 빼앗긴 후, 일가족은 고향을 떠났다. 그는 타향살이를 하며 크고 늙고 하였으나, 한번도 유족해 보지 못했다. 토지의 사유 제도가 확립된 후에는, 때마침 거세지는 새로운 경제적 방법 아래, 그들은 시달릴 대로 시달렸다. 우선 소작료가 절반이라는 고율이었다. 토지가 금전에 따라 이동이 격심하였다. 소작료가 비싸서 땅값이 비싸고, 소작료가 비싸서 작인의 수입은 적으니 그들은 땅을 소유할 기회가 없었다. 늘 손바닥 만한 농토에 만족하였고, 또 그것은 늘 대지주 자본가에게 병탐되었다. 오늘 땅을 얻으면 내일 떨어지고 하였다. 마름이라는 것이 중간에 앉아 마음껏 착취하였다. 작인들은 술과 떡과 엿, 닭, 계란, 이런 것을 가지고, 늘 마름의 코 아래 진상을 하기에 여념이 없었다.

보다 더 자연 경제적이었던 그들의 생활이, 모기떼 같은 화폐의 난무에 괴롭지 않을 수 없었다. 거기다 식민지 정책이 그들을 졸라매었다. 흉년이 들면 굶주리고 풍년이 되면 쌀값이 떨어져 마찬가지였다. 유일의 생활 수단인 농산물을 싸게 팔아, 일본의 공업품을 비싸게 사서 살았다. 강제로 심은 면화는 공동 판매에 붙여 헐값이었지만, 인조견은 언제나 그 값보다 고가이었다.

미곡 검사를 맡기 위해서, 그들은 필요 이상으로 벼를 말리고 까불고 하는 외에 가마니를 짜서 바쳤다. 벼를 사서(팔아) 수리조합비의 세금과 채무를 갚고, 그 나머지로 만주좁쌀을 팔아다 먹었다. 사실 그들은 쌀을 남에게 내주고 대신 좁쌀을 얻어먹고 살았다. 더 못살면, 남부여대하고 바가지짝과 함께 만주, 일본으로 멀리 유리 방랑*했다. 소화昭和 연대에 있어서는 일본으로 빼내 간 쌀이, 한 해 평균 구백만 석이었다.

| * 헤어져 방랑하다.

조선의 농민들은 농민이면서 농민이 아닌 인간 이하의 식생활을 하여 왔다.

서대웅 노인이 그랬다. 그는 육십 평생을 살도록 쌀밥 한 그릇이 참으로 어려웠다. 보리, 좁쌀, 강냉이로 늙었다. 그가 평생에 가장 호화롭게 먹은 것을 치면, 콩나물, 두부, 부침개, 빈대떡 등이었고, 고기라고는 저 촌에서 잡은 돼지고기를, 약에 쓸 만큼 보았을 뿐이다.

그러나 그것은 8·15 해방 이후도 마찬가지였다. 아니 더했다. 만주 좁쌀 대신 어디서 나는지 모르는 밀가루를 먹는 것은 일반이지만, 요새는 그것도 여의치 않아서, 감자, 고구마를 쪄서 먹고, 콩을 볶아 연명하는 것이다. 호박국을 먹으면서도 만돌에게 향하야 오히려,

"전과 다르니까……"

하는 말을 몇 번이고 되뇐 것은, 거짓 없는 그의 진정이다. 운명과 환경에 굴종하여, 으레 그러려니 하는 것이 금욕에 가까운 단념, 체관에서 생긴 온순한 마음이다.

그러나 일변, 괴망스럽게 성을 내기도 하였다. 분개하고 반항하고 투쟁하는 방식이 사람과 전혀 달랐다. 비겁한 것이 그 특징이었다. 남을 미워하는 것도 그랬다. 그 당장에는 너그럽고 유순하나, 나중 돌아서서는 분개했다. 늘 숨어서 혼자 삿대질을 하고 욕하고 했다.

지금, 고구마를 구워 먹고 나서도 그랬다. 사람 앞에서 보였던, 아량과 관대함이 싹도 없이 잘라지고 전연 앙앙불락한 까슬까슬한 성질이 머리를 쳐들었다.

'흥, 고약한 눔! 그래 그까짓 밥 한 그릇 애껴 먹음 부자가 된담?'

'늙은이하구 에미 없는 어린애가 갔는데 즈이는 즈이 쌀로 끓여 먹구, 거, 구장집네 밥 좀 내놓으면 어때?'

'천둥 호박국을 가지구, 죽이라구. 온, 젊은 녀석이 그렇게 숭물스럽담!'

아까 없던 다른 마음이 생겼다. 젊은 아낙네가 밥 한 사발을 들고 들어오던 모양, 담뱃불 붙이는 동안 만돌이가 제 아내에게 밥사발 치우라고 눈을 짓는 꼴, 마실꾼이 헤어지자 제 식구끼리 밥을 내놓고 둘러앉아 먹는 장면, 이런 것이 모두 연상되었다.

'괘심한 놈……'

혼자서 노기가 등등해졌다. 게다가 호박국과 고구마가 뱃속에서 좋지 않은지, 배가 꿀꿀거리고 신트림이 났다. 시장기가 돌며 하얀 밥알이 그리운 마음은 여전하였다.

물론 이 선달 생각도 나고 또 미웠다. 새벽같이 애써 눈만 치워 준 것이 분했다.

'더러워서…… 아무리 시속*이 틀린다 하기로서니, 전 부자 아닌가……'

'공출 많이 낸 건 알지만, 그래두 쌀 찌어다 뒀겠다, 벼 가마니나, 노적가리를 해서 울 안에 세웠겠다, 그래 밥 한 그릇, 무에……'

방이 쓸쓸하고 찼다. 손도 발도 시려웠다. 화로에다 손을 쪼였으나, 별로 신통치 않았다. 영이를 보니 영이도 손과 발끝이 오리발처럼 빨갛게 얼었다. 나가서 불을 때자 생각했으나 엉덩이가 무거웠다. 부엌까지 나가기가 싫었다.

부엌에도 땔나무가 많이 쌓였느냐 하면 그렇지도 않았다. 해방 전후해서, 근처 산야의 나무란 전부 절단이 났다. 젊은 장정이 모두 일본으로 징용되어 가자, 나무꾼도 땔나무도 없으므로, 마을과 마을 집집이 나서

| * 당시의 풍속, 상황. 그때 그때의 풍속, 민심.

서는 노인, 아이, 여자들이, 가까운 곳 나무를 함부로 해 왔기 까닭이다. 해방 직후는 더했다. 여간 산골에서도 오 리, 삼 리를 산 속으로 나무를 찾아 들어가야만 나무가 있었다. 서대응 같은 노인의 집 부엌에는, 겨우 부근 산야에서 캐 온 그루터기가 앙상하게 쌓여 있을 뿐이다.

눈이 덮지 않았으면, 아무네 집 것이라도 똥오줌 통을 지고 보리밭으로 나가겠으나, 오늘은 그 일도 없었다. 짚신을 삼자 했으나 그것도 손이 가지를 않았다. 자꾸 배알만 곯리고 모든 것이 밉고 미웠다.

며느리 생각이 났다. 그는 며느리가 떠나던 날 쭈그리고 앉았던 윗목을 멍하니 바라보았다.

'망할년……'

그러나 더 이상 욕이 나오지 않았다. 남편이 죽은 것이 빤한 이상, 젊은 것이 다시 시집갈 수 있는 일이요, 그들 세 식구처럼 노인과 어린아이 또 젊은 여자, 생활에 무력한 사람들끼리만 모여 살 수는 없는 일이라, 이런 경우 며느리가 딴 데로 간 것은 당연한 일이며 현명하기까지 한 일이었다. 그래서 다른 트집을 생각했다.

"아버님 영이는 제가 데리구 갑죠. 오래 오래 사세요…… 제가 영이를 잘 키워 가지고 뵈러 올게요……"

며느리는 여전히 날아가려는 듯이 쪼그리고 앉아서, 눈물을 왕골자리 위에다 뚝뚝 떨어뜨리며 말했다.

'망할년…… 그래 날보구 혼자 살라구 그래?'

'영이를 데려가면 나 혼자 목이나 메서 죽으란 말이군……'

물론 그때, 서대응 노인은 며느리의 말을 완강히 거절했다. 그 후로도 며느리는 삼십 리나 떨어져 있는 저쪽 시집에서 가끔 찾아와 같은 말을 했으나, 그때마다 시부는 거절했다. 지금도 속으로,

'안 된다! 안 된다!'

'영이는 내가 내 손으로 기른다……'

하고 생각하면서, 좀더 완강한 마음을 먹는 것이었다. 며느리의 젊은 자태와 곱상한 얼굴이 비위에 거슬렸다. 그러면서도 자기의 마음은 의연, 창자를 끊는 듯 슬펐다.

구장집 사람, 최만돌의 방에서는 낮에 마을 부인네들이 모여 공부를 했다. 아랫목 편벽에다 커다란 칠판을 걸어놓고, 그 앞에 한 삼십 명이 고개를 쳐들고 앉아 있다. 만돌이 처는 마을 부인네와 함께 아랫목에서 '가갸거겨'를 배우고, 만돌이는 맨 윗목 구석에 웅숭그리고 앉아서, 짚신을 삼고 있었다. 그 역시 눈이 안 쌓였으면 거름통을 지고 보리밭으로 나가거나, 서대응 노인과 함께 논에다 퇴비를 내었을 것으로되, 산골 산길은 아직 나설 수가 없었다. 바야흐로 눈이 녹아내려, 지붕에서는 낙수가 뚝뚝 떨어지고, 길과 마당은 질퍽거리며, 이웃집 어디서는 농한기의 한가한 농군들이 모이어 "개다", "모다", "엎었다", "받다" 하고 윷 노는 소리가 요란했으나, 만돌은 거기 낄 수가 없었다.

그는 어쩐지 마음이 꺼림칙했다. 또 일변 분이 올라 식식했다. 아침 서대응 노인이 왔을 때 안에서 내온 밥 한 사발 나눠 먹지 못한 것이 암만해도 속으로 걸렸다. 안됐다. 그는 서대응과 남달리 지냈다. 늘 서로 왕래했다. 없는 것을 서로 융통하고 살아 왔다. 그는 젊고, 대응 노인보다는 그래도 살기가 나은 셈이다. 농사도 세 마지기나 얻어 짓는다. 가난한 자기보다 더 가난하고, 전혀 의지할 곳이 없는, 할아버지와 그 손녀딸 영이 모양을 생각하니, 자꾸 아침 일이 쓸쓸하게 뉘우쳐지며, 삼고 있는 짚신 총이 제대로 잘 삼아지지가 않았다.

눈이 오기 전, 그는 대응과 함께 메인 논에다 퇴비를 져 내고 있었다. 그것은 이 선달의 논, 열두 마지기 한 필짜리의 상답이었다. 농부들이 한

번 보면, 침을 흘릴 만큼 물길이 좋고 토질이 걸은* 논이었다. 그러나 논이 마을에서 너무 멀리 떨어져 있는 것이 흠이었다. 족히 십 리는 나가 있었다. 물론 논에서 가까운 딴 마을 사람이 짓는 것인데, 이 선달이 그것을 떼 줄 테니 거름을 내라는 것이었다.

"먼 건 상관없습니다만…… 거 작인이 내놓을지요?"

서대응과 최만돌이가 이렇게 물었을 때 이 선달은 때가 꾀죄죄하게 흐르는 명주 바지저고리를 입고, 사랑 툇마루에 서서는 긴 장죽을 빨며,

"걱정 말게! 땅 임자가 자작한다는 데야 무슨 일 있나? 우리 세 사람이 네 마지기씩 갈러 하세…… 정 안 내놓으면 반만 떼서라두 자네들 농사거린 장만해 줄 테니, 저편에서 거름 내기 전에 그저 자꾸 퇴비만 갖다 부어…… 시비는 내 당함세."

이래서 대응, 만돌 두 사람은 추운 겨울날 십 리를 멀다 않고, 부지런히 퇴비를 내는 길이다.

만돌은 구장에게서 논 세 마지기를 얻어 하지만, 도지 물고 나면 남는 게 없었다. 그러면서도, 그 세 마지기 때문에 행랑 노릇을 하며, 지주를 영감 마님으로 떠받들며 상전으로 모시는 외에 집안 잔심부름은 물론 구장이 하는 자작 농사 열 마지기와 수많은 밭농사를 제 농사짓듯 하는데, 그것이 억울했다.

'소작해서 도지는 도지대루 바쳐…… 그래 그까짓, 방 하나 얻었다구 그 종노릇인가?'

하는 생각으로, 이 선달네 땅만 얻으면, 구장네 세 마지기 자작은 하더래두, 잘난 행랑은 내놓을 작정인 것이다. 성인 교육이니, 야학이니, 또 무슨 회의니 해서 사실 방을 제대로 쓸 수도 없었다. 서대응은 논이라

| * 흙이나 거름 따위가 기름지고 양분이 많은.

고는 손바닥만한 것 부치다가, 그나마 아들이 징용 간 사이 떨어졌다. 영이와 단 두 식구니, 단 한 마지기라도 하고 덤빌 사정이었다. 그래서 이 선달이 땅을 떼어 준다는 것도 열두 마지기를 세 사람이 갈라 하자느니 뭐니, 공출은 심하고 지주도 자작을 해 볼까 하는 다 제 마음속이 그 안에 있을 것이나, 그것을 관계 안 하고, 두 사람은 그저, 묵묵히 뼈품을 파는 것이었다.

바로 며칠 전에도, 발채*에 한 짐씩 잔뜩 짊어져 논에 배기고 나서는,

"열두 마지기 셋이 쪼개면 네 마지기씩. 상답이니까 네 마지기라두 다른 것, 곱절은 되죠. 영이 할아버지 인제 됐습니다……"

"……"

넓은 논바닥을 둘러보며 만돌이가 입을 열었으나, 서 노인은 대답이 없었다. 순간 농사거리 보고, 농사지을 생각을 하며, 아들 생각이 난 탓이리라.

"작인이 안 내놓으면 반을 떼서 여섯 마지기씩 준단 말인가?"

"그런 게지……"

"자긴 고만두구?"

"암, 체면을 봐서라두……"

"모르면 몰라두, 이거 해서? 셋이 하면, 자기들은 우리보구 농사지어 달라구 할 겝니다."

"그렇지, 이 선달이야 일 년에 단 한 번을 여기 와 보겠나? 큰 거야 돈 들이겠지만, 자잘한 일은 다 우리가 공품 팔아야지……"

"우선 이 퇴비 내는 것두……"

"암, 인저 자네하구 나하구 이 먼 길, 단 둘이서 농사지으러 다니게

* 짐을 싣기 위하여 지게에 얹는 소쿠리 모양의 물건. 싸리나 대오리로 둥글넓적하게 조개 모양으로 걸어서 접었다 폈다 할 수 있게 되어 있다. 끈으로 두 개의 고리를 달아서 얹을 때 지겟가지에 끼운다.

됐네……"

서로 농토가 없어 먼 곳으로 얻어서, 남의 동네로 농사지으러 다니게 되었으니, 두 사람 단짝이 되어 잘 다니자는 것이었다. 그것도, 먼저 하던 작인이 땅 안 내놓겠다고 문제를 일으키니, 꼭 믿지는 못할 일이었다. 그것을 생각하니, 만돌은 아침 일이 더욱 객쩍었다.

그는 아내가 밉상이었다. 여러 여편네 틈에 끼어서 제법 공책에다 무엇을 쓰는 척하고, 또 호미니, 개똥 참외니, 선생이 칠판에 써놓는 대로 받아 읽는 것을, 곁눈으로 힐끔 보면서

'저게, 소갈딱지가 없어서……'

하고, 속으로 탄식했다.

'영이 할아버지가 보아하니 아침 굶은 것은 빤한 일…… 밥 한 사발 노나 먹었으문 좋지 않은가…… 계집이란!'

'저녁일랑 흰 밥으루 일찌감치 끓여 먹지, 그래 고 지랄여?'

밥을 쪼르르 갖다 났다가, 또 무슨 생각을 했는지 쪼르르, 가져가고 하는 짓이, 도무지 고약했다.

'영이 할아버지가 날 어떻게 생각했을까?'

아랫목에 앉아서 공부하는 아내와, 윗목에 앉아서 짚신 삼는 남편이, 서로 시선이 부닥치자, 만돌은 아내를 집어 삼킬 것처럼 눈을 부라렸다.

"아이구, 그런데 저이가 왜 저런데? ……내가 무슨 죽을 죄를 졌나?"

공부할 사람이 모이기 전에도 부부는 잠깐 말다툼을 했었다. 아내는 단박 남편에게 맞대거리를 했다.

"가만 있어. 떠들지 말구……"

"그럼 왜, 당신은 온통 도끼눈을 해 가지구 사람을 흘겨봤다, 치켜봤다 야단이슈?"

"사람이 너무 염치가 없어 그런다……"

"아이구, 그럼 왜 염치 있는 이가 그땐 가만 있구 나중 야단이래? 그 때 적엔? 벙어리가 됐었나?"

"저게? 그냥……"

선생도 공부하는 사람들도 영문을 몰라, 눈이 휘둥그레졌다. "왜 그러슈? 왜 그러슈?" 하며 조심스럽게 말렸다. 그러나 조금 후에는, 여기 저기서 "까르르까르르" 부인네들의 웃음 소리가 연이어 났다.

만돌이는 부아가 부글거렸다. 그러나 여러 아낙네 앞에서 영이 할아 버지 밥 굶는 이야기를 꺼낼 까닭이 없어서 그저 시무룩하니 있다가,

"호박죽만 해두 그렇지…… 아무리 어려운 세상이라 해두, 이건 경 우가 있지……"

"아이구, 아이구구……?"

젊은 만돌이 처도 지지 않았다. 입이 뾰족해졌다.

"가만 있어 요것아…… 죽만 해두 그렇지, 너 쌀 몇 알갱이 넣었니? 응? 호박국 한 솥에다 쌀 한 숟갈이나 떠 넣었니? 요런……? 그래, 그게 죽이야? 멀정하게…… 천둥 호박국이지…… 천하에 소갈머리 없 이……"

최만돌은 자기 집에 쌀이 얼마나 있는지, 그것 상관할 수 없었다. 그 러니까 아내는 금방 처량한 낯빛이 되더니, 입술이 쑥 들어가고 눈에 눈 물이 글썽글썽해지며,

"저이 좀 봐, 쌀은 얼마나 있수? 쌀만 가져와요. 쌀만…… 흥, 지금은 정승 팔자지, 해가 짧아 약과요, 약과…… 기나긴 봄철에 어린 자식들 하구 배에서 꼬르륵 소리 날 생각해요……"

"지금두 꼬르륵 소리는 난다마는, 너무 여펜네가 안달복달을 해두 못 써……"

공부고 뭐고 그만이었다. 처음에는 웃으며 구경만 하고 있더니, 부인

네는 어느 틈에 모두 만돌이 아내 편이 되었다.

"에구…… 참 또순 아버지도 딱하슈, 그럼 쌀 없는 걸 어떡해요?"

"우리 집두 오늘 아침, 멀건 국 끓여 먹었예요……"

"우리 집두……"

"사내들은 이럴 땐 철두 없나 봐. 온, 또순 아버지가 그런 소릴 다 한 담……"

만돌은 뭇 여인네들 공격에, 찍 소리도 못하게 되었다. 그는 못 들은 척하고 짚신만 부리나케 삼는 수밖에 없었다. 또순이는 그의 작은딸 아이의 이름이다.

모두 쌀 이야기, 양식 타령으로 됐다. 사실, 한 삼십 명 모여 앉은 부인네의 얼굴빛이 하나도 좋은 이가 없었다. 모두 노리끼리 했다. 굶주린 빛, 고생에 늙은 자취가 역력했다. 참으로 한 사람의 예외도 없었다. 옛날 비교적 식량이 흔했을 때도, 그들은 농사를 거드는 외에 밥을 짓는 데도, 직접 논에서 벼를 베어다, 그놈을 털어 말려 다시 절구에 찧고, 그때서야 밥을 했으며, 여름철엔 곱삶이 보리밥을 짓느라고, 한 번 하고 말 밥을 두 번씩 짓는 것이었다. 지금은 말할 나위도 없었다. 얼굴이 해사하고 예쁜 농촌의 부인도, 어느 틈에 한 사오 년 지내는 사이, 고운 빛은 간 데 없고, 쭈그렁이가 되는 것이다. 더욱 요새에 와서, 그들은 참으로 쉬 늙었다.

"배급은 언제 준다지유?"

식량 배급 이야기가 나왔다. 농촌에는 세농가 배급細農家配給, 비농가 배급非農家配給 두 가지가 있는데, 전자는 부락 단위의 집단 배급이고, 후자는 개인 중심의 통장 배급通帳配給이었다. 그리고 지주와 일반 농가는 배급이 없는데, 일반 농가란 대개가 빈농 따위의 사람들이었다.

왜정 시대나 지금이나 식량 배급에 있어서, 도시와 농촌의 차별이 현저하다. 도회인은 그래도 민도*가 높고, 조직력이 있어 문제가 없으나, 농촌은 그게 없어서 그런지, 대우가 말이 아니다. 일인당 일일 배급량이 홉 오 작二合 五勺이라는 것이, 도회지에서는 실시되는지 모르지만, 농촌에 있어서는 추수기나 명절 직후에도 그런 일이 없었다. 단 한 번이라도 그것이 시행되었으면, 손바닥에다 장을 지지라고, 농군들은 장담한 것이다. 일 홉 칠 작一合七勺이다. 매인당 일 홉은 어디 갔느냐는 말이다. 그것도 농촌에 살며 농사에 종사하지 않고 개화하여, 비농가 배급 통장을 탄 사람이 그렇지 일반 세농가에게 주는 소위 부락 배급은 정말 말뿐이었다. 일 년에 잘해야 두세 번 있는데, 그때마다, 한 사람 평균이 아니라, 실로 일가 호에 한 말 남짓, 그러니까, 일 년에 식구가 얼마든간에 겨우 많아야 소두 서너 말씩 타는 셈이다. 통장 배급에도 거의 잡곡이 전부이고, 게다가 밀가루가 나오면 고통은 더욱 심하다. 밀가루는 다른 것보다 헤퍼서, 날짜의 반의 반도 대기가 어려운 까닭이다. 전에는 조선 사람 구미**도 밀가루를 좋아했고, 밀국수나 밀떡을 별미로 알았으나 어느덧 밀가루를 대기大忌*** 버릇이 생겼다. 진실로 그들은 기아선상에서 방황하고 있는 것이다. 그나마 금년에는 세농가 배급은 아직 한 번도 안 나왔다. 대한이 되자 쌀값은 촌에서도 소두 한 말에 팔백 원이 되었다.

농촌에서는 지주도 별 수 없지만, 일반 자작농이나 소작농은 자작, 소작을 불문하고, 그 경작 면적이 얼마 안 된다. 능히 식량의 자작 자급自作自給을 못하는 것이다. 그리고 그들은 유일의 생활 수단이 쌀에 메여 있는지라 돈을 쓰려면 쌀을 내야 한다. 가을에 비교적 쌀값이 헐할 때 내고, 나중에는 배급도 못 받고 허덕지덕하며, 자꾸 오르는 쌀값만 바라보

---

* 국민의 생활이나 문화 수준의 정도.
** 입맛.
*** 몹시 꺼리거나 싫어함.

며 한탄하는 것이다.

"쌀 소두 한 말에 천 원 할 때가 멀잖아……"

모두들 그랬다. 왜정 시대 전쟁통에 보릿고개에는 사람들이 먹지를 못해서 뒷간에 똥이 안 모였다. 쑥나물, 아카시아 꽃을 따먹고 연명해서, 뒷간에는 푸르칙칙한 똥물만 고였었다. 인분 거름으로 농사를 짓는 농부들은 측간 사정을 잘 안다. 그것이 인상 깊었다. 앞으로도 그런 때가 또 오리라고, 아니 벌써 왔다고 그들은 각오하는 것이었다.

학령이 지나도록 가난해서 학교엘 못 다니고 아들, 딸들은 무식한 채 자란 후, 지금은 또 목구멍 치다꺼리 때문에 부랑패처럼 떠돌아다니는데, 어머니가 공부를 하고, 어머니만 학식(?)이 늘어가는 것은 슬프고 난감한 일이었다. 대가리 큰 아이들은, 어머니하고 같은 공부 하기 싫다고 내빼고 안 다녔다. 게다가 아침, 저녁 식량 걱정으로 글공부가 도무지 되질 않았다. 또 '가갸거겨'는 그들에게는 퍽도 어려운 학문이었다. 이것저것 정신만 차릴 수가 없었다. 그러나 어쩌다 면사무소엘 들어가면 옛날 왜정 시대에 일본놈이 다 돼 가지고, 놋그릇 놋숟갈, 은 귀이개까지 빼앗아 걷어 가던 바로 그 면서기가,

"공부들 잘하세요. 미국에는 여자 박사가 수백 명, 수천 명입니다…… 부끄럽지 않습니까?"

"당신네들이 언문을 몰라서 조선 독립이 안 돼요……"

떡 버티고 서서 호통이었다. '가갸'를 모르는 사람은 일을 안 봐줬다. 그러면 촌부인네들은,

"잘못했습니다. 이번만 용서해 주세요……"

이것이 오래된 그들의 버릇이었다. 왜정 시대 치마를 뜯어 '몸뻬'*를

---

* 여자들이 일할 때 입는 바지의 하나. 일본에서 들어온 옷으로 통이 넓고 발목을 묶게 되어 있다. '왜 바지', '일 바지'로 순화하여 쓰는 경우가 많다.

만들어 입게 하고 '히다리, 미기, 히다리(왼쪽, 오른쪽, 왼쪽)' 방공 훈련
을 한다, 부인네들을 몰아세우고 '교스게, 마에에 스스메(교스게, 앞으로
가)!' 하던 진저리나던 그 일이 다시 연상되었다.

　　그런 것은 남자에게도 매한가지였다. 국문을 모르면 정거장에서 차표
를 못 사게 한다, 장에도 못 다니게 한다는 소문이 났다. 그러면 부인네들
과 마찬가지로 그들도 짓눌렸던 옛날을 생각하는 것이다. 과연 면장과 지
서장이 종이쪽지를 들고 다니며, 다리목과 길목을 지켜서서 장에 나오는
농군에게마다, '가갸거겨' 글씨를 써 보게 했다. 그러면 농군들을 왜정
적에 '아이우에오(あいうえお)'를 써 보던 것을 되새겼다. 늙은 농군은 한
일 합병 후 상투를 잘리던 생각, 색의장려色衣奬勵를 한다고 면서기가 길목
에 서서 농군들의 흰 옷에 먹칠을 하던 일까지 회상했다. 그들은 무식하
고도 의심이 많다. 그러나 저러나 꾸벅꾸벅 배울 수밖에 없었다.
　　남자들은 밤에 모이는데 그들 역시 한 삼십 명 된다. 문맹이면서도,
빠지는 사람은 저녁밥을 굶은 사람일 것이다. 촌마을은 손바닥만 해서,
뒷간에 가고 밑 씻는 것까지 서로 안다. 밥을 못해 끼니를 걸르면, 올 신
명도 없으려니와 남이 부끄러워 자기 집 방 속에서 나오지 않는 것이다.
최만돌은 자나 깨나 그 방에 있으니, 밤낮으로 보고 들어 공부가 저절로
되어서 잘 알았고, 서대응은 작년 겨울부터 열심히 배워 야학당에서는
우등생이었다. 노인은 정성스럽게 열심히 했다. 노인은 아들이 징용 갔
을 때, 편지 못해 답답했던 생각을 하고, 이제 와서 글을 깨치는 것도, 한
얄궂은 장난으로 느꼈다. 그러면서도 늦게나마 배워 아는 것은 좋았다.
　　서대응 노인이 일찌감치 아궁이에다. 그루터기를 지피고 있으려니
까, 만돌이 처가 그야말로 고봉밥 한 사발을 들고 왔다.
　　"웬 밥은?"

'고봉! 고봉밥!'

노인은 불이나 때고, 별 수 없으니까 또 고구마나 불에 묻든지, 양재기에 찌든지 해놓고, 영이를 데리고 나가려던 참이라, 반색을 했다.

"또순 아버지가 야단야단이랍니다…… 노인이 아침에 오신 것을…… 뭐 죽이니, 국이니, 애구, 참 아무 거나 먹었으면 그만이지 죽이니, 국이니 할 것 뭐 있습니까?"

"그렇지……"

그 말이 꼭 자기 마음속을 찌르는 것 같아서 서대응은 대답하기가 어리벙벙했다.

"그렇지 않아요? 글쎄, 영이 할아버지…… 지금 같은 세상에 천둥 호박죽이면 어딥니까? 옛날에는 별미루 먹든 건데, 호박죽이 아니구 국이라구 야단이더군요……"

"응……"

"너, 죽 쑬 때, 쌀 몇 숟갈 넣었느냐구……"

"응……"

"아무쪼록 어린 자식덜하고, 살자구 그러는데, 여편네가 소갈머리가 없느니 있느니, 그래 쌀 좀 적게 섞었다고, 그게 할 말예요."

"그렇지 암……"

노인은 아침에 만돌이 흥본 것도 잊은 듯, 시침을 뗄 수밖에 없었다. 만돌이 처는 하소연을 한 후, 구장집에서 내온 밥 한 사발을 아침에 먹으려고 했으나 여러 아이에 나누고, 찢고 할 게 없어 그랬다고 변명하며,

"일부러 영이 할아버지 땜세 밥을 일찍 지었어요."

하고, 생색을 했다.

영이는 지친 모양으로 콜콜 자고 있었다. 서대응은 밥사발을 솥 속에 넣어 두고, 만돌이 처와 앞서거니 뒷서거니 산비탈을 내려왔다.

"어디 가세요?"

"이 선달 집에……"

"왜요?"

서산을 넘는 겨울날의 연한 햇살이 노인의 얼굴을 비쳤다. 만돌이 댁은 발을 멈추고 몸을 돌려 영이 할아버지를 쳐다봤다. 노인의 얼굴이 말이 아니었다. 눈이 쑥 들어가고 볼때기가 앙상했다. 별안간 몇 배 더 늙은 것 같았다. 쭈글쭈글한 검푸른 얼굴빛은 약간 누런 광채로 석양이 덮였다. 그것은 거의 다 말라 가는 논바닥 물에 역시 조그맣고 마른 송사리, 한 마리가 외롭게 움직이고 있는 것과도 흡사한, 그런 을씨년스러운 감정을 느끼게 하였다.

"이것 좀 봐!"

영이 할아버지는 만득이 댁을 이끌고 눈 속으로 들어갔다. 눈이 녹았으나 많이 쌓인 곳이고 비탈이 되어, 속으로 물이 흘러내려서 밟으면 폭삭폭삭 발자국이 나며, 땅바닥이 보였다. 금세 발자국에는 물이 고였다.

"뭐예요!"

"노루……"

"네?"

"노루 발자국, 이 노루 발자국을 봐!"

아닌 게 아니라, 산등성이 그늘 밑에 노루 발자국이 많았다.

"노루를 잡을냐구, 이 선달 집으루 와이야 줄을 얻으러 가는 길이지……"

와이어 줄은 강한 철사로 몇 겹을 꼬아 굵게 만든 철사줄인데, 한창 금점*이 심할 무렵, 몇 개 들어와서 마을에 있다. 이 선달은 금점도 토목

* 금광.

사업도 손에 대어 봤기 때문에, 그것이 집에 붙어 있는 것이다. 만돌이 댁도 그것으로 올가미를 만들어서, 노루나 산돼지를 잡았다는 얘기는 들었다. 그러나 겨울에 잡기는 힘든 일이었다.

'영이 할아버지가 노루를 잡어요? 노루가 영이 할아버질 잡겠네!'

만돌이 댁은 속으로만 생각했다. 차마 그것이 입 밖에 안 나왔다.

"우리 노루 잡아서 노루 고기 먹세!"

"……"

만돌이 댁은 눈치만 살폈지, 아무 대답도 안 했다. 영이 할아버지 모습이 무서운 것 이외에, 거동이 어쩐지 수상하게 보였다. 평상시와 달라, 얼이 간 모양이었다.

저녁 끼니때가 지난 뒤, 야학당에 제일 먼저 온 사람은 서대응이었다. 최만돌이가 막 방을 쓸고 나니까, 서대응이 부스스 들어섰다.

"저녁 잡쉈에요?"

"먹었지!"

"노루를 잡으신다구요?"

"응, 노루는 하나 내버릴 것이 없네…… 가죽은 팔구, 고기는 구워 먹구, 지저 먹구…… 뼈다귀는 고면 약이 되네……"

"많이 잡으면 팔지, 돈 벌지 누가 아나?"

대응 노인은 노루 고기 먹는 것을 생각했음인지, 군침을 꿀꺽 삼켰다. 사실은 그는 저녁밥도 먹는 둥 마는 둥 하고 나온 것이다. 영이만 제대로 먹이고, 자기는 두어 숟갈 뜬 후 남겨서, 사발에 붙여 두고 나왔다. 영이는 버릇이 되어 혼자 놀고, 혼자 자고 했다. 만돌이 보니까, 영이 할아버지의 눈은 여전히 퀭하고 기운이 없었다. 그는 가엾은 마음이 생겼다. 아내에게 이야기를 들어서 그런지, 노인이 별안간 노루를 잡겠다고 서두는 것이, 괜히 마음이 슬픈 듯했다.

성인 교육 부락 선생님은 마을 반장 속에서 한 사람이 맡아했다. 일체 비용은 농민들이 가가호호 담당했다. 교과서 값도 각각 배우는 사람이 샀다. 그러나 먼저 나온 책과 나중에 나온 책이 서로 철자법이 틀려서, 배우는 사람들은 종잡을 수 없었다.

모음을 배우는데, 'ㅏ'는 지게다리 한 짝, 'ㅑ'는 두 짝 마친 것, 'ㅓ'는 돌려 놓은 것, 'ㅕ'도 돌려 놓은 것, 'ㅗ'는 상투, 'ㅛ'는 상투 둘, 'ㅜ'는 고무래, 'ㅠ'는 쌍고무래, 'ㅡ'는 홍두깨, 'ㅣ'는 작대기, 선생은 이렇게 가르치면서,

"우는 고무래……"

"으 홍두깨……"

"이 작대기……"

여러 사람이 소리를 내어 앉아 읽는데, 그러면,

"작대기면 무슨 작대기여? 그것두 이름이 있겠지. 원, 지게 작대긴가? 기름 작대긴가?"

농담 삼아 묻는 이도 있었다. 또,

"낫 놓구 기억…… 니은, 디귿, 리을……"

"리을은 배암 같군……"

장난 웃음 소리가 났다.

작년부터 배워서 가장 잘 아는 축은 삼 학년, 다음이 이 학년, '이 작대기' 하는 때가 일 학년인데 모두 뒤섞여 배운다. 선생이 일 년 차이의 얼굴들을 따로따로 잘 외우고 있는 것이다. 삼 학년 학생들은 방 윗목에 가서, 벽에 가로 기대어 앉아, 외면을 하고 담배만 피운다. 공부 시간에는 담배 먹지 말자는 말도 있었으나,

"더 먹구 싶은 걸 어떡하나?"

해서, 그냥 먹기로 한 것이다. 담배 연기가 방 안으로 자욱했다.

이름 쓰는 것을 잘 연습했다. 서대웅 최만돌 같은 삼 년생 반은 잘
썼다.

'서 대 웅'

'서 대 웅'

'서 대 웅'

면사무소 면장이나 서기가 촌 농군을 길목에서 글씨 쓰게 해 보는 것
도, 이름 석 자였다. 서대웅이 쓰고 나면 최만돌이 썼다.

'최 만 돌'

'최 만 돌'

'최 만 돌'

커다랗고 까만 칠판 위에, 농군들의 이름이 석 줄씩 삐뚤삐뚤했다.

"자기 이름을 잘 써야 합니다. 면에서 그러는데 삼 월달에 우리나라
가 독립하려 하구 총선거를 하면, 그때 이름들을 잘 쓸 줄 알아야 한답니
다―"

옆에 앉아서 구경을 하고 있던, 구장과 반장이 가끔 주의를 시켰다.
그것은 면서기가 부인네들에게,

"당신네들이 언문을 몰라서 조선 독립이 안 돼요!"

한 말과 같은 내용이었다.

어떤 농군은 쓸 줄을 몰라서, 머리를 긁으며,

"오줌 누구 와서유……"

하고는, 문을 부스스 열고 나가서 감감 무소식이기도 했다. 부끄럽다
고 그냥 집으로 내뺀 것이다. 이튿날 밤엔 담뱃대를 들고 여전히 온다.
어떤 사람은,

"아이 제길, 입대 배운 걸 그걸 못 쓸라구. 사람을 업수히 여기구,
제―기 분수가 있지……"

"그걸 못 쓸라구⋯⋯"

하며, 써 보래도 그것을 못 쓸까보냐, 너무 업신여기니까 안 쓰겠노라고 끝끝내 버티기도 했다. 실제로는 말할 것도 없이 못 쓰는 축에 드는 사람이었다.

정치에 대한 이야기도 나왔다. 어떻게 하면 그들은 정치 이야기를 가장 말하기 즐기는 것 같기도 했다. 그것은 조선의 농민도 정치에 많은 근심을 하고 있다는 증거이다. 그러나 그들은 꽤 유치했다. 대개 화제가 인물의 '가십' 정도에 지나지 않았다. 좀 아는 사람이 나서서 여러 가지 설명을 해주면, 그들은 잠잠하게 열심히 경청하였다.

"올 삼 월에는 정부가 슨다지유?"

양력 삼 월에 총선거를 해서 정부가 세워진다는 소문이 자자했다. 새삼스럽게 이렇게 혼잣말처럼 묻는 것은 남의 말을 좀 들어보자는 속셈이다.

"대통령은 누가 되누?"

퉁명스럽게 하는 이 말도, 마찬가지로 남의 입을 열게 하려는 언덕거리로 내놓는 것이다.

"아, 될 사람 되겠지, 뭐⋯⋯"

또 휘 남의 눈치를 보다.

"아 정부가 요샌 왜 없나? 요새 하는 건 다 뭐여? 나라 정부에서 하는 일이지!"

이러는 사람도 있었다.

"조선 사람이 말이지⋯⋯"

"글쎄, 언젠 왜 조선 사람이 안 해요? 요새두 조선 사람이 하지⋯⋯"

내쏘는 말이다. 잠잠했다. 이렇게 되면 간단히 나라 토론은 끝났다. 정치에 대한 이야기가 결론을 짓고 만다. 옛날의 탐관오리 일본놈 시대의 그 앞잡이, 그들에게 짓밟힌 강박관념의 표현이다. 이러한 종류의 담화가 꼬리를 물고, 또 끊어지고, 다시 되풀이되고 하는 것이다.

그것은 비단 농촌만 아니었다. 눈 쌓인 큰 벌판에 사방에서 바람이 들어와, 눈보라가 일고 눈사태가 나는 것처럼, 도회나 농촌 전 조선의 방방곡곡은, 정치 문제로 논의가 비등하였다. 그것은 국제연합에서 위원단이 조선에 들어오자, 자못 더 분분했다.

1945년 8월 15일 연합군의 승리로 조선이 해방된 이래, 어느새 사 년째가 되었으나, 바라고 바라는 남북 통일, 완전 독립은 오히려 전도요원*한 감이 없지 않았다. '카이로 회의'니 '포츠담 선언'이니, '막부 삼상莫府三相 회의', '사국 외상四國外相 회의', 이 모든 것은 연합국이 모두 서로 합의와 이해 아래서 행한 것이니까, 그것은 동시에 국제연합적이며, 조선 사람은 믿고 찬성했던 것이다. 유엔과 하등 다른 것이 없다. '포츠담 선언'이 세계만국이 함께 일제히 입을 열지 않았다고 해서, 그것이 국제적 정의가 아닐 까닭도 없으며, 조선 사람이 환영 안 할 이유도 물론 없는 것이다. 그 외의 회의도 마찬가지다.

그러나 포츠담에서 선언되고 모스크바에서 선정된 조선의 독립 문제가 조선에 와서 깨졌다. 조선 땅에서 건국이 와해됐다는 데 의의가 심각하다. 미국은 미국, 소련은 소련대로 각각 자기네의 의욕이 있을 것이다. 미소공동위원회가 결렬된 것은 그 죄과가 조선 사람 자신에게 더욱 많았다. 가탄할 일이었다.

미소공동위원회가 성공했었던들 남북은 통일되고 조선 독립이 하루라도 이르면 일렀지 늦어지지는 않았을 것이다. 이것의 결렬은 조선의 정치 사정을 수보 뒷걸음질쳐 놓았다. 미소 양국 중 한 편만 지지하고 한

| * 앞길이 까마득하게 멂. 장래가 창창하게 멂.

편은 공격하고 한 것은 상서롭지 못했다. 신탁 문제에도 냉정한 실리적인 대책을 세우지 못했다. 정당의 태도도 이 중대한 문제를 앞에 놓고 시종일관하지 못했다.

협의 대상 문제로 옥신각신할 때에 그대로 가까운 거리 앞에 무엇이 있는 듯했다. 미소가 다시 손을 잡고, 정말 조선에 도움이 될 만한 이야기 언제 다시 세계에 나타날 것인가? 세계는 평화해야 하고, 조선은 독립해야 한다. 조선 독립은 세계 평화와 함께 있다. 누가 감히 가까운 날에, 세계가 다시 전쟁하고, 조선 독립은 그만두기를 바라랴. 조선의 남북이 갈라져, 점점 서로 멀어지기를 바라랴. 조선과 세계가 함께 눈보라 속에 휩쓸려 들어, 인간이 비참해지기를 바라랴.

그러나 미소공위의 실패는 미국, 소련 두 나라도, 대국으로서의 위신을 떨어뜨렸다. 왜 자기네들이 세계에 공약한 일을 이행하지 못했느냐 말이다. 서로 약속했으면 서로 지켜야 할 것이다. 그 책임을 전혀 조선 사람에게만 전가하는 것은 온당치 못하다.

그러므로 조선에서 양국 군대가 즉시 철퇴하자는, 소련의 제안은 옳은 일이었다. 자기네들이 일을 이루지 못했을진대 철병해서 조선 문제는 조선 사람 자신에 맡기자 하는 것은 타당하고 또 체면 차리기를 할 줄 아는 말이다. 그러나 미국으로서는 철병 말이 나오기 전에, 이미 조선 문제를 유엔에 상정하기로 결정했으니까 그렇다 치더라도 이것까지를 반대하는 조선 사람이 있었다. 외국 군대가 나가는데 조선 사람이 뭐가 무서우냐 말이다. 철병은 괜한 '제스처'라고 선전하는 조선 사람 정치가가 있었다. 이것은 정치가가 아니라 악한이다. 외국 군대의 힘을 빌려 사는 이런 자는 조선 백성을 죽여 달라고 청국에다 군대를 청하던, 옛날 병조판서 바로 그놈이다.

그래서, 유엔 위원단이 왔다. 좋다. 환영한다. 조선 독립에 유익하면

뭐든 좋다. 유엔의 위원단 힘으로 된다면 물론 좋다. 그러나 첫번 불행이 가져오는 제이의 불행이 아니기를 빈다. 전 조선 사람들은 그것이 바람 속에서 다시 일어나는 바람이 아니기를 바라는 것이다. 이것으로 해서 미소가 더 한층 등돌려 앉고 남북이 더욱 멀어지면 아픈 것은 조선뿐이다. 미소 두 나라가 도란도란 이야기하던 것을 별안간 구 개국 대표다, 팔 개국 대표다 해서 더 복잡다난하게 하여 될까보냐 하는 의심이 간다. 선거만 해도 그렇다. 남측, 북측 두 군데 다 같이 실제 권력을 가진 패 마음대로 될 것이 빤하다. 그러면 남북 대표는 이미 있는 것, 눈 가리고 아웅 할 필요가 없다. 이렇게 말참견하는 사람만 많아지고, 숨바꼭질이나 하는 동안 자꾸 늦어지는 것은 조선 독립이다. 남조선 단독 정부가 서는 것은 국제적으로 전쟁을 선동하는 것이요, 조선 민족으로는 영원한 분열을 의미하는 것이다. 또 그것은 하늘에서 떨어지는 것이 아니라, 다른 나라 군대의 야합으로 되는 것이니, 해방 이전으로 돌아가는 것이다. 이렇게 생각하는 것이 1948년 겨울까지의 일반적 조선의 정치 의식이다.

그러나 농민들은 잘 몰랐다. 기껏해야 그저 요지부동으로…….

"정부가 슨다지? 대통령은 누가 되나? 될 사람 되겠지! 언젠 정부가 없어 걱정인가? 언젠 조선 사람이 안 했어?……"

하는 정도였다. 그들은 무식하고 단순했다. 그러나 농민 독특히 민감한 것이 하나 있었다. 그것은 그들의 직감, 직각으로써, 이것을 판단하고 알았다. 그것은 친일파에 대한 것이다.

농민들이 왜 못살고 어째서 천대를 받으며 굶어 죽게 된 판에 다른 것은 다 제쳐놓고, 무슨 까닭으로 아닌 밤중에 홍두깨냐는 식으로 공부부터 시키는지 그 이유를 몰랐다.

"우리가 저 사람들 밑에 있으니까, 미국말부터 배워야 하지 않어? 왜

정 시대엔 '고사이마쓰' 하구 일본말 배웠지, 언제 조선말 배웠어?"

"제-기 해방이 됐거던유……"

"……"

"또 미국말은 어디에서 가르쳐 줘두 우린 못 배워요 가르쳐 줄 사람 도 변변찮구, 원체 이게 어렵거든유……"

"그래 왜정 시대엔 이건 고등학교서나 배웠어……"

"아, 쪼그만 애덜처럼 '에비씨디' 하구 가르쳐 주면 즈이들이 뭐 배 울 테야? 일본말은 배웠지만……"

"그려, 일본말버덤 더 어려워. 우린 못 배워……"

"일본말도 못 배웠는데, 뭐 미국말을 배워?"

이래서 그들은 아무 부자연 없이 조선말, 조선글을 배웠다. 공부는 하는 것이 좋다. 또 해야겠다는 마음도 있었다.

그러나, 8·15 전에 일본놈이 다 돼가지고, 조선말을 하지 말아라, 조 선글은 쓰지 말아라 하던 친일파들이, 지금은 왜 별안간 '가갸'를 배우 라는 것인가. 서대웅은 '야마무라山村', 최만돌은 '다깨야마武山'로 강제 창씨를 당했었다. 농민들의 성명을 빼앗고, 조선 사람을 괄시하던 자들 이, 어째서 지금은 성명 석 자를 써 보라는 것인가. 그들은 친일파가 하 는 일은 믿지 않았다.

얼마 전 식량 때문에 면에 들어갔었을 때도, 서대웅과 최만돌을 '야 마무라' '다깨야마'로 만들어 놓았던 바로 그 면서기 몇몇이,

"국문들 배웠소? 글공부를 잘 했어요?"

"어디 이름들 써 보슈—"

"당신네들이 공부를 잘해야, 우리가 나라 찾고 독립해요……"

서슬이 시퍼렇게 윽박이었다. 서대웅과 최만돌은 창씨를 당할 때 면 서기가,

"노인은 집이 산꼭대기 아니요? 우리 '야마무라'라구 합시다. 좋군…… '야마무라' 상……"

"또 당신은? 뭐 최가? '야마도리'? '다께야마'지 뭐…… 최가는 '다께야마'루 했어……"

하던 일이 엊그제인 듯 생각났다. 그들은 정신이 얼떨떨했다.

주는 종이와 연필을 받아, 이름은 썼으나, 그것을 왜정 때, 면서기 노릇한 사람을 주지 않고, 해방 후 새롭게 된 면서기에게 들이밀었다.

"이리 내게……"

대웅 노인이 가만히 말하며, 최만돌의 손에서 종이쪽지를 뺏어 가지고는, 다른 곳에 내놓았던 것이다. 서대웅 노인은 이것을 엄밀히 구별했다. 그는 가끔 냉수에 젖은 백지장 밑에서, 백지장처럼 창백하게 질식해 죽은 아버지의 얼굴과, 또 그보다 못지않게 처참히 죽었을 아들을 생각했다. 그때마다 새삼스럽게 일본놈이 무서웠고, 일본놈의 앞잡이가 더 한층 원수였다. 그러나 그는 무섭고 원수로 여겼을 뿐이지 어찌하는 수는 없었다. 아무 반항도 보복도 못했다. 무식하고, 무력하고 비굴했다. 해방 전후의 면서기를 구별해서, 한 패에게는 인사도 말도 안 하고, 새 면서기에게만 기대와 호의를 갖는 것은, 그의 독특한 농민적 성격에서 나온, 말하자면 소극적 투쟁이었다.

그래, 면소 밖으로 나와서 두 사람은 기가 막히다는 듯이 말을 주고 받았다.

"거, 이게 무슨 조화 속인가?"

"낸들 압니까!"

"아 그래, 그놈들이 지금 와서는 나라를 찾느니, 백두산 삼천 리 강산을 찾느니 하니, 그런 원. 저희 아니면 조선 사람이 없나?"

어째서, 별안간 그 사람들이 독립을 한다고 떠드나, 어디서(유엔) 손님이 왔다는데, 다른 누구보다도 왜 그들 친일파가 좋아하나, 대통령을 뽑는 눈치인데, 선거란 뭔가, 도무지 알 수 없었다. 필연코 좋지 못한 징조라고, 농민들은 느꼈다.

그것은 마을 전체가 모인 야학방에서도 마찬가지였다. 그들 농군은 모스크바 결정도 유엔도 신탁도 반탁도 민주주의도, 공산주의도, 자본주의도 아무것도 몰랐다. 또 그런 어려운 것은 그들에게 몰라도 상관없는지 모른다. 그러나 그들은 단 한 가지를 잘 알고 있다. 지금 남조선의 현실이 우선 농촌만 보아도, 해방 이전과 진배없는데 다른 것은 그만두고 그것을 찬성하느냐? 안 하느냐? 하는 이 한 가지만 따지자는 것이다. 그들은 우익, 좌익도 몰랐다. 또 그것은 그들에게 아무 상관도 없는 것이다. 그러면 단지 오늘날 좌우익 어느 편이, 금일의 현실을 지지하고, 좋아하고, 친일파와 손을 맞잡고 있느냐? 이것 한 가지다. 그것으로, 어느 편을 따라가야 옳다는 것을 직감적으로 느껴 알고 있다. 이것은 비단 농민뿐 아니라, 전 조선 사람의 민족적 감각이요. 민족 감정인 것이다.

8·15 이후 새로 나타난, 젊고 팔팔하고 믿음직스러운 청년들이 경찰서와 면사무소에 취직하는 것이 농민들은 반가웠다. 그러나 그들이 그전의 친일파, 민족 반역자와 의기 투합하여, 서로 손을 잡고 옛날 왜정 때와 다름없는 짓을 하는 것을 볼 때는 슬펐다. 애국자, 지사라는 사람이, 친일파와 친한 것도 이상했다. 섭섭했다. 농민들이 말할 수 없는 곤경에 있을 때, 그때도 농민을 위로하고, 농민의 용기를 북돋아 준 사람은, 지금은 모두 어디로 갔는지 숨어버린, '민청民靑', '농위農委' 계통의 사람들이었다. 농민들은 잊지 않았다. 그리고 어렵고 난처할 때마다 그들이 그리웠다.

그들이 숨어 버리기 전 어떤 때, 그들이 책임자 한 사람이 야학방에서 마을 농민에게 한 말이었다.

"옛날 친일파 민족 반역자들 몰아낸다구, 문제가 끝나는 것이 아닙니다. 새로운 친일파 민족 반역자가 나타나는 것이 걱정입니다. 그런 일이 없어야 합니다. 입법 의원의 의원 제군이 뭐, 선거에서 친일파를 제외하자구 떠듭니다만, 그렇게 하구 고만이면 친일파가 딴 친일파를 내쫓고 마는 것뿐입니다. 딴 새 사람이, 또 그따위 짓을 하던 새 친일파 아닙니까? 문제는 그런 친일파가 반성하지 못하도록 하는 데 있습니다. 그리고 왜정 친일파 민족 반역자도 다시 잘 갱생하는 길이 있습니다. 그것은 여러분 농민과 같은 마음 같은 감정을 갖는 것, 그것입니다. 8·15 후 이렇게 새롭게 훌륭히 산 사람도 많습니다……"

농민들뿐 아니라 누구나, 이 말이 옳다고 믿었다.

야학 공부가 조금 지루하게 되면 여기저기서 한숨 소리가 나고 담배 연기가 더 자욱해지고 급기야는,

"인제 공부는 그만둬요……"

"아유, 윷놀구 싶어……"

해서, 술내기 윷판이 벌어지고, 노름판도 벌어진다. 또순 어머니는 어린애를 들쳐 업고, 밤새도록 마실로 돌아다니기도 했다. 자기 방에서 윷 놀고 노름하는 사람 집에 가면, 그 집안 식구는 조용히 방을 지키고 있으니까, 여편네끼리 모이기는 또 십상인 것이다. 물론 살림살이들은 볼 것도 없고, 할 것도 없다.

서대웅은 누구보다도 먼저 야학방에 오지만 또 누구보다도 먼저 갔다. 노름판은 말할 나위도 없고, 술내기 윷을 놀아, 추념이 돌아오면 낼 길이 없어서다. 밖을 나서니 날씨가 낮보다 쌀쌀했다. 질퍽거리던 길이 꾸둑꾸둑 얼었다. 그러나 그믐께가 되어서, 달이 휘엉청 밝았다. 달빛도 바람같이 그의 전신을 싸며 차게 부닥치고, 차게 스며들었다. 먹은 것도

변변치 않고, 입은 것도 변변치 않은 그는 덜덜 떨었다. 집으로 향해 갈수록 더했다. 비탈을 올라갈 때 그의 모양이 너무 을씨년스러워 그랬던지, 낯익은 이 선달집 검둥개도 컹컹 대고 짖었다.

'허허!'

연해 입김을 토하며 올라가 보니, 영이는 누더기 속에 새근새근 잠이 들어 있었다. 석유 등잔불이 구석에서 희미하게 까불거렸다. 야학방에서 복닥거리던 여러 사람과 헤어져 외롭게 석유 등잔 앞에 와 앉으니 별안간 더 허전하고, 눈이 아물아물했다. 그러나 배고픈 것은 인식할 수 없었다. 아까 야학방에서 공부를 할 때, 맹렬한 고통을 참고 난 탓이리라. 뱃속은 평온했다. 가만히 앉아 있어도 앉아 있는 것 같지 않았다. 그렇다고 자기가 움직이며 있는 것이 아니라 무슨 천천히 요동하며 앞으로 나아가는 것을 타고 가만히 흔들리며 있는 것 같은 기분이었다. 까불거리는 등잔불이 그랬고, 그것을 바라보며 아득아득하는 그의 정신이 그랬다.

그는 가만히 있을 수 없었다. 그렇게 생각하자 눈을 커다랗게 뜨고 멍하니 일어섰다. 한번 휘 돌아보았다. 그 전 어느 때도 경험하지 못한, 어느 때와도 다른 야릇함을 느꼈다. 자기 자신을 믿을 수 없는 허황한 불안이 쌓였다. 아무 의미 없이 무심코 방문을 푸시시 열었다가 닫았다.

'응?……'

그는 방문을 다시 열었다. 저 멀리 산잔등 눈 쌓인 위에 무엇이 보였다.

"노루다!"

그는 자기도 모르게 외쳤다. 보니까, 노루 두 마리가 껑충껑충 뛰어 다니며 있다. 그것은 참으로 황홀한 정경이었다. 미끈하게 생긴 노루 한 쌍이 밝고도 맑은 달빛을 받으며, 하얀 백설 위를 가로세로 뛰며 있는 것은, 상상 못할 그야말로 선경이었다. 푸르스름한 꿈 같은 그림이었다.

순간 이런 인기척을 챘음인지, 두 마리 노루는 나는 것처럼 뛰어 달아났다. 서대응 노인은 알 수 없는 기운이 몸에서 솟아났다. 부쩍 용기가 치밀었다. 굽 높은 나막신을 신고, 삐꺽거리면서도 날쌔게 산잔등으로 올라갔다. 그때는 벌써 노루는 저— 아래, 산골 속으로 내려가는 것이 멀리 뵈었다. 노인은 가슴이 두근두근 뛰었다. 보이지는 않아도 노루가 내빼 숨어 버린 산골짝 거무레한 속에는, 뭇 노루떼들이 득실거리고 있는 것 같았다.

그는 아까 저녁 때 와이어 줄로 올가미를 만들어서 걸어놓은 장소에 가 볼까 생각했다. 이 선달 집에서 얻어 온 와이어 줄은 굵기가 손가락 반만한 알맞은 것이었다. 공사판에서 많이 사용해서 미끈미끈 닳은 것이 올가미 만들기에는 십상이었다. 길이는 두 발쯤 했다. 그는 그것을 얻어 오자 올가미를 만들어 한 편 끝을 튼튼한 나무에다 단단히 매어 뒀다. 그리고 한 편 가락은 그냥 매지 않고 둔 것이다. 장소는 후미진 것이 그럴싸했다. 짐승이 오가다가 올가미 안으로 머리를 넣으면, 내뺀다고 앞으로 치밀어 올가미가 점점 좁아들게 마련인 것이다.

키가 휘청하게 큰 서대응 노인은, 전신에 달빛을 함박 받아 긴 그림자를 뒤에 끌며 어슬렁어슬렁 산등 길을 갔다. 그러나 그는 중도에 서서 멍하니 하늘을 쳐다봤다. 달을 쳐다봤다. 그러니까 추운 생각이 들고 용기가 죽었다. 그만두고 싶었다.

'낼 새벽에 가지……'

생각하고 집으로 돌아왔다.

앉았다 누웠다 하나, 도무지 잠이 오지 않았다. 자꾸 노루의 모양이 눈에 떠올랐다. 노인은 노루의 모양이 부럽다 생각했다. 몇 번이고 그 황홀하고 그림 같은 정경을 되풀이해 보았다. 깨끗한 모양새, 밝은 달과 깨끗한 눈, 그 세 가지가 어우러져 주던 감격의 장면이 눈에 선하게 보였다.

그는 손녀딸 영이의 자고 있는 꼴을 내려다봤다. 얼굴은 노랑태에 꾀 죄죄하고 옷에는 때가 더께로 앉았다. 제 어머니가 가면서 마지막 내주 고 간 옷이었다.

"겨울에 입어라⋯⋯ 춥지 않게 겨울에 입어라⋯⋯"

하던, 눈물어린 어머니의 말이 사라지기도 전에, 저고리는 터져 여기 저기 솜이 꿰져 나오고 치마며 두렁치*인 아래옷은 갈래갈래 나갔다.

"영이야!"

"일어나 오줌 뉘라⋯⋯ 응? 오줌!"

할아버지는 손녀를 일으켜 세웠다. 영이는 조그만 손으로 눈을 비 볐다.

"할아버지⋯⋯"

노인이 웃방문 옆으로 놓아두었던 사기요강을 들어내어 오줌을 누이 고, 다시 영이를 아랫목 따뜻한 곳으로 눕혔다.

"잘 자거라 영이야? 할아버지가 노루 잡아 오면 노루 고기 구워 주 마? 응⋯⋯"

그는 다시 포근히 잠드는 영이의 얼굴을 쓰다듬어 준 후, 일어나 방 밖으로 나왔다.

배가 고팠다. 다시 비탈을 내려가 야학 방으로 가는데 서대응은 다른 어느 때보다도, 약한 자기의 몸이 가벼운 듯했다. 그 대신 새삼스럽게 무 겁고 육중한 것이 나막신이었다. 밤은 깊어 마을은 괴괴히 잠들고, 월광 은 점점 더 밝아와 낮과 같은 세상을 이루었다. 개가 요란히 짖는데, 야 학 방에서 간 사람인지 뚝방 건너편 외딴집인 주막에서는 술 팔라고 문

| * 어깨에 걸쳐서 입는 허술한 옷.

흔드는 소리가 멀리 들려왔다.

야학 방에서는 떠들썩하고 윷을 놀고 있었다.

"그런데 영이 할아버지가 이거 웬일이셔?"

"노루 구경하구 왔네……"

"아참…… 노루 잡으신다지?"

"그래 어찌됐어요?"

"밤에 한 마리 잡힐 걸세……"

그러나 젊은 사람들은 노인의 말을 믿지 않았다. 윷가락 떨어지는 소리가 짤깍짤깍 요란했다. 깔아놓은 가마니 짝에서 먼지가 폴싹폴싹 올라왔다. 코 언저리가 시큰시큰하건만, 그래도 윷 노는 사람들은 신이 났다. 우스운 소리 잘하고 놀기 잘하는 한 젊은 사람이 윷을 던지며 냅다 소리를 높여 노래 가락조로,

"노루를 잡세, 노루를 잡아. 만주좁쌀 양밀가루 배가 고프니, 노루나 잡세, 노루는 저만큼 나는 이만큼, 노루가 뛰면 나도 뛴다. 노루를 잡세, 노루를 잡아. 눈 벌판 위에서 나막신 신고 꺼껑충 뛰면서, 노루나 잡세…… 뭐냐?"

어떻게 생각하면 서대응 노인을 놀린 것 같으나 그렇지 않았다. 왜 그러느냐 하면 모두들 웃기만 했지 아무 꺼림칙한 마음 없이, 윷판만 들여다보기 때문이다. 모가 나지 않고 윷가락은 허옇게 나자빠졌다.

"걸…… 애라!"

이 모양으로 놀며 밤을 샜다.

서대응은 윷은 놀지 않았으나, 옆에 앉아 구경하며 함께 밤을 밝혔다. 그러나 모든 사람은 노루 생각을 깨끗이 잊어버렸지만, 그는 노루를 잊지 않았다. 노루의 모양, 뛰어 달아나는 꼴, 자웅 한 쌍이 달빛 아래서 노니는 거동, 그리고는 자기가 놓은 올가미 속으로 들어가는 장면, 내빼

려고 머리를 밀면 밀수록 올가미가 좁혀들어 나중에는 꼼짝 못하게 되자, 눈 위에 쓰러져 버둥거리는 광경, 이것을 한밤 혼자서 속으로 그리며 있었다.

윷꾼들이 받아온 막걸리를 두어 잔 얻어먹었으나, 새벽이 되자 몹시 배가 고프고 속이 쓰렸다. 어제 아침에 시시하게 여겼던 천둥 호박국이 간절히 생각났다.

'국?'

'죽?'

'국!'

그는 국물이라도 먹고 싶어, 군침을 삼켰다.

"어허! 어느 틈에 눈이 왔어……"

오줌 누러 나갔던 한 사람이 들어오며 외쳤다. 마실꾼들은 즐비하게 누워 자고 있다. 서대응 노인이 문을 열고 나가니, 과연 눈은 다시 쌓여서, 마을은 하얗게 새 옷을 입었다. 순간 그는 정신이 아찔했다. 어젯밤 사랑에 올 때 경험하였던, 가벼운 맛은 없고 몸이 몹시 무거웠다.

'허허!'

배고팠다. 미적지근했다. 약간 구역질이 날 것 같은 기분이었다.

'먹었으면, 뭐든지 좀 먹었으면!'

그는 끝끝내 이렇게 속으로 되뇌며 생각했다. 모든 것으로 탄식하고, 탄식하고만 싶은 마음이었다.

눈을 먼저 쓸어야 할 것이었으나, 그는 노루가 있는 곳에 가 보고 싶었다. 방문 앞에 가서 가만히 귀를 기울이니, 영이가 깨어나 도란도란 혼자 지껄이며 놀고 있었다. 그는 비를 들고 나섰다. 그러나 비탈길로가 아니라 산잔등으로 향했다. 들고 가면서 길이 긴가민가한 곳은 비로 쓸고 해치며 갔다.

'노루…… 노루……'

'노루, 노루, 노루……'

어디나 맨 노루 발자국이었다. 노인은 더욱 재빨리 앞으로 나아갔다.

"노루다!"

"노루가 잽혔다!"

그는 부지중에 외쳤다. 허둥지둥 자기가 올가미를 놓은 곳으로 내려 갔다. 확실히 한 마리 노루가 눈 위에 누워서 버둥거렸다. 별안간 몸이 화끈 달아오르며, 알 수 없는 기운이 솟았다.

소리를 크게 지르고 싶었다. 사람을 오라고 외치고 싶었다. 그러나 그 순간, 누워 버둥거리는 줄로만 알았던 노루가 껑충껑충 뛰었다 노인 이 얼이 나가서 다가가니까 노루는 산 속을 향하야 다시 껑충, 껑충, 껑 엉충, 껑엉충……

하늘은 개이지 않았다. 금방 다시 눈이 퍼불 듯했다. 납덩이 빛 같은 하늘이 납덩이같이 묵직하게 내려앉아 노인은 올가미를 찾았으나 보이 지 않았다. 올가미를 다른 곳으로 옮겨 가기 위하여 이곳저곳 찾아보았 다. 가까스로 찾아 나무에 매었던 한 편 가락을 풀어 들었을 때는 그의 나막신이 없었다. 빗자루를 놓고 발자국 난 곳을 손으로 쑤셔 봐도 찾을 수가 없었다.

처음에는 나막신이 눈에 띠려니 했었으나, 그것이 영영 보이지 않자, 그는 별안간 당황했다. 노루를 보았을 때, 화끈 달아올랐던 신명과 기세 가 꺼지자, 금방 죽을 것처럼 심신이 함께 푹 꺼져 들어갔다. 발이 시리 고 손이 빠지는 것 같았다. 올가미 줄을 옆으로 허리띠에다 차고 비실비 실 산을 올라갔다. 중턱 산 앞에서 나막신 한 짝이 눈에 띠었다. 반색을 해 집어 들었다. 그러나 한 짝이 보이지 않았다. 한 짝을 기계적으로 신 었으나, 그것은 소용없는 짓이었다. 다시 벗어 들었다. 발가락이 새빨갛게 드러난, 해진 버선은 어느 틈에 눈이 꽁꽁 뭉치었다.

나막신 한 짝을 잃고, 한 짝은 든 채 집으로 돌아오려 했으나, 문득 부끄러운 생각이 들어서 멍하니 공중을 바라다보고 서 있었다. 다시 펄펄 눈이 날려 내리기 시작했다. 싸리비를 내던지고 온 생각을 했으나, 다시 찾으러 갈 기력도 욕심도 나지 않았다.

어디를 어떻게 싸다녔는지 그는 모른다. 올가미 놓은 데는 둘째요, 가고 헤매어도 집이 보이지 않았고, 눈에 익은 길도 나타나지 않았다. 거기가 거기 같고, 거기가 거기였다. 그러면서도 몸을 움직여 가지 않고는 배기지 못하였다. 가도 가도 마찬가지였다. 그는 사람이 눈에 홀린다는 이야기를 생각했다.

'허허!'

그는 그전 어느 때보다도 슬프게 탄식했다. 자기 자신 분명히 눈에 홀린 것을 알았다. 그러나 어찌하는 수가 없었다. 기진맥진했다.

긴 시간이 지난 듯하였다. 배고픈 것도 추운 것도 알 수 없었다. 별안간 그의 눈앞을 무엇이 가리는 듯하였다. 캄캄했다. 그러나 가리는 것은 없었다. 다시 보았을 때는 눈앞에 그저 한 조그만 무엇이 아른거릴 뿐이었다. 그러면서 정신이 횡하고 몸이 도는 것 같았다. 고무풍선, 고무풍선처럼 모든 것이 가볍게 떠올랐다. 그의 몸은 떠오르는 것 같으면서도, 실상은 풀썩 앞으로 꼬꾸라지며 주저앉았다. 거기서 긴 동안을 형언할 수 없는 형형색색의 무슨 빛깔을 보고, 또 이상한 꿈을 꾼 것 같았다.

그러나 한참만에 정신이 들었다. 그것이 얼어 죽는 고비였는지도 모른다. 그러나 그때 그의 앞에 기적이 나타났다.

"오!"

그는 손을 들며 필사의 힘으로 일어섰다. 그의 바로 앞에 그의 집이 있었던 것이다.

그때 또 한 가지의 기적이 나타났다. 그의 곁 굴뚝에서 연기가 뭉게 뭉게 나왔다. 또다시 몇 가지가 그 기적의 뒤를 이었다. 그가 그런 곤경을 치르면서도 한 짝 나막신을 놓지 않고 들고 서 있는 것도 그러며, 한 짝 나막신을 들고 허리에 와이어 줄을 차고 우두커니 실성한 사람처럼 서 있는 서대응 노인을 보고서,

"아버님……"

소리를 치며, 집 부엌에서 그의 며느리가 뛰어나온 것도 기적이었다.

며느리는 시아버지와 딸을 보기 위해서, 쌀 몇 되박 꾸려 가지고 오래간만에 찾아왔던 것이다. 서대응 노인이 몸을 녹이고, 며느리가 해 들여온 밥을 먹고, 의식과 기운을 차린 때, 며느리는 전처럼 윗목에 날아갈 듯이 쪼그리고 앉아서,

"아버님 지가 아버님을 떠나간 것은 저 혼자 잘살라구 그런 거 아닙니다……"

"어떻게 할 수 없지 않았습니까? 영이만 해두…… 제가 늘 데리고 옴 되지 않아요? 그 사람두 제 새끼처럼 알 테니 자꾸 데려오라구 그럽니다……"

"그러면 영이 좋고, 아버님두 고생이 덜 되지 않으시겠어요? 전 그저……"

영이 어머니는 영이를 데리고 가겠다는 것이었다. 만일 허락이 되어 영이를 데리고 가게 되면, 따뜻한 때 어린애를 데리고 나서기 위해서, 새벽길을 떠나온 것이다. 그 여인은 사실 시아버지를 생각해서도 그랬으나 딸 영이를 떠나서는 살 수 없었다. 밤으로 낮으로 틈틈이 울며 눈물을 닦으므로, 새남편도 아이를 데려오도록 간섭한 것이었다.

그러나 노인은 영이 조건이 나오자 별안간 표정이 험악했다.

"안 된다…… 안 돼…… 내가 내 손으로 키울란다…… 오늘 아침엔

노루 잡으러 나갔다가 봉변을 당해서 아침이 늦게 됐다…… 나 죽은 후에나 맘대로 해라……"

한마디로 딱 잘랐다. 노인은 노기등등해서 젊은 며느리를 바라보았다. 그는 눈 속에서 뒹구는 동안 아들의 얼굴을 보고 아들의 말을 들은 듯했다.

'안 된다!'

그러나 한편 기가 죽어 보이는 기색도 있었다. 그것은 영이의 얼굴과 영이의 주제가 무엇보다도 웅변으로 증명했다. 또 할아버지 무릎 위에서는,

"할아버지하구 살 테야—"

재롱을 떨던 아이가, 어머니 무릎 위에서는 먼저 말을 잊은 듯,

"나, 엄마하구 살어……"

하고, 울면서 진정을 보였다. 그것도 어린아이의 본능인지 세상 사는 비밀인지, 아무래도 할아버지가 엄마만 못하고, 할아버지가 엄마에게 질 것 같아서 노인은 슬프고 슬펐다. 그는 속으로 눈물 없는 울음을 울고 있었다.

눈이 또 왔다. 며칠을 두고 퍼부었다. 사람들은 이십여 년 내에 없던 큰 눈이라고 이야기가 자자했다. 산과 들과 마을 모든 것이 쌓이고 쌓인 눈 밑으로 깊이 파묻혔다. 새들은 먹을 것을 찾아서, 뭇떼가 어디로 모양을 감추고, 산기슭과 다랑이 논에는 꿩이 내려와 슬피 울었다. 넓고 황량한 설원에는 움직이는 것도 소리를 내는 것도 없고, 다만 차고 거센 겨울바람만이 불어 갔다. 바람만 불어 갔다. 바람이 불면 굉장한 눈보라가 일고 일고 했다.

마을 농민들은 날아다니는 새같이 자유롭지 못하여 그들의 조그만

방 속에 웅크리고 앉아 추위와 주림과 싸우며 있었다. 둥구미와 깨진 함지 바가지와 자루 속에는 얼마간의 잡곡과 감자 등속이 남아 있을 뿐이고 봄까지 댈 양식으로 준비한 가마니 속의 쌀은 점점 줄었다. 쌀이라고는 한 톨 남기지 못한 집도 많았다. 곡식 속으로 쏘다니며 나불거리는 쥐새끼들도 꼬리를 치며 내빼는 모양이 어딘지 불안하고 다급해 보였다.

세농가 식량 배급은 여전히 나오지 않았다. 음력 세말이나 보릿고개 때에 가서나, 있을 것이라는 소문이 돌았다. 쌀값과 일반 물가는 나날이 올랐다. 가을 타작질을 해서 놓았던 쌀을 다시 돈을 주고 사 먹자니, 농민의 수입으로는 도저히 할 수가 없었다. 그들의 삯전도 오르기는 했다. 나무 한 짐을 지고 가면 이백 원, 삼백 원이 된다. 때지 않고 부지런히 해다 팔았다. 그래서 농군들의 방은 찼다. 그러나 그렇게 팔아도 쌀값을 따라가지 못했다. 있는 집 거름 지게와 퇴비를 매일 냈다. 고지를 얻어다 먹었다. 고지라는 것은 앞으로 올 농번기의 일 품삯을 미리 내다 쓰는 것이다. 고지를 먹으면 내일을 제쳐놓더라도, 저편이 요구할 때 일을 해주어야만 한다. 그렇기 때문에 돈 있는 사람은 고지를 준다. 그러면 농번기 때 비싼 품삯 들일 일도 없고, 또 마음대로 가려서 농사일을 할 수 있는 까닭이다. 겨울 동안 고지를 먹고사는 농군은 이자 물고 빚 내어 먹고 사는 폭이다. 그러나 그 고지나마 얻기 어려운 것이다. 쌀이 자꾸 귀해지고 쌀값만 오르니까 누구나 고지를 내놓거나 돈놀이를 하지 않고 쌀 매점을 하기 때문이다. 그래서 또 쌀은 더욱 얻기 어려웠다. 대도회보다도 산골 농촌의 쌀값이, 더 고등하거나 비슷한 원인도, 몇 달간에 도회 사람의 자본이 쌀에 집중된 탓이었다.

안부인네도 부지런한 사람들은 콩나물을 기른다, 두부나 묵을 만든다 해서, 장터에 내다 팔았다. 옹기 장수로 나서기도 하고, 나무뿌리를 캐어 숯을 만들어 팔기도 했다. 아이들조차 새끼를 꼬고 짚신을 삼고 가마니를 짰다. 해방 후 두어 해 동안 없던 가마니 공출이 금년에는 벼 공출과 함께 실시되었다. 그들은 부지런히 일하며, 배가 고프니까 자꾸 허리띠만 졸라매었다.

　어디서 누구의 입으로부터 터져 나왔는지, 이상스런 소리가 한 사람에게서 두 사람에게로, 이 마을에서 저 마을로 전해지며 퍼졌다.

　하 루 종 일 정 거 장
　흐 지 부 지 우 편 국
　먹 자 판 이 재 판 소
　깜 깜 절 벽 전기회사
　종 이 쪽 지 세 무 서
　가 저 노 라 면사무소
　텅 텅 볐 다 배 급 소
　고드름 장작 때고 냉수 먹세……

　기차 타기 곤란해서, 정거장에서 해를 지우는 것을 비롯해, 기다려도 기다려도 배급은 제대로 안 나오고, 배급소의 창고가 텅텅 비었다는 데까지, 그것은 오늘날 남조선의 현실을 풍자한 소리 같다. 첫째도 돈, 둘째도 돈인 재판소, 전보 한 장 제대로 안 전해 주는 우편국도 그렇고 깜깜절벽 전기회사도 요새의 절전 현상을 말함이다. 또 농군들은 담배 배급도 제대로 못 타서(즉, 도회와 차별이 대단하다) 늘 입담배를 종이에 말아 먹는데, 보면 아이들의 헌 공책, 신문지쪽, 무슨 영수증이나 고지서다 하는, 끝이 마르고 찢어지고 한 세무서 도장이 있는 종이 쪽지다. 그들은 흠칫흠칫 호주머니 속에서 꺼내어 그것으로 돌돌 담배를 말고 침칠을 해서 피운다. 그 눈은 깜깜해 글자 한 자 모르지만 그 눈 익은 세무서 종이를 말한 것이다. 납세는 물론 갖가지 추념, 하곡夏穀 추곡秋穀과 가마니 공출, 일 년 몇 차례의 부역은 문자 그대로 '가져오너라' 면사무소다. 일제 시대에는 칡뿌리, 아카시아 껍질, 싸리 껍질, 머루 열매, 송탄유, 놋그릇, 은비녀, 귀이개, 쇠붙이 식칼까지 가져오너라 했다. 아니, 징용, 징병의 죄악까지 치면 그 이상 몇 백 몇 천 배이다.

맨 끝, '고드름 장작 때고 냉수 먹세'는 조선말의 독특한 재미와 배알이 있는 소리다. 고드름 장작이란 말부터가 그렇다. 눈이 와 쌓인 후 녹았다 얼었다 하면, 추녀 끝에는 무수한 고드름이 달린다. 그 고드름 장작을 땠는지 방은 몹시 차다. 시골 농가의 방을 따뜻하게 생각하면 그것은 옛날 이야기다. 지금에는 정신없는 소리다. 그 추운 방 속에서 냉수를 벌컥벌컥 먹는데, 배고프기도 하지만 시원스럽다. 농민의 빈한함을 알뜰살뜰히 표현하는 동시에 차고 깨끗한 체관諦觀, 체념을 드러내 놓고 있다. 또 한편 더럽다 더러워하는 현실에의 칼날 같은 풍자가 담겨 있다. 그러나 그 결과는 어떨까, 오직 동아사凍餓死가 있을 뿐이다.

눈이 오고 쌓이고 해도, 서대응 노인은 그야말로 고드름 장작 때고, 냉수 먹으며 있는지, 꼼짝 않고 보이지 않았다. 며칠 동안을 두고 그의 집까지 이르는 비탈길에 사람의 발자국이 나지 않았다. 곱다란 눈 벌판이 그대로 있다. 이 선달은 여전히 때가 쪼르르 흐르는 명주 바지저고리를 입고, 사랑 마루에 나와 서서, 긴 담뱃대를 빨며 서대응 집을 올려다보았다.

"서대응이가 어째 눈을 치우러 안 내려올까?"

"흐흥…… 요전 눈 치웠을 때, 밥 한 사발 안 줬다고…… 삐쳤나?"

이 선달은 이렇게 중얼거리며 바른편 손을 바지 속으로 넣어 뱃가죽을 어루만졌다. 슬며시 배알이 꼴렸기 때문이다.

그래도 서대응은 의연 나타나지 않았다. 눈이 쌓여 퇴비는 못 내니까, 들어앉아 짚신을 삼던지, 가마니를 치던지 하리라, 최만돌은 생각했다. 야학 방에 안 오는 것도 연일 눈이 내린 탓이리라 했다.

그러나 어떤 날 최만돌이가 무슨 일로 서대웅 집 근처에 갔다가 노루 발자국을 발견했다.

'참, 이 양반이 노루 잡는다더니 입대 못 잡은 게지? 잡았으문 벌써 나한테 쫓아왔을 텐데⋯⋯'

생각하며, 무심코 노루 발자국을 따라가 보니, 그것은 서대웅 집 안으로 들어갔다, 나갔다.

'응?'

노루의 오간 발자국은 마당으로 해서 봉당, 방문 앞턱까지 들이친 눈 위로 나 있다.

"영이 할아버지!"

"영이 할아버지!"

불렀으나 대답이 없었다. 방문을 여니까, 냉기가 휘돌아 나왔다. 영이도 서대웅 노인도 보이지 않았다.

'어딜 갔나?'

그러나 그 순간 최만돌이는 봉당 구석에 있는 나막신 한 짝을 보았다. 그것은 한 짝밖에 없었다. 봉당에는 눈이 얇게 들이쳐서 눈에 파묻혔어도 보여야 했다.

"어째 나막신이 한 짝만 있어?"

그것이 이상해서 최만돌은 윗 방문까지 열어 보았다.

최만돌이는 방문을 열고 고개를 디밀어 어두침침한 윗간을 둘러보자, 그는 잠깐 정신을 잃은 사람처럼 멍하니 무엇을 바라보았다. 그리고는 곤두박질해 뛰어 달아났다.

"사람 살려유!"

"사람······"

"사람 죽었시유!"

그는 비탈길을 어떻게 내려갔는지 알 수 없었다. 영이 할아버지의 처참하고 무서운 눈이, 눈을 떠도 감아도 선하게 보였다.

마을 사람들이 최만돌이를 따라와 보니까, 서대응 노인은 와이어 줄로 시렁에다 목을 매어 죽었다. 오막살이 시렁으로는 적잖이 높건만, 서대응은 키가 커서 염려가 됐던지, 시렁 밑, 방 고래*를 미리 둥그렇게 파헤쳤다. 물론 노인의 발은 바닥에 닿지 않았다. 크고 긴 몸집이 축 늘어져, 빳빳하게 매달렸고 철사로 꼰 쇠줄이 푹 목 밑에 박혔으며, 죽은 사람의 얼굴빛은 그냥 철색으로 까맸다. 방바닥을 파헤쳐서, 흙내와 구들의 구들재 냄새가 코를 찔렀다. 방 냉기와 그 냄새가 흉측하건만, 사람들은 연해 방문을 들여다보면서, 무엇을 의미함인지, 노인이 아니면 이렇게 고스란히 죽을 줄 모른다고, 감탄하는 것처럼 말했다.

영이는 찾아보아도 없었다. 방 속에는 깨진 화로, 시렁 위에 둥구미 함지, 그 안에 얼마간의 팥, 콩, 벽에 걸려 있는 마늘, 자루 속의 참깨뿐이었다. 나막신 한 짝도 영영 나오지 않았다.

'영이를 먼저 죽여서 파묻고, 나중에 노인이 목을 매었나보다······'

사람들은 이렇게 생각했다. 노인의 입고 죽은 의복을 만져 보니, 축축하게 젖어 있었다. 그것이 그 증거라고 믿었다. 즉, 영이를 죽여 산을 파헤치고 땅 속에 파묻을 때, 그때에 옷이 젖은 것이라고······.

서대응 노인의 장례는 마을 사람들의 협력으로, 속히 간단하게 치렀다. 영이의 소식은 알 수 없었고, 또 마을 사람들은 알려고도 안 했다. 최

| * 방의 구들장 밑으로 나 있는, 불길과 연기가 통하여 나가는 길.

232

만돌이만이 자기 딸 또순이를 무릎 위에 앉힐 때마다 가슴이 탔다. 늘 영이가 와서 놀던 생각이 나는 까닭이다.

'그래 영이를 죽였으면 어떻게 죽였을까?'

'필경 손으로 목을 눌러 죽였겠지! 이렇게……'

하며 또순이의 턱 아래까지 손을 슬그머니 가져가 보기도 했다.

'아무리 살기가 어려워도 그게 될 말인가!'

어리고 약한 처자를 위해 사는 그는 참으로 창자가 끊어지는 듯하였다. 영이의 일이 두고두고 슬프고 괴로웠다.

그러나 어느 봄같이 따스한 날─실제로 봄이 가까워 왔다. 눈이 녹으며 바로 그 밑에서 파랗게 풀싹이 움을 텄다─마을 앞 장터로 난 신작로 위에, 영이가 땅에서 솟은 것처럼 표연히 나타났다. 그 뒤에는 그의 어머니가 있었다. 서대웅의 소식을 전하여 듣고, 며느리는 옷을 빨아 하얗게 소복을 한 후, 마을 앞에서부터 손수건으로 얼굴을 가리고 통곡을 하며 들어왔다. 영이는 이번엔 뒤로 서서 아장아장 따라갔다. 마을 사람들은 모두 나와 그들을 구경하며 눈물을 뺐다.

최만돌이 댁이 쫓아 올라가 방도 쓸고, 불도 땠다. 윗간은 그저 방바닥을 파헤친 그대로였다. 만돌이가 가마니 짝을 하나 얻어다가 못을 박고 가운데 있는 아래 윗문을 막았다.

"내 생각엔 영이 할아버지는 꼭 노루한테 홀려 돌아가셨어……"

서대웅 노인이 나막신 한 짝을 들고, 반미치광이처럼 서 있던 것을, 마침 영이 어머니가 끌어들여 수족을 주물러 준다, 더운 밥물과 밥을 먹인다 해서, 회생시킨 이야기가 나왔을 때, 또순 어머니는 이렇게 말하며, 눈물을 씻고 저는 저대로 밥 한 사발 가지고 왔을 때의 노인의 모양을 연상했다.

'내 말마따나 영이 할아버지가 노루를 잡은 것이 아니라, 노루가 영

이 할아버지를 잡았어!'

그러나 이런 것은 입 밖에 안 내었다.

"어쩌면 바루 그 올가미로⋯⋯"

또 말끝을 흐렸다. 옆에서 화롯불을 쬐며 앉아서 이야기를 듣던 최만돌이도,

'참, 노루 발자국⋯⋯'

하고 서대웅의 시체를 발견하던 날, 마당으로 봉당으로 방문 앞에까지 노루 발자국이 있었던 것을 생각했다.

"하긴 이상해. 노루란 놈이 날마다 내려와서 노인을 환장시켰지⋯⋯ 모르면 몰라도 영이 할아버지 돌아가신 것을, 노루란 놈은 내려와서 달빛에 가만히 방문 구멍으로 들여다보구 갔을 거여—"

이렇게 말하며 시렁에 매달린 노인의 시체, 눈이 오다가 멈춘 달 밤, 가만히 껑충거리며 인기척이 없으니까 인가까지 와서 방 문구멍으로 사람의 이상한 모양을 들여다보고 있는 노루의 꼴을 생각해 보았다.

그러나 영이 어머니는 쓰디쓴 웃음을 웃었다. 너무나 못 살아서 이 지경이 된 것을 너무나 잘 알고 있었기 때문이다. 그날 흰밥을 지어 드리니까,

"이게 웬 밥이냐!"

하며 실성한 사람처럼 정신을 못 차리던 일과 영이를 데리고 가기로 되어서 들쳐 업고 나올 때, 한 발 나막신을 신고 봉당 기둥에 쓰러진 듯, 기대어 서서 탄식을 하며 바라보던 노인의 모양이 눈에 그대로 남아 있었다. 영이를 데려올 때, 노인의 무슨 변덕이 생길까 두려워 영이 어머니는 아이를 업자 헌 치마를 둘러 씌워 가지고 지름길로 해서 달아나오다시피 해 왔던 것이다.

그이의 새 남편 성명은 김월봉이었다. 김월봉이도 영이 아버지처럼,

일본으로 징용을 갔었다. 그가 간 데는 북구주의 어느 탄광이었는데, 그는 거기서 지하 수천 자 속으로 들어가 만 일 년간을 고생하고 나왔다. 해방이 되어 돌아와 보니 단지 한 식구였던 아내의 간 곳을 몰라, 영이 어머니와 새 인연을 맺었던 것이다. 마침 자기 고향에는 거처할 집도 만만치 않았고 최만돌의 말을 들어 보면 이 선달의 도지 놓은 논 열두 마지기 속에서, 영이 할아버지 퇴비 낸 조로 몇 마지기 소작을 얻을 것 같으므로, 그들은 서대웅 노인의 집으로 이사를 오기로 했다. 목매 죽은 노인 일을 생각하면 꺼림칙하고 좋을 것은 없었으나, 빈 집을 그냥 버릴 수도 없었고, 영이 할아버지가 부치던 밭농사를 그냥 묵힐 수도 없었던 것이다.

많이 쌓였던 눈이 녹을 때에는 흡사 장마 때처럼 물이 굉장히 흘렀다. 산천과 원야가 깨끗이 씻기었다. 우수, 경칩이 지나자 흙내가 훗훗하게 풍기고 그 속에 생기가 돌았다. 하얗게 덮였던 세상은 고동색으로 변했고 다시 그것은 어느샌가 파랗게 되었다. 산천초목이 파랬다. 모든 것이 움찔움찔하는 것 같았다. 시냇물은 졸졸, 바람은 살랑살랑, 햇볕은 따스했다.

김월봉이는 아내와 의붓자식 영이를 데리고 새 집으로 이사를 했다. 몇 개 궤짝과 장독 김치독을 마당에 늘어놓고 집수리부터 착수했다. 뜯어놓은 방 고래와 구들 속을 다시 고쳤다. 그 위에 흙을 바르고 붉은 황토를 파다가는 흙물을 만들어 까맣고 지저분한 벽에다 물질을 했다.

그가 서대웅 노인에게 갖는 감정은 이상했다. 영이 어머니가 노인의 딸이 아니라 며느리이기 때문에 그는 노인의 사위가 아니었다. 아들인 양 해 보았다. 그러나 불행히 돌아오지 못하는 그 아들의 고혼을 생각하면 그 애처를 꿰차고 사는 것이 원수인 듯싶어서 마음이 야릇했다. 노인이 목을 맨 방 속에서, 혼자 웅크리고 일을 할 때 공연히 서먹서먹했다.

집까지 빼앗는 듯싶은 마음이 없지 않아,

'제기, 시퍼렇게 살아 있는 놈두 제 계집을 빼앗겼을라구⋯⋯'

자기의 억울한 일로 방패막이를 하며 일손을 분주히 놀렸다. 황토 흙물을 벽에다 쓱쓱 문지르며 갔다. 그때 그는 뜻하지 않게 서대웅 노인의 유서를 발견하였다.

김월봉은 한편, 벽바닥을 한참 들여다보며 뭐라고 입술을 놀리더니,

"영이 어머니!"

하고 소스라치며 아내를 불렀다. 역시 손에 물을 묻히고 있었던 영이 어머니가 손을 쥐어 짜며 들어오니까,

"이것 좀 보⋯⋯"

하며 한편 구석을 손가락으로 가리켰다. 거기에는 검정으로,

'영이야 잘 살아라'
'가서 잘 살아라'
'잘 살아라'

월봉이가 띄엄띄엄 몇 줄 읽어 가자 영이 어머니는,

"에고⋯⋯"

소리를 치며, 울며 아랫간으로 내려가서 방에 엎드려 버렸다. 그것은 불 꺼진 화로에 흔히 앙상하게 남는 큰 숯으로 쓴 것이었다. 그것으로 넉넉히 서대웅 노인이 목을 매기 전에 화로에서 큰 숯을 집어 벽에다 아무렇게나 써 놓는 거동을 상상할 수 있었다. 한마디 말로 하면, 영이야 가서 잘 크고 잘 살라는 유언이었다. 그리고 마지막으로 서대웅 노인이 어떠한 정신 상태를 가졌었는지 모르되 그 끝 편에다가,

'나는 죽어 노루나 되지'

이렇게 씌여 있었다. 그리고,

'죽는 사람'

하고는 옆줄로 똑 야학 방에서 칠판에다 성명 석 자를 쓰던 그대로,

'서 대 응'

'서 대 응'

'서 대 응'

무엇 때문인지 세 번을 나란히 썼다. 기막히는 노릇이었다.

무엇 때문에 죽어 노루가 되겠다고 한 것인지, 그러면 과연 노루가 되었는지, 서대응의 이야기로 마을은 한동안 시끄러웠다. 그러나 바로 그때 이보다도 더 한층 사람의 이목을 놀라게 하는 소문이 떠돌았다.

"일본 사람들이 다시 조선에 나온다!"

하는 것이었다. 이 소리를 듣는 산골의 방방곡곡, 사람들의 눈과 눈이 모두 휘둥그레졌다. 진실로 몸이 떨렸다. 그것은 피바람이 불고, 하늘에서 흙비가 쏟아지고, 살을 저미고 뼈를 갈아 물에 띄우는 듯한 소리였다. 이가 갈리는 소리였다. 저고리 옷고름이 주렁거리는 조선 농민의 가슴에다 총을 쏘고, 상투를 베어 가고, 부인네의 치맛자락을 칼로 내려치던, 그 일본놈의 떼가 다시 조선 땅에 들어선다는 것은 실로 청천벽력이었다.

그것은 남조선의 단정 수립설과 관련되어 퍼진 풍설인 듯하였다. 조선이 남쪽만 조그맣게 떨어지고 말면, 자연 그 약하고 부자연한 새 땅에 일본의 손이 다시 뻗칠 것이요, 또 옛날처럼 국제 정세는 그것을 묵인하고 말 것이라는 것이었다. 아니, 오늘날에는 묵인은커녕, 도리어 그것을 조장하게 되었다는 것이다. 그 정세가 민감하게 민심에 반영되어 그러한 무서운 소리가 전파된 것 같았다.

그것을 조장하게 되는 정세는 미국, 소련의 불화였다. 그 세계 정책

의 분열이었다. 그것을 잘 아는 조선 사람들은,

"오늘날 미국, 소련 두 나라는 세계를 지도하고 재건하는 세계에서 가장 크고 훌륭한 나라다. 부디 두 나라가 손을 맞잡고 합심하소서……"

하고 빌었다. 그리하여 온 세계에는 평화의 빛이 내려쪼이고, 조선은 남북 통일, 완전 독립해야 할 것이었다. 인류의 최대 죄악인 전쟁이 다시 벌어지고 조선의 삼십팔도 선이 영원히 국경이 되어 남조선 농촌에 일본 놈의 '부시도'*와 '야마도다마'**가 재침입하는 남조선의 단독 정부 수립을 결단코 반대해야 할 것이었다. 그것을 획책하는 일체의 음모와 그것을 선전하려는 첫걸음인 소위 선거라는 것을 분쇄해야 할 것이었다. 농민들은 친일파가 꼬이는 거기에 자기의 성명 삼 자를 쓰지 말아야 할 것이었다. 원칙적으로 조선 독립은 모스크바 삼상 결정에 의해서 해도 좋고 유엔의 힘과 알선으로 해도 좋았다. 그러나 미소 공위가 결렬된 오늘날 미소 양군은 당연히 철퇴해야 할 것이며, 유엔의 사업이 남조선에만 국한하게 된 마당에 있어서는 더욱 빨리 철회하고 말아야 할 것이다. 미소 양군 즉시 철퇴, 이것을 위하야 조선은 싸워야 할 것이었다. 그리하여 파시즘의 잔재를 근절해야 할 것이다.

어느 날 이 선달이 최만돌과 김월봉 두 사람을 불렀다. 이 선달은 여전히 때가 꾀죄죄하게 번들거리는 따라지*** 옷을 입고 있었다. 날씨가 완연히 따뜻해서 그까짓 명주 바지저고리쯤 벗어 버려도 좋으련만, 요새 시세로는 지주도 할 수 없었다.

"땅을 팔았네!"

---

* 무사도武士道.
** 대화혼大和魂.
*** 보잘 것 없거나 하찮은 처지에 놓인 사람이나 물건을 속되게 이르는 말.

하는 말이었다. 죽은 서대응과 최만돌이가 거름을 내다붓던 논 열두 마지기를 팔았다는 것이었다. 서대응 노인이 없는 뒤로는 김월봉이도 몇 짐 날랐다. 이 선달은 땅을 팔았지만 최만돌, 김월봉에게는 땅이 꺼지는 듯했다. 두 사람은 목석처럼 멍하니 서 있었다. 땅이 정말 꺼져서 그 속에 몸이 파묻히게 된다더라도 그렇게 할 수밖에는 없었다.

"요새 세상은 지주가 살 수 없는 세상이여…… 작인이나 살지!"

"……"

이야기를 들으니 두 사람은 가슴만 답답했지, 뭐라고 대답할 말이 없었다.

"소작료라고 삼칠제를 쓰니 지주가 먹구 살 수가 있나? 땅을 댈라니 전처럼 고분고분 땅을 내놓나!"

삼칠 제도는 해방 후 비로소 생겼다. 그러나 지주는 그 대신 옛날에는 나눠 갖지 않던 짚단을 가져갔다. 금년 공출에 소작인 몫은 안 하고, 지주의 도조 벼만 시킨 것을 지주로서는 불평이고 곤란이었을 것이다. 그러나 그렇다고 거기 작인이 무슨 큰 혜택을 입는 것은 아니었다. 조선 농가의 대부분이 영세 경작을 하고 있기 때문이었다. 그런 조건은 조선 농촌 문제로 따질 나위가 못됐다. 농촌의 식량 배급을 부실하게 주는 이유가 이것인지 모르나, 너덧 마지기 소작으로 어떻게 먹고, 입고, 쓰고, 바치고 할 것이냐. 오히려 그것은 식량 배급을 허명무실하게 하는 구실만 되었다. 열 마지기, 스무 마지기, 광작을 하는 사람은 괜찮았다. 그러나 그것은 하늘의 별따기다. 지주도 소지주는 죽을 지경이고, 대지주는 태평했다. 영세 자작농과 영세 소작농—이들이 조선 농민의 대부분이다—만 제일 죽어 났다.

"그래, 어떡하나? 같이 농사를 지어 볼까 했더니만, 나두 별 수 없어…… 뭐 땅을 내놓아야지……? 땅을 팔았네……"

"공출하기 견딜 수 없구!"

"나두 할 수 없어 팔았네!"

그러나 이 선달의 긴 장죽에서는 기분 좋은 듯 담배 연기가 폴싹폴싹 났다.

"토지 혁명, 토지 혁명 해야, 토지 혁명은 자연 다 됐네……"

그리고는 히히히히 너스레를 치면서 웃었다. 제 땅 팔아먹은 생각만 했지, 허수아비처럼 우두커니가 된 최만돌, 김월봉의 가슴속은 짐작 못했다.

'제-기, 땅 거저 내놨나? 그래두 즈이 집 구석엔 지전 뭉치가 득실득실하렸다……'

두 농군은 이렇게 속으로 패씸하게만 생각했을 뿐, 아무 소리 못하고 퇴비 져 낸 품삯만 받아 쥐고 나왔다. 물론 거름값, 품값은 논 산 사람이 내놓은 것이었다. 그러니까 그들은 먼 곳에 고생을 해 가며 헐하게 또 외상으로 일만 해주었던 폭이다. 그 덕으로 이 선달만 땅 팔기가 좀더 수월했다.

한식 이튿날, 최만돌, 김월봉 두 사람은 서대응 노인의 뫼가 있는 공동묘지에 다녀오는 길에 파란 언덕 위에 서서 열두 마지기 한 필 고래논을 내려다보고 있었다. 언덕 옆으로는 물살 좋은 봇도랑*이 흘러내리고 있어, 논 댈 물길이 썩 좋았다. 저다 매긴 거름이 물에 씻겨 나갈까 봐, 물꼬를 막아 놓아서 논에는 물이 무슨 큰 연못처럼 가득 풍덩하게 고여 있었다. 그 속에 질펀히 흐늘거리는 거름 덩이는 농군들의 눈에는 기름 속에 잠긴 고깃점 같았다.

'내 농사라고 치면, 이런 논에 한번 들어서서 쓰레질을 해 봤으면!'

| * 봇물을 대거나 빼게 만든 도랑.

'못자리 내구, 모 내구, 아시*, 이등** 매구, 다음엔 만물***…… 그러면 피사리, 가을에는 마당에 황금 같은 벼요, 독 속에 백옥 같은 쌀이로다!'

두 농군은 함께 속으로 이런 생각을 하며, 땅에다 침을 질질 흘렸다.

두 사람은 술이 거나하게 취했었다. 이 선달에게서 받은 품삯의 반은 서대응 노인 몫이므로, 김월봉은 약주 술 한 병 받고 명태 몇 마리 사고 해서, 성묘를 왔던 것이다. 길잡이는 물론 최만돌이가 하고 영이와 어머니는 술병을 가지고 빈 그릇을 이고 먼저 돌아갔다. 분한 생각을 하니, 최만돌이는 서대응 노인 산소 앞에서도 나오지 않던 눈물이 핑 돌았다.

"우리 소리나 한번 하세!"

두 사람은 퍽 다정해졌고, 또 쉽사리 농을 했다. 단가를 할 줄 아는 월봉이가 먼저 한마디 했다.

"딸아 딸아 막내딸아, 집을 팔아 수놓은 신 사 줄 거나…… 논을 팔아 다홍치마 사 줄 거나……"

"좋다!"

최만돌이가 넉살 좋게 받는데,

"이 선달아 개 선달아, 네가 준 가을 품삯 이제 와서는 쌀 한 말두 못 팔겠다……"

"신도 싫고 치마도 싫소…… 울 안의 돼지 잡아서, 날 여의기****나 해주소……"

월봉이가 하는 동안,

241

"흥, 시집이나 보내 달란 말이지?"

하며 만돌이는 뒤끝을 생각했다.

"늙은이, 젊은 놈, 뼈품 팔은 이 논에다…… 농사지면 어떤 놈 배터지겠다……"

"에헤헤 에헤야하하 에헤헤……"

"영이 할아버지 노루가 되었거던…… 날마다 내려와서, 그 어떤 놈인가 상관이나 보아 주소……"

그러나 이 논을 자기네들이 떼어 가면, 먼저 하던 사람들은 어쩌란 말인가, 안 될 말이었다. 논이 팔렸다니 먼저 작인들은 어떻게 됐는지, 남의 일 같지가 않았다.

"우린 사실 논 있어두 농사 못 짓네, 무슨 돈으루 쌀을 팔아 일꾼 밥 먹이구, 무슨 돈으루 품삯 물어!"

그들은 탄식했다. 그리고 깨끗이 단념했다. 사실 나날이 쌀값은 올라가고 물가는 고등해서, 사람들은 살 수가 없었다. 민생은 헤매어도 헤매어도 나오지 못하는, 커다란 도탄 속에 들었다. 최만돌은 다시 구장네 행랑살이로 신세를 조지지 별 수 없다 생각했다. 그 서 마지기라도 못 지면, 생활은 그 이하로 또 떨어진다. 그저 작년처럼 재작년처럼, 이 갈고 고생고생 살아가지 마음먹었다. 김월봉이도 하루하루 품팔이로 남의 농사나 지어 주지 하고 별렀다. 하루 벌어 하루 먹는 일이었다. 사실 그들은 농촌에 허다한 일용노동자였다.

그들은 신작로로 나섰다. 넓적한 삼등 도로다. 앞에 많은 사람의 떼가 보였다. 한식이 어제였으므로 사람이 많을 리 없어 의아했다.

"무슨 일인가유?"

한 동리 앞을 지나며 모여 있는 사람들에게 물었다.

"뭐구 자시구, 여보 굶어죽게 됐수!"

어떤 사람이 대답했다. 모두 흥분한 낯빛이요, 수군수군거리는 것이 불안하고 처참했다.

"면 소유의 벼 창고 안에서 벼를 며칠째 실어내 가 창고가 모두 텅텅 비었다. 작년에도 그래서 배급을 줄여 죽을 지경이 아니었느냐? 쌀을 찧으러 가면 군 읍내로 갈 것이요, 또 장터에서도 찧을 텐데, 대체 이것이 어디로 가는 거냐?"

는 것이었다. 최만돌, 김월봉도 그 소리를 듣고 깜짝 놀랐다. 이 선달에게서 땅 팔았다는 소리를 들을 때의 몇 곱 이상이었다.

비록 슬프고 걱정이 되었으나 일변 오늘따라 술을 먹고 노래도 하며 제법 노나니로 해를 보내기는 처음인지라, 마음이 한참 흥겨웠는데, 두 사람은 번쩍 제정신이 나며 다른 생각이 들었다.

'나라에서……'

농부들에게는 '나라'라는 관념이 이상했다. 그들에게는 언제든지 나라가 있는 것이다. 그것은 그들 자신이 '백성'이다 하는 의식을 항상 갖고 있기 때문일 것이다. 그렇기 때문에 그들의 마음속에는 구한국 봉건 시대나 왜정의 식민지 시대나 해방 후 군정 시대나, 남북 통일 완전 독립의 그 전이나 후나 늘 나라가 있고 또 자기네들은 언제든지 백성인 것이다. 지배하고 지배당할 뿐인 것이다. 그것은 혈연의 신분적인 것과 종교적인 심리까지가 포함되어 자기네의 위에 대한 귀의하고 복종하는 심정이다.

'나라에서……'

다음 순간에는 나라가 아니라 내 '집안' 자기네의 집이 그래도 양식 거리는 두고 지내는 처지인데,

'별안간 무엇 때문에 쌀을 내나?'

'식구들은 모두 굶어죽고?'

하는 어둡고 두려운 마음이 치밀었다. 쌀 배급은 음력 세밑에 사람 수에 비하면 그야말로 병아리 오줌만큼 나왔으나 보릿고개를 앞에 두고 참으로 창창하며 먹고 나갈 일이 아득했던 것이다.

아닌 게 아니라 넓은 길 위에는 질축한* 땅바닥 위에 커다란 구루마 자국이 얼기설기 새롭게 나 있었다. 휑하니 따라가 보니 서너 개 마차가 볏가마를 집채만치씩 싣고 가는 것이었다. 그것이 동네, 동네를 지날 때마다 그 마을 사람들은 생전 못 보던 것을 처음 보는 것처럼,

"아아구, 저 쌀 봐라!"

"야……"

하고 감탄했다. 그리고 그것을 구경하느라고, 사람들이 웅기중기** 떼를 지어 모여들었다. 볏가마를 모조리 가져가니, 이제 쌀 배급은 영영 없으리라는 소리가 바람처럼 사람들의 귀를 쓸어갔다.

최만돌, 김월봉이가 사는 마을에 거의 당도하였을 때다. 바로 못 미처 마을에서도 다른 데처럼 사람들이 나오고 수군거리고 하는데, 별안간 한 노인이 호통을 치며 나섰다.

"거, 마차 못 간다―"

"못 가……"

"우리 먹구 살 것 못 가져간다―"

소리를 치면서 소 고삐를 쥐고 뒤로 돌리거니 마차꾼이 말리거니, 한참 옥신각신하더니 노인은 마차 앞에 가 덜컥 드러누워 버렸다. 그러자 순간 월봉이는 북구주 탄광에 징용되어 갔을 때 거기서 조선인 동포들이 남녀노소 할 것 없이, 굶어죽게 되었다는 소문을 듣고 조선서 내어온 쌀 그 쌀가마를 들어서 밥을 지어 준 때, 수백 명 농군 출신의 탄광부들이

---

* 질퍽한.
** 키가 크고 작은 사람들이 여럿이 모여 있거나 일어서는 모양.

고향의 부모 처자를 생각하고, 몰래 눈물을 흘리며 입을 다물어 아예 밥을 안 먹던 생각을 했다.

"날 타 넘어, 갈려면 죽이구 거거라……"

사방에서 부인네의 우는 소리가 났다. 남자들도 주먹으로 눈물을 닦았다.

면장이 오고 지서장이 오고 했을 때는, 사람이 더 많아지고, 마차 앞에는 십여 명이 즐비하게 눕고, 앉고 했다. 최만돌, 김월봉도 그 속에 끼었다.

"여러분! 이것은 여러분께 배급해 드릴랴구 방아 찧으러 가는 겁니다. 이것이 가야 여러분이 먹습니다."

면장은 이렇게 말했다. 그러나 그것은 입에 바른 소리라고 농민들은 믿지 않았다. 바로 작년 일이 증명하고 있는 것이었다. 작년 보릿고개 때, 농민들은 꼬챙이같이 말랐었다. 배급 실태로 보아, 금년은 훨씬 걱정되었다.

"쌀 배급을 주슈…… 벼로 줘두 찧어 먹소……"

"목숨 끊을랴면, 차라리 쌀 벼락이나 맞고 마차 바퀴에 깔려 죽겠소……"

"못 간다……"

했으나, 결국 관청 사람의 사정과 권유와 위협 등으로 마차는 다시 떠나갔다. 농군들은 그것이 진정 자기네들 배급 주기 위해서, 방아 찧으러 가는 것이길 간절히 바랄 뿐이었다. 앞으로 앞으로 자꾸 끝없이 길게 마차 자국만 났다.

따뜻하고 꽃피고 미풍의 봄, 모든 것이 솔솔 바람처럼 부드럽고 평화한 때, 산골 마을의 어느 산골짜기에는 빗자루 하나와 나막신 한 짝이 뒹굴고 있었다. 그것은 햇빛과 물과 바람에 삭고 썩어갔다. 어느 날 그 부

근에서,

　"탕!"

　"탕……"

　총 소리가 났다. 사냥꾼들이 노루를 잡고 있었다. 총과 사냥개 앞에서 노루는 어찌할 수 없었다. 실로 우연스럽게 한 마리 노루가 서대응 노인이 남기고 간, 그 빗자루와 나막신 앞에서 꺼꾸러졌다. 붉은 피가 부근에 골고루 뿌려졌다. 그러나 그 피를 스며 삼킨 흙 속에서는 타는 듯한 연기가 솟았다. 자욱하고 노곤하고 아른아른한 봄이었다. 봄이 무르익고 있었다.

조선 민족의 위상과 독립을 위하여 싸우는 여러분께

삼가 이 일 편을 바친다.

— 1948년 봄날 작가

—《문학》7, 1948. 4.

'자기'와 '역사' 사이의 심연深淵

_박헌호

1. 안회남 — B급 소설가?

한국 근대 소설사에서 안회남安懷南을 읽는 방법은 정형화되어 있다. 일본 '사소설'의 조선적 표현으로서의 '신변소설' 작가이며, 징용 체험 등을 통해 해방 이후 진보적 리얼리즘 작가로 변신한 작가라는 평가가 그것이다.

여기에는 명백한 가치평가가 전제되어 있다. '신변소설'로부터 '리얼리즘'으로의 전환이 옳은 것이거나 최소한 정상적 발전 경로라는 것. 리얼리즘 소설로의 전환은 안회남의 성장과 성숙을 보여주는 것이자 민족이 처한 역사적 현실에 대한 개안開眼을 의미하며, 곧 '자기'로부터 벗어나 '역사'와 만나게 되었다는 식의 서사가 그것이다. 물론 해방 이후의 소설이 기대치에 못 미치며 그것이 신변소설 시절에 보여줬던 한계의 변형이란 지적도 양념처럼 따라붙는다.

개인과 사회의 변증법적 뒤섞임을 통해 한 사회의 역사적 성격을 드러내는 것을 본질로 하는 근대 소설의 역사 철학적 성격에 의거해서나, 혹은 이미 역사의 평가를 통해 '고전'으로 추앙받는 많은 소설들의 공통점에 의해서나 이러한 가치평가 자체를 논박하기란 쉽지 않다. 하지만 이러한 관점은 서구의 근대 소설을 '근대 소설'의 유일한 전범으로 삼는다는 점에서 새롭게 고찰되어야 할 이론적 전제이다. 일본 근대 소설의 여행길이 '사소설'의 주류화 경향이라는 특색으로 하나의 도달점을 만들었다는 사실이 의미하는 것은, 무엇보다 소설에 대한 감수성의 맥락 역시 역사의 산물이라는 사실일 것이다.

왜곡을 피하기 위해 미리 말한다면, 이 글은 서구 근대 소설과 일본적 사소설을 이항대립적 구도로 놓고 그 중에 무엇이 더 좋은가를 선택하는 일 따위에는 전혀 관심이 없다. 그런 질문이야말로 이 글이 배척하고자 하는 가장 어리석은 질문이다. 일본의 사소설 역시 일본적 방식으로 도달한 근대 소설의 한 형태일 뿐이다. 문제는 어떤 특정한 경향의 소설이 탄생하고 변화하고 소멸하는 근본 동인에는 그 사회의 역사적 조건과 성격이 근본적인 지점에서 작용한다는 사실을 확인하는 일이다.

그렇다면 신변소설이나 사소설이 왜 그토록 폄하되었는지 그 이유를 따져 볼 필요가 있다. 그 자체가 '신변소설'인 한 작품에서 채만식은 다음과 같이 말했다.

아무리 그렇드래도, 나 자신의 그와 같이 적고 속스런 인간을, 문학적으로 승화되지 못한 한낱 시정적인 사실이요 족히 진실과는 거리가 먼 나의 정신상의 나체裸體 그대루를, 그대루 갖다가 이런 모양으로 문학 속에 담어서 어엿이 남의 면전에다 내놀 까닭이야 없는 게 아닌가?

정녕코, 요즈음 내가 문학의 내용 세계에 있어서 이윽고 빠져 가며 있는 스람프에 대한 무의식한 자포자기요, 그 악질한 악화가 아닐른가 싶우다.

작품이 부지럽시 신변 잡사로 기울고 있었다. 일찍이 돌려다 본 적도 없고, 돌려다 보려고도 않던, 소위 사소설에의 접근이었다.(…중략…)

신변 잡사의 사소설이 문학의 정도가 아니요 가히 삼가야 할 것이어늘, 본디 니힐한 병폐가 있는 내가 또 한 가지 사도에 탐혹을 하다니, 생각하면 한심한 노릇이다.

길이 맥힌 것만은 사실이었다. 그러나 정상한 길을 찾두룩까지 손을 멈출지언정 아순대루 덮어놓고 사도를 나가다께, 절절히 불가한 짓이다.*

채만식은 작가의 삶을 그대로 드러내는 '사소설'이 문학의 정도正道가 아니요 사도邪道이며, 차라리 손을 멈출지언정 그러한 사도를 나가는 것은 '절절히 불가한 짓'이라며, 자신의 사소설 창작에 대해 극언을 서슴지 않는다. 하지만 변명이자면 변명이요, 신세한탄이라면 신세한탄인 이러한 진술 속에 도사리고 있는 명백한 가치판단의 의미는 무엇인가?

등단 초기부터 '사소설'의 문학적 의의를 적극적으로 공표해 왔으며, 문학사에 사소설 혹은 신변소설의 대표작가로 기록될 만큼 자타가 공인하는 우리의 작가 안회남조차 다음과 같이 말했다.

까닭은 그것이 문학으로써 그리 대단한 것이 못되는 때문이겠지요. 신변적 사실이 더군다나 사회의 표면에 부다쳐 나가지도 못하고 내성적으로 심경에 흐르고 말 때 그것이 우리가 문학에서 보고 느끼고 싶어 하는 거대한 사실의 세뀌를 반영하지 못하는 것은 빤한 일입니다. 그렇기 때문에 작가는 모름직이 신변소설에서 떠나서 본격적인 문학에로 지향해야 할 것입니다.**

불과 4년 전, 《조선중앙일보》에 연재한 「현대 소설의 성격」(1936. 8.

---

* 채만식, 「근일」, 《춘추》, 1941. 2, 288~289쪽.
** 안회남, 「자기 응시 십 년」, 《문장》, 1940. 2, 14쪽.

13.~21.)에서까지도 "일기적이기도 한 일상생활의 극히 소박한 정경情景에까지도 고개를 돌리라(8. 18.)"고 목청을 높이던 안회남은 어디로 갔는가? 채만식처럼 극언까지 하지는 않았으나 안회남 역시 '본격문학'이란 개념을 상정하고 사소설 혹은 신변소설 따위란 이에 미치지 못하는 것으로 평가한다는 점에서 동일한 양상을 보여준다. 한때는 자신이 열렬히 긍정했던 것들을 부정해 버릴 만큼 우리 소설사에서는 이른바 '본격문학'에 대한 열망이 거대했다는 뜻일 터이다. 신변소설을 적극 옹호했던 안회남 역시 그 열망의 파도에 휩쓸려 가게 됐다는 뜻일 터이다.*

위의 인용문에 나오듯이 본격문학이란 '거대한 사실의 세계를 반영'하는 문학이다. 그에 반해 신변소설이란 '내성적으로 심경心境에 흐르고 마는' 문학이다. 당연히 '거대한 사실의 세계를 반영'하는 문학이 좋다. 하지만 그 사실의 세계에는 '자기'가 없으며 '내성'이 없는가? 문학이란 결국 인간이라는 주관적 주체가 자기를 둘러싼 객관적 세계와 호흡하고 갈등하며 삶의 진실을 찾아가는 여정의 기록일 수밖에 없다. 그런 점에서 문학이란 늘 세계에 대한 자기 내면의 질문과 응답일 수밖에 없는 것이다. 따라서 '신변소설'의 문제란 그것이 '세계'와의 관계성을 소홀히 했다는 점과 관련되는 것이지, '자기'와 '심경'의 문제로 단정할 문제가 아니다. 원론적으로 따지면 '자기' 혹은 '심경'만으로 이루어지는 근대소설 역시 존재할 수 없다.

그렇다면 질문은 이렇게 고쳐져야 한다. 안회남으로 대표되는 한국의 신변소설은 왜 세계와 자기의 이분법 속에 스스로를 위치지었는가? 안회남이 옹호했던 신변소설의 특장은 당대 지식인들의 어떠한 표현 욕구를 충족시키기 위한 장치였는가? 그러한 양식이 의미하는 식민지 조

---

* 이에 대해서는 박헌호, 「식민지 시기 '자기의 서사'의 성격과 위상」, 《대동문화연구》 48, 성균관대 대동문화연구원, 2004. 12. 참조.

선의 정신사적 문제는 어떠한 것이었는가? 우리가 안회남을 읽고, 그를 불러내 대화하며, 그를 통해 한국 근대 소설사를 읽는 또 다른 출구를 모색하려는 까닭이 이러한 질문들 때문인 것이다.

2. 존재론적으로 '자기'를 확인하는 방법

신변소설에 빠졌던 자신을 반성하는 글에서 안회남은 자신이 왜 신변소설에 빠졌는지도 설명하고 있다.

> 「연기」에서 「명상」에 이르기까지 나는 나의 연애 이야기를 하고 가난한 이야기를 하고 결혼 이야기를 하고 아내 이야기를 하고 동무들 이야기하고 돌아가신 나의 선친 이야기를 했습니다. … 물론 위에서 말한 대로 신변소설 그것은 위대한 문학도 아니고 훌륭한 문학도 아닙니다. 그러나 또한 신변소설은 위대한 문학과 훌륭한 문학과는 별다른 의의를 갖는 것이 아닌가 합니다. 다른 데서는 맛볼 수 없는 독특한 향기가 그 속에는 있습니다. 생각하면 신변소설은 지각과 직감의 문학입니다. 그것이 가장 순수한 문학인 원인은 여기에 있습니다.*

'거대한 사실의 세계를 반영'하는 것보다는 훌륭하지도 위대하지도 않을지 몰라도 신변소설은 그것과는 다른 차원에서 의의를 지닌다는 것이다. 이 부분만을 따로 떼놓고 꼼꼼히 읽어 본다면, 이것이 신변소설을 옹호하는 글인지 그것을 부정하는 글인지 헷갈릴 정도가 아닌가!

| * 안회남, 「자기 응시 십 년」, 《문장》, 1940. 2, 14~15쪽.

여기서 주목할 것은 두 가지이다. 하나는 끊임없이 '나의(~에 관한) 이야기'를 한다는 것이다. 명색이 소설가라는 사람이 끝없이 사랑, 가난, 친구, 가족의 이야기를 되풀이한다는 것은 무엇을 의미할까? 오죽하면 앞서 인용했던 채만식조차 "대체 회남은 언제나 (몇 살이나 되어야) 그 우스꽝스런 애처벽愛妻癖을 안방에다가 두어 두고서 출입을 하려 하오? 참으로 그 애기 같은 회남의 애문벽愛文癖과 애처벽愛妻癖이 밤낮없이 회남의 문학에 떠억하니 아랫목 자리를 차지하고 있는데는 딱 질색을 안 할 수가 없구려!"* 하며 고개를 저을 정도였다.

이를 설명하기 위해 지금까지 연구들이 그래 왔듯, 안회남이 유별난 애처가였다거나 눈물이 흔한 감상주의자였다는 자기 고백을 들이밀 필요는 없다. 그것은 그것 나름으로 타당성이 있되, 해명 자체가 단지 개인적 차원의 문제로 환원될 뿐이어서 한국 근대 소설사에서 '신변소설/사소설'이 지닌 의의를 논구하는 데까지는 이르지 못하기 때문이다.

핵심만을 이야기한다면, 안회남이 구사하는 주요 소재들은 사회적인 차원에서 개인주의가 정당한 입지를 차지할 수 없었던 식민지 조선에서 '개인'이 '자기'를 구성하고 존재를 확인받을 수 있는 주요한 표현 통로였다. 지식인이 자신을 사회화시킬 주요한 통로를 찾지 못했으며, 자신의 의식 역시 자기를 객관화하지 못했을 때, 자신의 실존성은 어디서 고유의 형상을 창출할 수 있는 것일까? 안회남은 그것을 가족과 사랑과 심리적 감각으로부터 찾고자 했던 것이다. 안회남의 초기 신변소설들은 말하자면 이렇게 말하고 있다. '나는 감각한다, 내 주변을 둘러싼 사람들과 그들의 삶을. 고로 나는 존재한다.'

| * 채만식, 「안회남 씨에게」, 《여성》, 1939. 4, 33쪽.

나의 일생을 통하여 가장 중대한 것은 연애와 결혼과 문학이다. 이것들은 지금에 이르러 서로 똑같은 어느 것이 더함이 없이 모두 나에게 있어는 최고의 것이다.*

위의 발언은 1920년대 초반에 나도향이 참다운 사랑과 참다운 문학과 참다운 '자기'를 삼위일체시켰던 이래로 거의 20년 가까운 세월을 격하고 되살아난 주관성의 전면화 선언이다. 특히 초기 작품에서 두드러지는 안회남의 감상주의와 문학적 형상화 능력의 미비함을 지적하는 것은 그것대로 의미가 있다. 하지만 우리가 보다 주목해 봐야 할 것은 그러한 양상으로 표출되는, '근대적 개인'이 되지 못했던 '개인'들의 '자기 구성 방식'이다.

졸업하기 전— 학교에서 담임선생님이 종이쪽을 나눠 주시며 다 각각 졸업 후의 희망을 적으라고 했을 때, A는 연필로 '취직 희망'— 이 넉 자를 썼다. 물론 다른 동무들과 같이 '상급 학교'라고 쓰고 싶었으나, 그의 집 가세로는 어림도 없는 형편이었던 것이다. 다 쓰러져 가는 오막살이 속에 누워서 그는 학교에서 통지 오기만 일심으로 기다렸다. 하루, 이틀, 사흘, 나흘, 닷새…….

날이 갈수록 그의 마음은 조급해지고 우울해졌다.

기다리는 통지는 도무지 막연하였고 만 삼 년 동안을 병상에 누워 이제는 아주 폐인이 되다시피 한 아버님의 형상, 고생스럽게 병간호에 쪼들린 어머님의 얼굴, 시집살이도 못하고 소박을 맞아 쫓겨난 누님의 꼴, 아무리 생각하여도 어찌할 수 없는 생활의 변화…… 이것들이 그의 마음을 졸

* 안회남, 「연애와 결혼과 문학—작가적 최고 감정의 문제」, 《조선일보》, 1938. 9. 20.

이게 만들었다. 그는 엊그저께 이별한 학교의 운동장 같이 다니던 동무들이 궁금한 속에 이제는 꽤 자라난 머리를 양쪽으로 갈랐다 뒤로 넘겼다 하며 석경을 들여다보고 있을 때, 젊은이들의 "우아~" 하는 소리가 그의 귀에는 들려오는 듯하였으며, 운동장 동편의 잔디 위에서 함부로 뒹굴어 내리던 것이 그의 눈에는 선하였던 것이다. 들고 있던 석경을 놓고 우두커니 천장을 쳐다보고 앉았으면 아버님의 "끙끙—" 신음하는 소리가 들렸다.*

안회남의 첫 작품인 「발髮」은 졸업식을 즈음하여 벌어지는 친구와 가족의 이야기를 다룬 작품이다. 머리를 기르고 교복을 찢고 상급 학교로 진학하는 친구들 사이에서 생계 걱정에 찌들어 가는 자신을 들여다본다. 졸업은 세상과 부딪히는 첫 국면이다. 안회남 그 자신이기도 한 「발」의 'A'는 가진 것 없고 무능한 자신을 깨달으며 길렀던 머리카락을 자르고 만다. 가족에의 사랑과 비정한 사회가 충돌하는 지점에서 진정한 '자기'를 발견하고 절망하고 그리고 스스로를 구성했던 안회남의 첫 작품이다.

이후 안회남의 가족과 자기에 대한 이야기는 자신과 아내에 관한 이야기로 이어진다.

'사랑하는 안해여 용서하시오. 당신의 소중한 비녀와 가락지 꼭 일주일 이내에 찾아다 놓으리다. 남편의 이 같은 행동 과히 실망하지 마시고 부디 현명하게 처리해 주시오.'

아내의 보석함에서 비녀와 가락지를 훔쳐 전당포로 향하는 그, 미안함과 자괴감에 전전긍긍하며 도금된 가짜 장신구를 넣어 두는 그, 그것

| * 안회남, 「발」,《조선일보》, 1931. 2, 4~10.

이 또 마음에 걸려 재봉실과 빨랫비누를 사 놓는 그, 결국 가짜 비녀와 가락지를 치우고 소심한 고백의 편지로 용서를 비는 그. 채만식이 지적한 '애처벽'이 괜한 말은 아니었다.

이상李箱의 소설들과 안회남의 소설들이 얼마나 다른 지점에 있는지는 잘 알려져 있다. 이상은 '자기'를 절대화하고 내면을 유희의 대상으로 향유했다. 그것은 성공 여부에 상관없이 개인의 내면성이 세계를 지배하겠다는 욕구의 선언이다. 하지만 유사한 주관성의 선언임에도 불구하고 안회남의 소설에서 개인의 내면은 항시 (특히 가족과의) '관계' 속에서 자신을 현현하고, 그들의 감정에 예민하게 반응하며, 그러한 감정에 기뻐하고 좌절하는 주체의 심경이 중심에 서 있다. '근대적 개인'은 창출되지 못했으되, 표현되고자 하는 욕구 속에 타인의 시선을 끝없이 흘깃거린다.

안회남의 소설에서 아내와 아버지(안국선)가 거듭 등장하는 것이야말로 이러한 판단을 뒷받침해 준다. 안회남의 전체 작품을 대상화시켜 놓고 볼 때, 이러한 구성방식은 '자기'를—아버지로부터 연유하여 아내와의 관계를 통해 생을 이룩하고 아들(병휘, 병은 등)에 의해 지속될 사랑(감정)의 지속물로서 파악하는 사유가 입체화된다. 그리고 그것은 끝없는 표현 행위(문학!)를 통해 확인되고 의미화되며 자신을 사회화시킴으로써 '자기'의 개별성을 넘어서, 문학이라는 근대적 제도 속에서 자신의 영토를 주장할 수 있게 된다.

이것이 안회남의 신변소설에서 사랑과 가족과 섬세한 심리가 중심에 설 수밖에 없는 이유이다. 그것들이야말로 그에게는 존재론적으로 '자기'를 구성하고 표출할 수 있는 거의 유일한 기제였던 것이다. 그리고 또한 그것이 앞선 인용문에서 신변소설을 '지각과 직감'의 문학으로서 가장 순수한 문학이라고 말한 이유이기도 하다. 안회남에게 문학이란 무엇보다 '느낌'의 영역에 속하는 '자기 구성 영역'이었다.

3. 주관성의 확장과 리얼리즘 사이

신변소설의 정당성에 대한 믿음이 상당히 상실된 뒤 안회남은 「본격소설론」을 발표하고 제면공장에 취직한다. 이때의 경험을 다룬 게 「기계」와 같은 작품들인데, 이것이 그의 문학이 변화하는 계기가 된다는 것은 이미 여러 차례 지적됐다. 문제는 이러한 방식이 매우 '안회남스럽다'는 것이다. 그 자신, 신변소설을 쓰던 당시에도 '자신이 알지도 못하는 것을 어떻게 쓰는가?'라고 항의성으로 반박하지 않았던가? 물론 체험과 문학의 관계를 말하는 것은 너무 평면적인 언급이다. '안회남스럽다'는 것은 그가 취재하거나 조사하지 않고 직접 체험하려 했다는 사실을 지적하기 위해서이다. 이 시기의 작품들이 단순히 소재의 확장으로 그치고 마는 것도 이와 깊은 연관이 있다.

이러한 스타일에서 징용 체험은 아마도 결정적인 체험으로, 혹은 자기우월성의 증거로 역사가 공증해 준 사건이 아니었을까 생각한다. 그리고 해방이 찾아왔다. 한일합방이 역사의 격변이었듯이, 해방 또한 그러했다. 안회남은 징용 체험을 담은 일련의 작품을 짧은 시간에 연속적으로 발표한다. 「철쇄鐵鎖 끊어지다」, 「섬」, 「소」, 「불」 등이 그것이다.

1945년 8월 15일, 그는 규수의 탄광에 있었다. 이 시기를 다룬 작품들에서 그는 패전 국민인 일본인과 해방 조선인들의 8·15를 둘러싼 해석의 갈등, 향후 다가올 운명에 대한 불안과 동요, 갖가지 소문과 낭설 등을 보고한다.

일본은 졌으나 조선이 이긴 것은 아니었던 역사의 아이러니 속에서 안회남은 경계의 상황들도 보여주었다. 「섬」의 '박 서방'과 같은 인물은 강제 노역의 광산에서 탈출했지만 일본인 처와 아이 때문에 다시 탄광으로 돌아가야 했고, 남아야 할 처지와 돌아가야 할 이유가 부딪히며 양속

兩屬의 섬처럼 떠 있게 되었다. 일본에서 대마도를 거쳐 조선으로 귀향하는 「섬」의 이야기는 거대한 역사의 전변 속에서 개인으로 겪어야 했던 이중적 구속과 어찌할 수 없는 삶의 지속성을 드러낸다.

역사적 상황 속에서의 개인에 대한 이야기는 조선으로 돌아온 후 겪는 체험을 중심으로 「불」에서 계속된다. 「철쇄 끊어지다」, 「섬」, 「소」, 「불」로 이어지는 안회남의 소설은 거대한 역사 속에 묻힌 인간들의 군상을 끌어올리는 해방과 구속의 이중성에 대한 기록이라 할 수 있다. 그야말로 폭풍과도 같은 역사 속의 인간이 재현되었다. 이 징용 체험과 귀향의 도정의 끝에 3·1 운동에서 해방에 이르는 한 시대의 기록이자 안회남의 대표작인 「폭풍의 역사」가 자리한다.

세세한 차이에도 불구하고 「철쇄 끊어지다」, 「섬」, 「소」, 「불」 등 연작은 문학사적으로 볼 때 그리 호평받지 못했다. 그러한 평가는 안회남의 기대작이라고 할 「폭풍의 역사」를 기준점으로 보거나, 혹은 역사의 진전 방향을 따라나선 자에게 일반적으로 요구하는 역사 의식의 깊이라는 관점에서 보기 때문에 발생한다.

하지만 변화하는 모든 사람이 다 비약하지는 않는다. 안회남이 혁명기가 요구하는 역사 의식을 쫓아오지 못했다고 해서 그를 폄하하고 마는 것은 작가론의 차원에서는 타당성을 지닐 수 있을지 몰라도 한국 근대 소설사 전체를 사고하는 관점에서는 그리 생산적인 것만은 아니다. 안회남에게 징용 체험과 해방이 가져다 준 두드러진 변화는 다음과 같은 것이 아니었을까?

우리 연기대 일행 134명이 북구주 입천 탄광에 가서, 고생한 것은 「사선을 넘어서」라는 제목으로 완전히 그려 보리라. 우리가 어떻게 자초지종 얼마나 악독한 일본놈에게 압박을 받고, 학대를 당한 것을 그려 보기로

했는데, 그럼, 한편 우리가 고향에 와서는 어떠냐는 것도 고대로 기록해 보고 싶었던 것이다. 나는 전자나 후자 모두 다 글쓰는 나의 직책이라고 믿는다.*

이 글에서 핵심적인 개념은 '기록'이다. 그 이전의 안회남에게 소설이란 주관적 심경의 토로를 통해 '자기'를 구성하고 그러한 자기의 존재를 사회화하는 형식이었다면 이제 그것은 민중 삶의 '기록'이라는 의미로 변화를 일으켰다. 이때 중요한 것은 이러한 기록의 객관성이 자신의 체험이라는 물질적 현존 자체에서 길어 올려진다는 사실이다. 따라서 기존의 많은 연구들이 징용 체험 연작소설에서 리얼리즘적 전망이 없으며 민중에 대한 이해 역시 과거의 수준에서 크게 벗어나지 못했다고 평가하는 것은 타당하다.

그러나 안회남에게는 그것이 지식인적 의무감으로서의 기록은 기록이되, 심경을 전달하는 기록, 특정한 개인의 심리 속에서 일어나는 세계상에 대한 기록이라는 차원에서 다가섰던 것이다. '해방'이 되었는데도 '집과 고향'에 돌아갈 생각만 하는 인물들, 즉 해방의 역사적 의미를 담아내는 인물들이 부재하는 그의 주인공들은 그가 주장했던 바, '실감으로서의 인간'들이었던 것이다. 이는 안회남의 한계일 수 있으나, 국가와 민족이라는 거대 담론이 가려놓은 또 다른 민중의 군상임에는 틀림없을 터이다.

인간 군상들에 대한 기록을 저항적 역사 의식으로 재구성한 작품이 「폭풍의 역사」이다. 3·1 운동의 정당성을 출발점으로 삼아 8·15 해방 직후까지 도저하게 이어진 민중들의 역사가 그려진다. 거대한 역사의 물

| * 안회남, 「그 뒤 이야기」, 『불』, 을유문화사, 1947, 141쪽.

결이 민중들의 삶 속에 누벼지며 그 어떤 힘으로도 막을 수 없는 폭풍으로 현현한다. 안회남의 임계점이자 또 한계점이 「폭풍의 역사」에서 모습을 드러냈다.

'근대 국가'가 '근대적 개인'을 창출하는가, 아니면 '근대적 개인'이 '근대 국가'를 창출하는 주체가 되는 것인가? 이는 닭이 먼저냐 달걀이 먼저냐 하는 우문에 가깝지만 식민지 조선과 해방 직후의 상황에서라면 키득거리고 넘어갈 질문이 아니다. 「폭풍의 역사」에서의 비약과 곧 이어지는 「농민의 비애」에서의 낙차 사이에는 '서대응' 노인으로 형상화되는, '개인'과 '국가'의 근대적 변증법의 문제가 녹아 있다. 근대적 개인은커녕 경제적 자립 속에 최소한의 인격적 대우도 누리지 못했던 민중에게서 발견될 수 있는 혁명성을 어떻게 측량하며 어떻게 집중화할 수 있을까?

안회남은 자신의 스타일로, 자신의 한계를 통해서 이러한 질문들을 역사 앞에 남겨 놓았다. 왜 역사는 항상 리얼리즘을 호출하며, 그때의 리얼리즘은 왜 늘 유동하는 민중 속에서 전위들을 찾아내야 했던가? 식민지 조선의 소설은 '세계'와 '자기'를 통합하지 못하고, 왜 그렇게 많이 '세태'와 '내성'으로 분열돼 왔던가? 안회남과 그의 소설이 걸어간 길은 '자기'와 '역사'가 만나고자 했으나 만나지 못했던 불우한 우리의 정신사를 스스로를 벌거벗는 방식으로 보여주고 있다.

1909년   11월 15일 서울 다옥정 3번지(현 중구 다동)에서 부父 안국선安國善과 모母 이숙당李淑堂 사이의 삼대독자로 태어났다. 본명은 필승必承이며 아명兒名 은 갈범이다. 안회남은 죽산안씨竹山安氏 현감공파縣監公派의 32대손인데, 지방의 미미한 잔반殘班 집단이었을 것으로 추정된다. 하지만 안회남의 양할아버지가 되는 안경수가 군부대신에까지 올라 안국선의 일본 유학 을 도와주기도 하였다. 안국선은『금수회의록禽獸會議錄』과『공진회共進 會』라는 소설집과 다양한 문필 활동으로 유명한 구한말의 계몽 사상가이 자 활동가였다. 합방 이후에는 조선총독부로부터 군수 직위를 받고 청도 군수로 재직하기도 했다. 이후 개간, 금광, 미곡 등의 투기적인 사업을 벌 이다 실패하여 가산이 급속히 몰락한다. 안회남은 평생 아버지를 자랑스 러워하였으며 작품에서도 자주 등장시키고 있다. 그가 아버지의 영향에서 벗어나지 못했다고 후대의 학자들이 평가하는 이유가 이와 관련이 깊다.

1918년   아버지 안국선의 사업 몰락으로 일가족이 전부 경기도 용인군 고삼면 봉 산리鳳山里로 낙향한다.

1920년   다시 서울로 상경한다. 안회남은 아버지가 자신의 교육을 위해 상경했다 고 했지만, 연구에 따르면 이 시기에 안국선이 '조선경제회'에 참여하고 또 신문의 발간 사업과 은행의 관리직을 맡는 등 다시 활발하게 사회 활 동을 벌였던 것으로 드러난다. 그러므로 아들의 교육은 물론 자신의 사회 적 활동을 위해 상경한 것으로 보는 것이 타당할 것이다.

집에서 배웠던 '한학'의 힘으로 수송보통학교 2학년에 입학이 허가되었 으며, 3학년 때 자퇴를 하고 약 8개월 동안 한성강습소에서 공부했다.

1923년   4월 9일 휘문고보에 입학한다. 여기서 평생의 친구 김유정을 만난다. 3학 년 무렵부터 가까워졌는데, 그 이유는 서로 학교를 잘 빠졌기 때문이라고 한다. 학적부를 보면 1925년까지는 그런대로 성실한 편이었으나, 1926년 아버지가 사망하고 집안이 급속하게 몰락하면서 거의 학교를 가지 않았 다. 평소에도 중하위권을 벗어나지 못하던 성적이 최하위권으로 떨어진다.

1927년   12월 15일 학교에서 퇴학을 당한다. 학적부에는 퇴학 사유를 '병' 때문이라고 했으나 본인에 따르면 '한 학기분의 월사금을 신정유곽에 가서는 소비'를 했기 때문이라고 한다. 안회남의 학교 교육은 이로써 마감된다. 이후 도서관을 다니며 문학 공부를 했다고 술회하고 있다.

1931년 《조선일보》 신춘문예에 「발髮」이 3등 당선된다. 1등은 없고 2등 두 명에 3등 한 명으로 당선됐는데, 염상섭이 선후평에서 설익은 작품으로 낙선된 것을 붙여 준다고 혹평했다. 등단 때부터 주목받는 작가가 아니었던 것이다. 이런 이유 때문인지 이듬해 《매일신보》의 신춘문예에 「애정의 비애」라는 작품을 투고하여 2등으로 당선된다.

1933년 1월 개벽사에 취직하여 1월부터 3월까지는 《제일선》의 편집을 4월부터는 《별건곤》의 편집을 맡았다. 김유정의 「산골나그네」, 「총각과 맹꽁이」 등이 이들 잡지에 게재된다. 하지만 생애 대부분을 특정한 직업을 가지지 않고 문필 활동에 전념한다. 그것은 결혼 이후 할머니에게 약간의 유산을 물려받게 되어 부재지주로서의 삶을 살 수 있었기 때문이었다. 이때 나온 작품이 「나와 玉女」, 「병든 소녀」, 「연기」, 「안해의 탄식」 등이다.

1935년 5월 할머니의 반대를 무릅쓰고 정옥경과 연애 결혼한다. 정 씨는 1913년생으로 서울 사람이다. 일본의 '신흥예술파'들을 소개한 글을 비롯하여 다양한 평론 활동을 활발히 벌인다.

1936년 2월 9일 장남 병휘秉輝가 태어난다. 개벽사를 나온 뒤 생활인으로 충실하려 하지만 성공하지 못한다. 많은 신변소설이 이 시기에 창작된다. 「상자」, 「황혼」, 「우울」, 「장미」, 「화원」 등의 작품들이 나왔다. 신변소설에서 벗어나 본격적으로 사회에 뛰어들어야겠다는 다짐을 다지며 그러한 작품 창작을 시도하기도 했다.

1939년 11월 23일 차남 병은秉殷이 태어난다. 이 무렵 학예사에서 『안회남단편집』이 나온다. 이 책은 문단의 주목을 받은 것으로 보인다.

1940년 7월 28일 장녀 병숙秉淑이 태어난다. 이후 유산이 있는 충남 연기군 전의면으로 이거移居한다. 그곳에서 1942년 12월 31일 차녀 병애秉愛가 태어난다. 「탁류를 헤치고」, 「다음에 오는 것」, 「병원」, 「봄이 오면」, 「흙의 향기」 등을 비롯하여 많은 작품을 발표한다. 평론 활동도 활발하게 벌여 《매일신보》 지면을 통해 많은 평론을 발표했다. 42~43년으로 가면 친일적 색채를 띤 글들이 가끔 발표되는데 소시민적 보호의식이라 부를 수 있다.

하지만 이런 노력에도 불구하고 징용당한다. 《매일신보》(1943. 8. 7.)에
「징병제 실시 만세」라는 글을 쓴 답변이었을까?

1944년   9월 26일 문인으로는 유일하게 징용을 당해 일본 기타큐슈北九州 탄광으
로 끌려간다. 문단인들이 모여 장행회壯行會라는 것을 열어 주며 마치 산
업영웅이나 되는 것같이 환영을 해주었다고 한다. 연기군 사람 134명과
함께 끌려갔는데, 아마도 비육체적인 사무를 맡은 듯 다른 사람과 달리
여유 있는 생활을 누렸다. 이때의 경험이 해방 이후 단편집 『불』에 집중적
으로 실리는 징용 체험 소설로 나타나며 문학관의 변화에 큰 역할을 한
것으로 추정된다.

1945년   징용당한 지 만 일 년이 되는 9월 26일에 귀국한다. '조선문학건설본부'
에 가담하고 그 후신인 '조선문학가동맹' 결성식을 겸한 '전국문학자대
회'에서 「조선 소설에 관한 보고와 금후의 방향」이란 제목의 보고문을 연
설한다. 소설분과 부위원장과 농민문학위원회 서기장을 겸한다. 이후
1946년 8월에 결성된 '문학대중화운동위원회'의 위원이 되는 등 활발한
활동을 벌인다.

1947년   4월 「폭풍의 역사」를 발표하면서 임화로부터 '8·15 이후의 역작'이란 고
평을 듣는다. 이해 3월 26일에 막내 병주秉株가 태어난다. 1946년에 고려
문화사에서 『전원』을 간행한데 이어 1947년에 을유문화사에서 『불』을 간
행한다.

1948년   「농민의 비애」를 발표하여 김동석으로부터 '비약하는 작가'라는 극찬
을 듣는다. 8월경 '남조선인민대표자대회'의 참석차 월북한 것으로 추
정된다.

1950년   1950년 4월 《조선녀성》에 「눈 위에 발자국이」외 세 편의 단편을 발표했
다는 기록이 있지만 확실치 않다. 한국전쟁 이후 안회남의 행적에 대해서
는 여러 가지 이견이 있으나 검증할 수 없다. 6·25 때 종군작가단의 일원
으로 서울에 나타나기도 했다. 그 당시 공식 직함은 '남조선문학가동맹'
의 제1서기장이었다. 이후 《민주조선》의 문화부장이었다는 설, 1954년 남
로당 숙청 때 숙청당했다는 설, 1966년의 '사상검토회' 때 숙청당했다는
설, 알코올 중독이었던 안회남이 취중에 유부녀를 겁탈하려 해서 '집필
금지'를 받았다는 설 등등이 분분하지만 정확한 사실은 알 수 없다.

(안회남은 다수의 평론을 포함, 여러 장르의 글을 남겼다. 여기서는 소설 작품에 한하여 목록을 제시했다.)

1931년　「발髮」,《조선일보》1931. 2. 4.~10.

　　　　「차용증서」,《비판》7, 1931. 11.

　　　　「그들 부부」,《혜성》9, 1931. 12.

1932년　「애정의 비애」,《매일신보》, 1932. 1. 17.~21.

　　　　「칠성의 버릇」,《백악》2, 1932. 3.

　　　　「처녀」,《제1선》, 1932. 8.

1933년　「나와 옥녀玉女」,《신여성》, 1933. 1.~2.

　　　　「병든 소녀」,《신동아》20, 1933. 6.

　　　　「연기」,《조선문학》3, 1933. 10.

　　　　「안해의 탄식」,《신가정》11, 1933. 11.

1935년　「황금과 장미」,《중앙》19, 1935. 5.

　　　　「상자」,《조선문단》24, 1935. 7.

1936년　「악마」,《신동아》53, 1936. 3.

　　　　「고향」,《조광》5, 1936. 3.

　　　　「우울」,《중앙》30, 1936. 4.

　　　　「향기」,《조선문학속간》2, 1936. 6.

　　　　「황혼」,《신동아》53, 1936. 7.

　　　　「장미」,《조광》10, 1936. 8.

　　　　「화원」,《조선문학속간》5, 1936. 10.

　　　　「가을밤」,《여성》8, 1936. 11.

1937년　「명상瞑想」,《조광》15, 1937. 1.

　　　　「소년과 기생」,《조선문학속간》7, 1937. 1.

　　　　「망량」,《풍림》3, 1937. 2.

　　　　「남풍南風」,《여성》14, 1937. 5.

「일허진 지평선」,《조선일보》, 1937. 6. 18.~20.

1938년 「사진寫眞과 양화洋靴」,《여성》, 1938. 1.

「그날 밤에 생긴 일」,《조광》 30, 1938. 4.

「에레나 나상裸像」,《청색지》 1, 1938. 6.

「등잔」,《사해공론》 42, 1938. 10.

「기차」,《조광》 36, 1938. 10.

1939년 「수심愁心」,《문장》 2, 1939. 3.

「온실」,《여성》 38, 1939. 5.

「계절」,《동아일보》, 1939. 5. 24.~6. 14.

「기계」,《조광》 44, 1939. 6.

「애인」,《여성》 40~48, 1939. 6.~40. 3.

「투계鬪鷄」,《문장》 임시증간호 7, 1939. 7.

「겸허 ─ 김유정 전」,《문장》 9, 1939. 10.

「번민하는 '쟌룩' 씨」,《인문평론》 1, 1939. 10.

1940년 「길」,《광업조선》, 1940. 1.

「전원」,《농업조선》, 1940. 3.

「탁류濁流를 헤치고」,《인문평론》, 1940. 4.~5.

「다음에 오는 것」,《농업조선》, 1940. 7.

「어둠 속에서」,《문장》, 1940. 7.

「병원」,《인문평론》 11, 1940. 8.

「소년」,《조광》 60, 1940. 10.

1941년 「노인」,《문장》, 1941. 2.

「형兄」,《신시대》, 1941. 3.

「벼」,《춘추》 2, 1941. 3.

「봄이 오면」,《인문평론》 16, 1941. 4.

「흙의 향기」,《반도》, 1941. 9.

「동물집(소, 개, 닭, 배암, 돼지)」,《춘추》 9, 1941. 10.

1942년 「아버지의 승리」,《매일신보》, 1942. 11. 7.~18.

1943년 「모자帽子」,《춘추》 30, 1943. 7.

「늑대」,《조광》 94, 1943. 8.

「풍속」, 《조광》 97, 1943. 12.

1945년 「오욕汚辱의 거리」, 《주보건설》, 1945. 11.

「탄갱炭坑」, 《민성》 1, 1945. 12.

1946년 「철쇄 끊어지다」, 《개벽(복간 1)》, 1946. 1.

「말」, 《대조》 1, 1946. 1.

「그 뒤 이야기」, 《생활문화》 1, 1946. 1.

「섬」, 《신천지》 1, 1946. 1.

「별」, 《혁명》 1, 1946. 1.

「학병의 죽엄」, 《학병》, 1946. 2.

「쌀」, 《신세대》 1, 1946. 3.

「소」, 《조광》 123, 1946. 3.

「봄」, 《서울신문》, 1946. 5. 15. ~16.

「밤」, 《민성》, 1946. 5.

「불」, 《문학》 1, 1946. 8.

1947년 「사선死線을 넘어서」, 《협동》, 1947. 1.

「폭풍의 역사」, 《문학평론》 3, 1947. 4.

「낙타駱駝」, 《신천지》 17, 1947. 7.

1948년 「농민의 비애」, 《문학》 7, 1948. 4.

|연구 목록|

김경수, 「한 신변소설가의 문학과 삶」, 『한국문학과 계몽담론』, 문학사와 비평연구
　　　회, 새미, 1999.

김동석, 「부계의 문학―안회남론」, 《예술평론》 1948. 6.

──── 「비약하는 인간상―속 안회남론」, 《우리문학》, 1948. 4.

김승환, 「역사적 전망 상실의 소설 구조―안회남론」, 『해방공간의 현실주의 문학연
　　　구』, 일지사, 1991.

김윤식, 「사이비 진보주의자로서의 논리」, 『한국현대문학사』, 일지사, 1976.

박신언, 「안회남 소설 연구」, 《문학과 언어》 10집, 1989. 7.

박신헌, 「허무와 애착, 그 야누스적 고뇌 : 안회남론」, 《문학정신》 37, 열음사, 1989.
　　　10.

박재섭, 「안회남 소설 연구―해방 이전 소설을 중심으로」, 《인제논총》, 인제대학교,
　　　1995.

박헌호, 「식민지 시기 '자기의 서사'의 성격과 위상」, 《대동문화연구》 48, 성균관대
　　　대동문화연구원, 2004. 12.

박헌호, 「해방 직후의 문예대중화론 연구」, 성균관대 석사논문, 1990.

박혜윤, 「안회남 연구」, 상명대 석사논문, 2001.

백승렬, 「안회남 소설 연구」, 서울대 석사논문, 1989.

변정원, 「안회남 소설의 인물 유형과 현실 대응 양상」, 성심여대 석사논문, 1994.

서채란, 「안회남 소설 연구」, 연세대 교육대학원 석사논문, 1995.

선주원, 「내적 초점화와 작중 인물의 자기 인식 관련성 연구―안회남의 신변소설을
　　　중심으로」, 《청람어문교육》, 청람어문교육학회, 2005.

신덕룡, 『진보적 리얼리즘 소설 연구』, 시인사, 1989.

신형기, 「신변소설에서 사회적 소설까지―안회남론」, 《문학사상》, 1988. 11.

안미영, 「안회남의 해방 직후 소설에서 '농민'을 사유하는 세 가지 방식」, 《소설의
　　　장르 교섭―한국현대소설학회 제34회 학술연구발표대회 자료집》, 한국현
　　　대소설학회, 2009. 6.

유기룡, 「한국 근대 소설 작가의 보편적 상징성 연구―해금 작가인 안회남 소설에

　　나타난 창조적 독자성」,《어문론총》24, 경북어문학회, 1990.

이강언, 「안회남 신변소설 연구」,《우리말글》17집, 우리말글학회, 1999.

이덕화, 「안회남론」,《연세어문학》21, 1988. 12.

이우용, 「해방 직후의 단편소설 연구」, 건국대 석사논문, 1988.

이은자, 「안회남론」,《어문논집》2, 숙명여대 국문학과, 1991.

이정숙, 「향부성 자기 인식과 그 극복의 실패」,《한성어문학》11, 한성어문학회, 1992.

이진희, 「안회남 소설 연구」, 경희대 석사논문, 1989.

임동덕, 「해방 직후 현실 인식의 한 양상」,《청람어문학》5, 1991.

임진영, 「8·15 직후 단편소설 연구」, 연세대 석사논문, 1988.

임환모, 「안회남 논고」,《한국언어문학》27집, 1989.

전흥남, 「안회남의 '농민의 비애' 론」,《한국언어문학》29집, 1991.

정종현, 「사적 영역의 대두와 '진정한 자기' 구축으로서의 소설―안회남의 '신변소설' 을 중심으로」,《한국근대문학연구》4호, 2001. 8.

정현기, 「8·15 체험과 문제적 개인성」,『불』, 을유문화사, 1988.

조남철, 「안회남론―신변소설에서 진보적 소설까지」,《현대문학》432, 1990. 12.

진영복, 「해방기 리얼리즘 소설 연구」, 연세대 석사논문, 1992.

최기영, 「안국선의 생애와 계몽사상 上, 下」,《한국학보》, 1991. 6. 9.

홍정혜, 「안회남 소설 연구」, 단국대 교육대학원 석사논문, 1999.

한국문학의재발견-작고문인선집

안회남 선집

지은이 I 안회남
엮은이 I 박헌호
기　획 I 한국문화예술위원회
펴낸이 I 양숙진

초판 1쇄 펴낸 날 I 2010년 4월 9일

펴낸곳 I ㈜현대문학
등록번호 I 제1-452호
주소 I 137-905 서울시 서초구 잠원동 41-10
전화 I 516-3770
팩스 I 516-5433
홈페이지 www.hdmh.co.kr

값 10,000원

ISBN 978-89-7275-538-8 04810
ISBN 978-89-7275-513-5 (세트)